어느 판사의 사모곡

어느 판사의
사모곡

여상규 지음

기파랑

나는 어떤 목적을 가지고 이 글을 쓰지 않았다.

자랑하기 위하여 쓴 것도 물론 아니다.

남에게 보여주거나 후손에게 남기기 위하여 쓴 것은 더더욱 아니다.

나는 오직 어머니를 만나고 마주보면서 얘기하고 싶었을 뿐이다.

그것이 자석처럼 나를 이끌어 이 글을 쓰게 하였다.

문득 어머니가 보고 싶을 때 생각날 때 나도 모르게 펜을 들었다.

그러면 어머니를 만날 수 있었다.

어머니와 마주보고 얘기하면서 원 없이 웃고 또 한없이 울었다.

이처럼 몰입되어 행복에 겨워한 순간은 없었다.

나는 바로 행복을 찾아서 이 글을 쓴 것이다.

어머니!

부르고 불러도 또 부르고픈 이름이여

보고 또 보아도 보고픈 모습이여

생각하고 생각해도 또 생각나는 님이시여

당신은 정녕 나의 육체이고 정신이고 생명이고 전부입니다.

당신은 그 누구보다도 그 무엇보다도 이 아들을 행복하게 합니다.

착하디 착했던 당신은 저세상 맑고 밝은 어느 하늘 아래 꽃들이 만발하고 새들이 지저귀는 낙원에서 행복하게 지내시겠지요.

당신 역시 이 아들을 만나 얘기하고 싶은가요.

그러면 당신 역시 행복에 겨워하시는가요.

당신께서 보다 쉽게 이 아들을 만나 웃고 울 수 있도록 당신 영전에 이 글을 놓아드립니다.

· 차례 ·

1

/

아, 아, 어머니!

/

아 어머니!

1993년 1월 27일 서울고등법원 판사직을 사임하고 변호사 사무실을 열자마자 사건의뢰가 왔다. 넉넉하지 못한 피고인의 형사구속사건이었으나 석방이 가능한 것으로 판단되어 수임하기로 하였다. 내 결심을 들은 피고인의 부인은 안도감과 함께 일말의 불안감이 교차하는 표정으로 수임료를 물었다. 그 목소리는 매우 낮았고 힘이 없었다. 심지어 약간 떨리고 있었다. 나는 그것이 무엇을 의미하는지 금방 알아차릴 수 있었다.

"형편 되는대로 주십시오."

말이 반사적으로 튀어나왔다. 한참을 머뭇거리던 부인이

"500만 원이면 되겠습니까?"

라고 해서

"충분합니다."

라고 대답했다. 걱정스러웠던 부인의 얼굴이 금세 환해졌다.

그렇게 선임된 생애 첫 변론사건의 수임료 500만 원! 이는 당시 200만 원 안팎의 판사 월급에 비하면 큰돈이었다. 나는 얼른 그 중 200만 원을 떼어서 병환이 위중하여 간병인이 필요한 어머니의 간병비로 창동 형님께 드렸다. 그러면서 지금껏 효도 한번 제대로 하지 못한 나는 마음속으로 '어머니 이제는 편히 모실 수 있게 되었으니 오래만 사십시오. 오래만…' 이라고 빌었다.

***

1993년 2월 2일 출근길이 법원에서 변호사 사무실로 바뀐 지 6일째 되는 날 아침 수임사건 기록을 검토하기 위하여 오전 8시경 일찍 출근하였다. 기록을 보기 시작한지 1시간 남짓 지났을까 집 사람한테서 전화가 왔다. 그런데 목소리가 이상했다.

"어머님이, 어머님이…"

라며 말을 잇지 못하고 있었다. 순간 불길한 예감이 머리를 스쳤다.

"어머님이 어쨌다는 거야?"

고함을 치면서도 목소리는 떨려왔다.

"돌아가셨다고… 지금 쌍문동 한일병원에 계신다고…"

목소리가 들릴락 말락 기어들어 가고 있었다. 끝말은 완전히 들리지 않았다.

순간 묵직한 쇠망치로 머리를 세게 얻어맞은 것 같았다. 하늘이 노래졌다가 이내 캄캄해 졌다. 아무것도 보이지 않았다. 머릿속은 텅 비었다. 눈동자가 고정된 채 움직이지 않았다.

"어머님이… 설마 어머님이…? 그럴 리가 없지, 있을 수 없는 일이야, 암 그렇고말고."

사무실에 있는 모두들 말이 없었다. 아니 아무 말도 들리지 않았다.

채용한지 며칠 안되는 운전기사가 차를 준비했다는 말을 서너 번 반복했을 때 겨우 알아들었다. 어떻게 내려가서 어떻게 차에 탔는지 도무지 기억이 없다. 서초동에서 쌍문동까지 한 시간 가까이 차를 타고 가는 동안 그저 주체할 수 없는 눈물이 펑펑 쏟아지고 있었다.

"어머니 이게 어찌된 일입니까? 이제 한번 제대로 모셔보려는데 그만 돌아가시다니, 어머니 우리 어머니 불쌍해서 어떻게 합니까. 어머니 없는 세상 어떻게 살아가라고…."

***

한일병원 영안실에 도착하자 침대에 누워 계신 어머니의 모습이 얼룩진 시야에 들어왔다. 단정한 옷차림으로 반듯하게 누워 계시는 어머니의 모습은 너무도 맑고 평안하게 보여 그저 주무시고 계신 것으로 착각할 정도였다. 아니 정말 그러기를 바랐다.

나는 즉시 달려가 어머니를 흔들어 깨웠다. 손길에 닿는 어머니의 가슴이 아직 따뜻했다. 금방 눈을 뜨고 깨어나실 것 같았다.

"어머니, 어머니, 저 왔어요. 일어나세요."

라며 계속 흔들어 댔다. 반응이 없자, 가슴을 세게 눌렀다가 떼기를 반복해 보았다. 그러면서 어머니의 얼굴을 살폈다. 분명 살아 계신데 내 말을 알아듣지 못하고 있는 것뿐이려니.

"어머니, 어머니가 그렇게도 좋아하고 보고 싶어 하던 이 아들이 왔어요. 제발 눈을 떠 보세요."

순간 어머니의 입가에 잔잔한 미소가 흐르는 것 같았다. 나는 더 세차게 어머니를 흔들면서 아직 온기가 가시지 않은 어머니의 입술에 입맞춤하였다. 그러다가 엉엉 울면서 그만 어머니 위에 쓰려져 버렸다. 정신이 아득했다. 누군가가 나를 일으켜 세우며 정신 차리라고 외쳤다. 정신이 조금 든 나는 땅바닥에 나뒹굴면서 주먹으로 땅을 치고 울었다. 손등에서 피가 흐르기 시작했다.

"아 하느님! 이렇게도 무심하십니까? 평생을 효도 한번 하지 못한 채 죄책감에서 살아온 이 아들이 이제 막 효도를 시작하려는데 이렇게 어머니를 앗아갑니까. 어머니는 저의 전부입니다. 어머니 없는 세상은 살아갈 수가 없습니다. 차라리 저도 데려 가십시오. 어머니 곁이라면 어디라도 기꺼이 따라 가겠습니다. 하느님 제발, 제발, 제발…."

***

나에게는 도저히 찾아오지 않을 것 같던 일에 한참이나 거의 정신을 잃고 있던 나는 갑자기 머릿속이 밝아지면서 내가 세상에 태어나 막 기억을 하기 시작한 어릴 적 어머니의 첫 모습이 주마등처럼 떠오르기 시작하였다.

서른아홉에 날 낳으신 어머니의 아직은 젊으셨던 모습이 보이기 시작하면서 나에게 손짓하고 있었다. "아가 아가 우지마라. 울음 그치면 곶감 줄게."

/

악양은 예부터 산과 강으로 둘려 있는 이상향,

동천(洞天)으로 일컬어져 왔다.

/

아가 아가
곶감 줄게

탕 탕 탕

갓 어두워진 앞 집 초가지붕의 실루엣 너머로 총알들에 섞인 예광탄이 날카로운 붉은색 선을 그으면서 날아갔다. 나는 호기심 어린 눈으로 창호지 문 한 가운데에 붙인 손바닥만한 크기의 세경(투명한 유리조각)을 통하여 밖을 내다보고 있었다. 그러면 어머니는 '아가 얼굴에 검은 칠을 한 도깨비가 잡아 간다'라면서 얼른 나를 잡아당겨 이불속으로 밀어 넣곤 하였다.

1950년대 초·중반 지리산 일대는 인민군 잔당과 그 추종자들이 산속으로 숨어들어 빨치산(partisan) 활동을 시작하면서 이렇게 국군과의 교전이 밤낮없이 계속되고 있었다.

그래도 나는 어머니와 함께 있을 때는 아무런 두려움도 위험도 느끼지 않았다. 나에게 어머니는 그 어떤 두려움도 떨쳐 줄 수 있고 그 어떤 위험도 막아줄 수 있는 절대자의 포근한 안식처였던 것이다.

***

지리산 또한 그 누구라도 품어주는 어머니의 품속처럼 크고 넉넉한 산이다. 그 남쪽 끝자락에 자리 잡은 악양(岳陽)은 주봉 천왕봉에서 제석봉과 촛대봉을 거쳐 서쪽으로 뻗어가던 주능선이 세석평전에서 한 줄기 남쪽으로 갈라져 한참을 달리다가 삼신봉을 거쳐 해발 1,115미터의 형제봉(首陽山 聖帝峯)에서 대단원의 막을 내리고, 우로는 신선대와 고소성으로, 좌로는 청학동과 칠성봉(峨嵋山 七星峯), 구재봉으로 각각 휘돌아 흘러 서남쪽의 섬진강으로 떨어지면서 해발 1,000미터를 넘나드는 연봉과 능선으로 둘러싸인 커다란 반 분지형의 고을을 형성하고 있다.

그래서 악양은 예부터 산과 강으로 둘려 있는 이상향, 동천(洞天)으로 일컬어져 왔다. 그 고을 한 가운데는 두루 30리의 광활한 무디미 들(평사리의 옛말)이 펼쳐져 있고, 가끔씩 범람하는 섬진강 물이 기름진 흙을 날라 와서 고래로 농사가 잘 되어 항상 넉넉한 고장이었다.

섬진강과 평사리에 가까운 들판에는 지름 500미터 남짓한 동정호(洞庭湖)가 자리 잡고 있어 팔뚝만한 잉어와 붕어, 가물치 등 온갖 민물고기들이 득실거렸다.

구재봉에서 흘러내려온 산기슭 저만치에는 아름다운 악양루(岳陽樓)도 있어 항상 맑은 동정호에 그 그림자를 드리우고 있었다.

***

그런 이유로 혜안을 가진 박경리(朴景利) 선생은 대하소설 『토지(土地)』의 배경지를 악양으로 잡았나 보다. '이 정도면 은퇴한 참판(參判) 쯤이 낙향하여 살기에 딱 알맞은 고장이야'라고 생각했을 것이다.

자전적 소설 『남부군(南部軍)』을 쓴 이태(李泰) 또한 그런 악양을 가리켜 '한 눈에 33개 부락의 면 전체를 바라볼 수 있는 마치 소쿠리를 앉혀 놓은 듯한 동천으로 하동 제1의 부면(富面)'이라고 회고하고 있다. 심지어 정월 초하룻날 악양 땅에 들어온 거지가 섣달 그믐날까지 365일을 얻어먹고도 세 집이 남을 정도로 크고 인심 또한 좋다고 했다.

그런 악양이 예부터 도인이나 현자들의 눈에 띄지 않을 리 없고, 학덕이 높은 선비와 풍류객들이 모여들지 않을 리 없다. 그래서 이미 신라시대부터 고운(孤雲) 최치원 선생이 말년에 화개와 악양에서 은거하다시피 하였고, 조선시대 퇴계 이황과 함께 영남의 양대 거유 중 한 사람인 남명(南冥) 조식 선생 또한 산청으로부터 악양을 다녀가 청학동과 칠성봉 사이에는 그가 왔다 간 고갯길이 회남(回南)재라 명명되어 있을 정도다.

그런 선인들은 그 동천을 중국의 악양과 닮았다하여 그곳을 '악양'이라 이름하고 거기에 중국 악양 땅에 있는 동정호와 악양루, 한산사 등을 고스란히 갖다 두었다.

그래서 지금도 악양 동천에는

산시청남(山市晴嵐)

한산모종(寒山暮鐘)

어촌낙조(漁村落照)

원포귀범(遠蒲歸帆)

소상야우(瀟湘夜雨)

동정추월(洞庭秋月)

평사낙안(平沙落雁)

강천모설(江天暮雪)

등 중국의 악양 땅 소상팔경을 그대로 본뜬 악양팔경이 그림 같은 시구로 노래되고 있다.

***

그런 악양골이 빨치산이나 국군 모두에게 중요한 거점이 되었을 것임은 불문가지의 사실이다. 마을마다 낮에는 국군이 경비를 서고, 밤에는 빨치산이 내려와 설치면서 국군과의 교전을 벌였다.

아직 땅거미가 채 가시지 않은 그 어느 이른 새벽녘에는 국군에 쫓긴 빨치산 한 명이 우리 집 마당을 통하여 황급히 도망가던 중 아래 집으로 통하는 담장을 넘다가 돌담이 무너지는 바람에 부상을 입고 잡혀가는 모습도 보였다.

그러던 어느 동짓날 빨치산으로 보이는 국방색 옷차림의 청년 한 명이 우리 집으로 와서 어머니에게 팥죽을 달라고 했다. 어머니는 얼른 부엌에 있는 놋대접을 가져와 마루 한 켠에 놓아둔 팥죽단지에서 한 그릇 가득 팥죽을 퍼 주었다. 그는 한 자리에서 팥죽 세 그릇을 마파람에 게눈 감추듯이 먹어 치웠다.

팥죽이 완전 바닥났으나, 그래도 어머니는 아까워하는 기색을 보이지 않고 그를 마치 아들 대하듯이 달라는 대로 정성스럽게 퍼 주었다. 팥죽은 다시 끓이면 되니 만에 하나라도 입을지 모를 해를 피해야겠다는 어머니의 지혜였다.

그랬음에도 배를 가득 채운 그는 그런 어머니의 호의에 아랑곳하지 않고 이리저리 집안을 둘러보더니 두 줄의 새끼줄에 엮어져 처마 밑 시렁에 걸려있던 곶감을 통째로 잡아당겨 둘둘 말아 옆구리에 끼고 죽담에서 마당으로 내려가는 것 아닌가.

당시 새끼줄에는 한 가지에 곶감 열 개씩을 꿰어 말리는 싸릿대가 열 가지 있었으니 그가 가져가는 곶감은 100개 한 접으로서 당시 우리 집에 있는 곶감의 전부였다. 곶감으로 말하자면 1년 농사였던 셈이다.

놀라기도 하고 아깝기도 한 어머니는 사립문까지 따라가면서 그에게 애원했다.

"우리 아기 아프면 줘야 되니 몇 가지만 놓고 가십시오."

라고.

그러나 끝까지 못들은 척 가던 무정한 그 사람은 사립문을 나서면서야 싸릿대 한 가지를 뽑아서 어머니에게 주었다. 그러나 아쉽게도 그 싸릿대에는 곶감이 세 개밖에 달려 있지 않았다.

***

원래 곶감 10개씩을 끼운 싸릿대에는 가끔씩 10개가 안되는 곶감이 남아 있기도 하였다. 그 이유는 내가 울면 어머니께서 채 마르지도 않는 곶감을 하나씩 빼 주었기 때문이었다.

때로는 내가 까치발을 딛고 익어가던 곶감 중 너무 물러 늘어진 것을 골라 빼먹기도 하였다. 이를 보지 못한 어머니는 곶감이 줄어든 것을 발견하고

"까치가 물고 갔나, 쥐가 물고 갔나?"

하시다가 이내 웃음 띤 얼굴로 나를 향해

"인쥐가 물고 갔네."

라며 나를 끌어안은 채 파안대소를 하시곤 하였다. 나는 48년생 쥐띠였던 것이다.

그 해 어머니는 이미 큰 애가 다된 나를 유난히 많이 업어주었다. 몸이 아프거나 울기만 하면 업어 주면서

"아가 내년에 곶감 많이 만들어 줄게 울지 마라."

고 달랬다. 그런 어머니의 마음도 모른 채 나는

"곶감 줘 곶감 줘."

하면서 더 서럽게 울었다.

이런 나를 본 어머니의 마음은 얼마나 아팠을까. 업고 달래느라 팔과 허리는 또 얼마나 아팠을까. 회한 속에 뒤늦은 후회만 남는다.

/

초등학교 4학년 운동회를 마치고

어머니와 부숙·윤숙누나와 함께

생애 최초로 찍은 사진

/

작은 집
작은 행복

어릴 적 우리 가족은 어머니라는 큰 보호수 아래서 대체로 오순도순 행복하게 살았다. 큰 강물 같은 어려움이 닥쳐도 항상 어머니를 징검다리 삼아 이를 극복하며 행복의 다리를 이어갔다.

어머니와 나는 가끔씩 단 둘이서 1킬로미터 쯤 떨어진 악양천 냇가 물레방아 집에 방아를 찧으러 갔다. 어떤 때는 나락, 어떤 때는 보리, 또 어떤 때는 밀도 있었다.

어머니는 한 자루를 이고, 나는 어머니 것 보다 훨씬 작은 자루를 지고 갔다. 그러나 열 살 안팎인 나는 자주 돌부리에 걸려 넘어졌다. 때로는 자루의 곡식이 쏟아지기도 하고, 무릎을 다쳐 피를

흘리면서 울기도 했다. 그때마다 어머니는 얼른 머리 위 자루를 내려놓고 내 무릎을 주물러 주면서

"아가 우지마라. 우리 아가 얼른 커서 열다섯 살만 되면 안 넘어질 텐데…."

라며 안타까워하시곤 하였다. 그럴 때면 어머니의 얼굴은 항상 어린 아들에게 일을 시키는 데 대한 미안함이 가득 차 있었다.

나는 피를 닦아주고 무릎을 어루만져 주시는 어머니의 얼굴을 물끄러미 내려 보다가 어린 마음속에서도 '어서 커서 넘어지지 말아야지. 그리고 어머니가 이고 가는 자루도 내가 같이 져야지'라고 생각하곤 하였다.

밀가루 방아를 찧는 날이면 어머니는 항상 백발이 되었다. 방앗간 주인이 밀가루 통 속에서 대충 쓸어 담아 주기 때문에, 어머니는 머리를 통 속으로 집어넣고 남은 밀가루를 더 쓸어 담으셨다. 온 얼굴과 머리가 하얗게 되는 것은 아무렇지도 않았다.

또 그래야 다음 사람의 밀가루에 남의 밀가루가 섞이지 않는다고도 하셨다. 이렇게 어머니는 근면함과 정직함이 항상 몸에 배어 있었다.

***

우리 집은 논 여덟 마지기와 밭 한 마지기로 농사를 짓고 살았기 때문에 그런대로 밥은 먹고 사는 편이었다. 임야도 마을 바로 서쪽의 솔봉산에 1정보나 있어 땔감 걱정도 없었다.

그러나 아버지는 한학을 공부한다거나 도를 닦는다거나 문중(門中)일을 본다는 핑계로 농사일을 거의 돌보지 않으셨다. 농사철에도 항상 흰 두루마기에 갓을 쓰고 다녔다. 농지개혁 전 만석꾼으로 이름난 여 참봉(參奉, 조선시대 종9품의 벼슬)과는 형제항렬이라 읍내 화심동 여 씨 집성촌에 있는 참봉 집에 자주 들렀고 그곳에서 문중의 여러 어른들과 어울려 지냈다.

나보다 열세 살이나 위인 형 또한 일찍이 고향을 떠나서 읍내 하동고와 부산 동아대를 다니는 유학길에 올라 집에는 없었다. 그래서 농사는 어머니가 주로 지으셨고, 어떤 해는 머슴을 두기도 하고 또 어떤 해는 일꾼 몇 사람을 사서 짓기도 하였다.

***

나는 그런 어머니를 위해 학교에 들어가기 전부터 빈 집을 지키거나 누나들과 함께 논에 나가 이삭을 줍는 등의 잔일을 했다.

이른 봄이면 누나들을 따라 동네 앞 논두렁에서 쑥과 쑥부쟁이,

달래 등 나물을 캐러 다녔다. 동네 같은 또래들이 많이 나와 나물을 캐기 때문에, 나는 누나들에 앞서 논두렁을 뛰어다니면서 나물이 많은 곳을 찾아 지키고 있다가 누나들이 도착하면 또 다른 나물 많은 곳을 찾아다녔다.

그래서 집에 가면 항상 어머니로부터 나물을 많이 캤다고 칭찬을 받았다. 나는 어머니의 칭찬을 받는 것이 제일 즐거웠고, 어머니는 칭찬을 할 때면 항상 파안대소를 하셨다. 그래서 나는 지금도 온 얼굴을 찡그리고 웃으시는 어머니의 모습을 제일 잘 기억한다.

나는 봄이면 누나들과 함께 가까운 솔봉산에 올라 지천으로 널린 진달래를 입이 파래지도록 따먹고 놀았다.

가끔씩은 솔가리(말라서 땅에 떨어진 솔잎, 우리는 이를 '갈비'라 불렀다)를 긁어 모으는 등의 나무를 하러 가기도 했다. 그러나 내가 학교에 들어가기 전에는 주로 누나들이 나무를 하였고, 나는 나무하는 누나들 곁에서 놀기만 했다. 누나들은 어린 남동생이 귀엽다고 어딜 가나 나를 데리고 다녔다.

솔가리 짐을 머리에 인 누나들은 집에 다 와 가면 장난감 같은 나의 빈 지게에 작은 짐 하나를 얹어주며 지고 가도록 했다. 그러면 나는 기우뚱거리는 지게를 잡고 큰 소리로

"어머니~"

하고 부르면서 사립문을 들어서곤 하였다. 어머니가

"아이고 우리 아들 큰일 하네."

라며 얼른 나무 짐을 받아 부엌으로 가지고 들어가셨다.

이를 본 누나들은 웃고 있었고, 이미 내막을 아시는지 어머니도 내 머리를 쓰다듬으면서 연신 웃으셨다.

그런 날 저녁밥이 아주 맛있었음은 물론이다. 이렇게 우리 집은 행복했다.

이런 인자하신 어머니의 모습과 집안 분위기는 나에게 엄청난 힘이 되었다.

***

원래 우리 형제들은 공부나 운동에서 남들보다 그렇게 뛰어나지는 않았다. 그러나 나는 어머니의 기뻐하시는 모습과 칭찬, 누나들의 사랑을 등에 업고 공부, 운동 가릴 것 없이 모두 잘 했다. 학년이 올라갈 때마다 상장이 수두룩하게 쌓였다.

특히 초등학교 4학년 때에는 하동군 전체 모의고사에서 5등 안에 든 학생에게 주는 책가방도 탔다. 당시는 모두들 검은 무명 보

자기에 책을 싸서 허리에 매고 다니던 시절이라 책가방은 아주 낯선 것이었다. 그래서 다음날 내가 책가방을 들고 학교에 갔을 때 모두들 쳐다보는 바람에 얼마나 쑥스러웠던지 그 다음날부터는 다시 책보자기를 들고 다녀야만 했다.

이런 소식을 들은 형님은 가끔씩 어린이세계명작시리즈를 한 권씩 사서 부쳐주기 시작하였다. 그 중에서도 『거지왕자』, 『장발장』(레미제라블), 『암굴왕』(몬테크리스토 백작), 『삼총사』(달타냥) 등은 밤 늦는 줄도 모르고 계속 읽다가 첫 닭이 우는 소리를 듣고서야 깜짝 놀라 황급히 잠자리에 들기도 하였다. 그런 날 아침에 일어나 보면 등잔불 그을음으로 코밑이 시커멓거나 심지어 눈썹까지 탄 적도 있었다. 어머니와 누나들은 이런 나를 '네눈이'라고 놀렸다.

나는 달리기와 턱걸이 등의 기본적인 운동도 잘했다. 가을 운동회 때에는 1년간 쓸 공책과 연필을 전부 상으로 땄다. 6학년 때에는 악양중학교에서 개최한 4·19기념 마라톤 대회에서 1등을 하여 당시로서는 아주 귀한 노란 양은냄비와 붉은 티셔츠를 상품으로 받기도 하였다.

나는 언제나 상을 타면 곧바로 어머니에게 달려가 아무 말도 하지 않고 드렸다. 어머니는 만면에 웃음을 띠면서 나를 안고 칭찬을 아끼지 않았다. 곁에 있던 누나들도 박수를 쳤다.

이런 칭찬과 박수는 어김없이 다음 상으로 이어졌다. 이렇게 내가 받은 상들은 나만의 노력이 아니라 우리 가족, 특히 어머니와의 합작품이었던 것이다.

***

이런 우리 집의 작지만 가슴 설레는 행복, 어머니와 함께 그려내는 일곱 가족의 이 행복은 바로 윌리엄 워즈워스(W. Wordsworth)의 가슴을 설레게 했던 일곱 빛깔 「무지개(The Rainbow)」와 같은 것이었다.

내 어릴 적 이 행복
커서 어른이 된 뒤에도 그러하고
내 늙어 더 늙은 어머니를 모실 때에도 그러하여라
부디 어머니와 함께 하는 내게
어린이는 언제나 어른의 아버지이길!

/

화봉줄기에서 흘러내리는 물이
바위투성이 골짜기에 모여
작은 실개천을 만들었다.
이 개천 이름이 까장내이다.
어머니는 이 까장내에서
생명의 고귀함에 대해 알려주셨다.

/

까장내는 살아있다

좌우로 거대한 능선을 휘둘러 악양 동천을 만든 형제봉은 유일하게 골 안쪽으로 가파른 능선 한 가닥을 드리우다가 예각의 오묘한 삼각봉 하나로 끝을 맺는데 이름하여 화봉(花峯), 그 바로 남쪽 기슭에 형성된 80호 남짓의 마을이 우리 동네인 상신(上新)부락, 이른바 새터몰(상신마을)이다. 새로 생긴 마을이라서 붙여 졌다거나 숲이 우거지고 새가 많다 하여 붙여졌다는 상신의 옛 이름이다.

마을 서쪽에는 야트막한 솔봉산이 있고, 동쪽에는 화봉줄기 북동편의 큰골에서 흘러내리는 작은 실개천이 있는데, 바위투성이인 그 개천 이름은 까장내이다.

***

내가 처음 까장내에 간 것은 어머니를 따라 내 건너편에 있는 덤머리 밭에 갔다가 집으로 오는 길에 손발을 씻기 위함이었다. 어머니는 얕은 물에 들어가 고사리 같은 내 손발을 씻어주다가 갑자기 동작을 멈추고 물속 바위 밑을 응시하더니 재빠르게 손을 뻗어 무언가를 잡았다.

"징거미다."

상기된 목소리로 소리쳤다.

"징거미는 흔치 않은데 우리 아가 보라고 나온 것 같다."

며 내게 내밀었다. 징거미를 처음 본 나는

"엄마 물지 않아?"

라며 얼른 잡지 못했다. 일반 민물 새우보다 족히 대여섯 배는 큰 징거미의 앞쪽에 몸길이만큼이나 되는 가늘고 기다란 집게발이 두개 달려있었기 때문이다. 어머니는 집게발이 내 손을 물지 못하도록 집게발을 잡아 내가 징거미의 몸통을 잡을 수 있도록 도와주었다.

나는 귀한 거라며 잡아준 징거미를 어머니께서 밭일로 더럽혀진 손발을 다 씻으시는 동안 계속해서 꽉 잡고 있었다. 징거미는 가끔 집게발을 움직이거나 꼬리를 털면서 빠져나가려 했지만 비교적 얌전히 내 손아귀에 있었다. 호미에 묻은 흙까지 다 씻어낸 어머니는 몸을 일으키며 나를 보셨다.

"이제 집에 가자."

그 순간 눈길이 내가 잡고 있는 징거미에게 간 어머니는 나와 징거미를 번갈아 쳐다보시더니

"아가 집게발이 하나 떨어진 것 같다."

라며 징거미를 받아 들었다. 아니나 다를까 내가 손을 놓자 십여 분 동안이나 내 손에 꼬옥 잡혀 있던 징거미의 집게발 중 하나가 밑으로 떨어졌다. 나는 깜짝 놀랐다.

"엄마, 그래도 징거미가 살아?"

어머니는 빙긋이 웃으시면서

"떨어진 곳에서 다시 새 발이 나오니 걱정하지 마라."

고 나를 안심시켰다. 그리고는 내 얼굴을 살피며

"아가 징거미 살려주고 싶어?"

나는 징거미가 불쌍하기도 했지만 어머니의 눈빛은 이미 내게 징거미를 살려주자고 말씀하고 계셨다. 나는 다시 징거미를 받아 물 속에 놓아주었다.

"엄마 내가 살려 줄게."

집게발 하나를 잃은 징거미는 천천히 꼬리부터 바위 밑으로 숨어들어갔다.

이를 본 어머니와 나는 씽긋 웃고는 흡족한 마음으로 까장내를 떠났다.

이것이 까장내에 대한 나의 첫 기억이다. 그러나 나는 그때 어머니의 웃음과 표정에서 생명을 중시하는 마음씨를 배웠다. 이후 나는 벌레조차 함부로 죽이지 않았다. 햇볕에서 꿈틀대는 지렁이를 보면 애써 습한 그늘로 옮겨주었다. 친구들이 길가 풀 섶에 나온 뱀을 향하여 돌을 던지면 나는 얼른 막대기를 들어 뱀에게 빨리 도망치라고 주변 땅을 내리쳤다.

그런 나는 커서 법조인이 된 뒤에도 재판 받는 사람의 눈동자를 보고 속마음을 읽으려 애썼다. 이렇게 어머니는 그 어떤 스승보다 귀한 생명철학을 나에게 가르쳐 주셨다.

***

까장내가 내게 부쩍 가까워진 것은 내 건너편에 조그마한 물방앗간이 들어서면서부터였다. 그러나 평소 물이 작아 쌀 방아를 찧는 외에는 거의 가동되지 못했다. 그마저 가물 때는 어려웠다. 그렇지만 우리 집에서 10분도 안 걸리는 아주 가까운 곳에 있었기 때문에 어머니와 내가 이고 질 수 있는 조그만 양의 쌀 방아는 매우 유용하여 자주 갔다.

그런데 봄 가뭄이 심한 어느 초여름 날 어머니께서

"쌀은 떨어져 가는데 물방아는 돌아가지 않고…."

라며 걱정하시는 소리를 들었다. 나는 즉시 방앗간에 가 보았다. 그러나 예상대로 이미 오래 전에 물이 끊겼는지 물레방아는 바싹 말라 있고 방앗간의 문도 굳게 잠겨 있었다. 까장내 역시 물은 흐르지 않았고 개천 바닥 여기저기에 말라가는 웅덩이들만 몇 개 보였다.

순간 나는 어머니께서 살려주신 징거미 생각이 났다. 개천 바닥으로 내려가 큰 바위 밑 웅덩이 옆에 가만히 앉아 속을 들여다본 나는 깜짝 놀랐다. 웅덩이 속에는 평소 보지 못했던 수많은 종류의 물고기들이 바글거리고 있었다. 징거미도 몇 마리 보였다. 새우, 가재, 송사리, 피리, 모래무지, 싸쟁이 등등 수도 없었다. 웅덩이에 손을 넣자 이를 피하려는 물고기들이 손이 간지러울 정도로 바쁘게 스쳐 지나갔다. 물 위의 소금쟁이와 물방개들은 어쩔 줄 몰라서 물 밖으로 튀어 나가기도 했다. 모두들 불쌍해 보였다.

우울한 마음으로 웅덩이 속 물고기들을 바라보고 있는데, 갑자기 인근 바위 밑에서 번쩍 하는 것이 나의 눈길을 끌었다. 팔딱하고 몸을 뒤집는 고기비늘이 햇빛에 반사되었던 것이다. 자세히 보니 이미 물이 말라버린, 그러나 아직은 축축한 바위 밑에는 웅덩이로 들어가지 못한 많은 물고기들이 있었다. 가쁘게 숨을 몰아쉬며 팔딱거리는 놈, 이미 지쳐 축 늘어진 놈. 벌써 숨을 거둬 몸마저 빨갛게 익어버린 놈들까지 보였다.

나는 지체 없이 팔딱거리는 놈들부터 주워 물웅덩이로 옮기기 시작하였다. 웅덩이로 들어간 놈들은 입을 크게 벌리고 마음껏 물을 들이키는 것 같았다.

축 늘어진 놈들도 옮겨보았다. 대부분 죽은 채로 물위에 떴지만 어쩌다가 비실비실 몸을 움직이는 놈들도 있었다.

그날 집으로 돌아온 나는 하늘을 우러러 빌었다.

'하느님 빨리 비를 내려 주소서.'

그러나 비는 오지 않았다. 나는 매일같이 까장내로 갔다. 어제까지 물이 있던 웅덩이도 오늘은 말라붙고 있었고, 그곳에는 어김없이 수많은 물고기들이 팔딱거리거나 성미 급한 놈은 이미 죽어 있었다. 나는 코끝에 땀방울이 송송 맺히도록 살아있는 놈들을 아직 마르지 않은 웅덩이로 열심히 옮겼다. 하루 종일 까장내를 돌아다니면서 옮겼다.

그러기를 며칠이나 거듭했을까. 까장내는 완전히 말라붙었다.

나는 바가지로 퍼 담아도 모자랄 정도로 물고기들이 떼죽음한 큰 웅덩이 앞에서 죽은 고기들을 바라보며 눈물을 흘렸다. 어머니가 내게 잡아주었다가 다시 살려준 징거미 생각을 하며 '그 징거미는 내가 떨어뜨린 집게발을 다시 만들기나 하고 죽었는지!'라며 탄식했다.

'하늘도 무심하시지 어린 내 마음을 이렇게도 몰라준단 말인가'

***

고기들이 다 죽은 후에 비가 왔다. 냇가의 큰 바위도 넘칠 정도로 많은 비가 왔다.

나는 집 마루에 걸터앉아 주룩주룩 내리는 비를 바라보며 '진작올 것이지'라며 죽은 물고기들을 떠올렸다. 마당에 흥건히 고여 있는 붉은 흙탕물 위에는 쉴 새 없이 내리는 빗줄기가 수많은 동심원들을 그리고 있었다.

까장내의 물고기들을 생각하며 멍하니 이를 바라보는 내 시야에 무언가 빗줄기가 그리는 동심원과는 다른 물결무늬가 그려지고 있음을 눈치 챈 것은 한참 후의 일이었다. 갑자기 시선을 집중시킨 나는 어데서 왔는지 살아 꿈틀거리는 미꾸라지 한 마리를 보았다. 참으로 신기했다. 그동안의 가뭄 속에서 어떻게 살아남았을까? 또 우리 집 마당에는 어떻게 왔을까?

불현듯 나는 '까장내의 그 물고기들도 다시 살아나 있지 않을까'라는 생각이 떠올랐다. 생각이 여기에 미치자 가만히 앉아 있을 수가 없었다. '비야 빨리 그쳐라'며 발을 동동 굴리던 나는 비가 잦아들자 곧바로 종이우산을 펴들고 까장내로 향했다. 어머니의 허락도 없이 비로 움푹움푹 파인 길을 이리 저리 건너뛰며 급하게 달려갔다.

그러나 바위투성이인 까장내에는 작은 바위들이 굴러갈 정도로 붉은 흙탕물이 온 내를 가득 메운 채 성난 파도처럼 굽이치고 있었다. 심지어 냇가로 난 길에도 개천처럼 많은 물이 흐르고 있어서 감히 접근조차 어려웠다. 길옆 바위에 올라가 노도 같은 물결을 바라보고 있노라니 어지럽기까지 하였다.

나는 순간 어머니께서 내가 이렇게 위험한 곳에 와 있는 줄 아시면 크게 걱정할 것이라는 생각이 들었다. 괜히 어머니께 걱정 끼칠 필요가 없고 또 물고기를 볼 수 없는 이상 더 머물 필요도 없었다. 이에 물고기의 안위는 뒤로 미룬 채 급히 집으로 돌아오고 말았다. 논에 나가신 어머니께서 아직 돌아오시지 않아 야단맞는 것은 피할 수 있어 다행이었다.

***

그 후 다시 내가 까장내로 나갈 수 있을 때까진 지루한 며칠을 더 기다려야 했다. 그렇게 큰 비가 왔던 것이다.

내의 물이 평온을 되찾고 맑아진 후 다시 찾은 까장내는 예의 친숙한 놀이터 그대로였다. 그러나 나의 생각은 그런 외관에 있지 않았다. 나는 즉시 허리를 굽혀 물위에 그림자를 만든 다음 물속을 들여다보았다. 죽은 물고기가 다시 살아날리 없건만 그때 그 고기들이 있기를 기대하면서 말이다.

그러나 이내 실망하였다. 고동(다슬기)은 몇 마리 보였으나 물고기들은 보이지 않았다. '그럴 리 없을 텐데'라면서 몇 번이나 다시 보았다. 심지어 얼굴을 물속에 집어넣고 눈을 떠 찾아보았으나 허사였다.

잔뜩 실망을 하고 돌아온 나는 어머니에게 물었다.

"엄마 이제 까장내에는 물고기가 없는 거야?"

"아니다. 걱정 말아라. 좀 더 있으면 물고기들이 많이 돌아올 거야."

라는 어머니의 대답에 그래도 안심이 안되어 재삼재사 물어 다짐을 받기까지 하였다. 그처럼 나에게 어머니는 모르는 것이 없고 할 수 없는 일이 없는 전지전능한 존재였다.

***

그 후 일상 속에 잊어버렸다가 까장내를 다시 찾은 것은 한 보름쯤 후였다.

텀머리 밭에서 일하고 난 뒤 손발을 씻기 위하여 갔다가 징거미를 잡았던 바로 그 냇가로 갔다.

물위에는 소금쟁이와 물방개들이 이미 작은 물결을 일으키며 자연스럽게 놀고 있었다. 물속 역시 굳이 주시하지 않아도 피리와 송사리들이 돌아다니는 모습이 눈에 들어왔다. 물 속의 조그만 돌을 뒤집자 가재 한 마리가 재빨리 뒷걸음질을 쳐 보다 큰 돌 밑으로 숨었다. 바닥이 물속에 잠긴 큰 바위 밑을 훑자 작은 새우 몇 마리와 함께 건강한 집게발이 두 개 달린 징거미 한 마리가 손에 잡힐 듯하다가 이내 더 깊숙한 바위 밑으로 몸을 피했다.

모두들 건강했다. 참으로 건강한 모습들이었다.

이것이 자연의 힘인가. 우리의 상처가 낫듯이 자연은 스스로를 이렇게 복원시키는 능력이 있다.

그래서 까장내는 항상 살아있다.

***

인간 역시 자연의 일부가 아니던가. 어머니와 나도 자연의 일부이다.

어찌 어머니라고 항상 좋겠는가. 서운할 때도 있고 또 말하기 싫을 때도 있다. 그러나 자고 나면 역시 어머니다. 오직 한 분 뿐인 우리 어머니다.

'나는 언제나 어머니 곁에 있을 수 있겠지? 어머니도 항상 내 곁에서 나를 지켜 주시겠지?'

어린 마음에 별 생각이 다 들었다.

그럴 때면 나는 물끄러미 어머니를 쳐다본다. 바느질을 하시던 어머니께서 이를 눈치 채고 웃으시면서 나와 눈을 맞춘다. 나는 멋쩍게 웃으면서 얼른 딴 데로 눈길을 돌린다.

어릴 적 나와 어머니 사이는 이랬다.

/

섬진강에서 화개천을 따라
한 500미터 올라가면
강바닥 한가운데에
유황약수가 나오는 화개 약수터가 있다.
내게는 어머니 등에 업혀 악양을 벗어나
첫 나들이를 갔던 추억이 깃든 곳이다.

/

꽃처럼 피어나는 모정

내가 초등학교에 입학하여 이제 막 한 학기를 마친 어느 더운 여름날 어머니와 나는 30여 리나 떨어져 있는 화개골 약수터에 간 적이 있다.

화개장터에서 화개천 상류 쪽으로 한 500미터 쯤 가면 내 한가운데에 있는 약수터로서 '효능이 뛰어나 온갖 병을 고친다'고 소문나 있었다.

***

학교를 늦게 들어 아홉 살인데도 악양을 벗어나는 첫 나들이기에 나는 무척 들떠 있었다. 30리가 얼마나 먼 길인지도 모르고 그저 기분이 좋아서 이리 뛰고 저리 뛰면서 어머니와 같이 가는 누나들 보다 훨씬 앞서 달려 나갔다. 멀찌감치 뒤에서

"넘어질라 조심해라."

는 어머니의 목소리는 아예 들리지도 않았다. 키 큰 포플러 가로수가 길게 늘어서 있는 신작로 모퉁이를 돌아설 때면, 나는 길 섶 바위 뒤에 숨어 있다가 와락 고함을 치면서 뛰어나와 누나들을 놀래키고는 다시 뜀박질을 쳐 저만치 앞서 갔다.

그러나 악양골을 벗어나는 데에도 10리가 넘는 터라 이른 아침 출발했지만 해는 이미 동쪽 칠성봉 위에 한 길 이상 높게 떠있고, 벌써 힘이 빠지면서 오리정도 왔을 때부터 어머니와 나란히 걷기 시작하다가 이내 곧 뒤쳐지지 않으려고 어머니 팔에 매달렸다 떨어졌다 하면서 따라가는 형편이 되었다.

***

그렇게 입석과 대촌부락을 지나고 평사리를 향해 가는데, 한 길가 어느 집 담장너머에서 누군가가

"앗 상규다!"

라며 나를 알아보았다. 이제 6개월 정도 학교를 같이 다닌 동창생이었다. 그는 예기치 않게 멀리서 온 새 친구를 보고는 반갑기도 하고 기분이 좋았던지 싱글벙글 웃으면서,

"공부1등 여상규! 공부1등 여상규!"

라고 놀려댔다. 그때는 친구를 놀리는 것도 이렇게 순박했다.

좌우간 이 소리를 들은 어머니는 만면에 웃음을 띠면서 대견한 듯 나를 내려다보다가

"아가 다리 아프지?"

하면서 업자고 하였다. 그래도 '친구가 보고 있는데 어엿한 학생이 업힐 수야 없지'라는 생각에 어머니 등을 떠밀고는 친구에게 손을 흔들면서 계속 걸어갔다.

평사리를 지나자 좌측으로 무디미 들 한가운데에 동정호가 보이는가 싶더니 이내 섬진강변의 섯바구 모퉁이를 돌아 북쪽 화개로 향했다. 태어나서 지금껏 벗어나 보지 못했던 형제봉 자락의 새터몰과는 사뭇 다른 풍경이 펼쳐졌다. 군데군데 넓은 강물과 모래톱이 교차하는 섬진강을 바라보면서 그 가장자리로 난 큰 길을 따라가는 매우 생소하지만 즐거운 풍경이었다. 굳이 호기심을 들먹이지 않더라도 포플러 그늘 아래서 강바람을 맞으며 어머니와 함께 걷는 기분은 최고였다. 가슴이 설레기도 하고 뭉클하기도 하여 가끔씩 어머니를 쳐다보았다. 그러면 어머니는

"우리 아가 배고프지?"

수건에 싸온 감자와 찐빵을 꺼내 주셨다.

한참을 가자 '안녕히 가십시오. 여기부터는 화개면 입니다.'라는 팻말이 보였다. 나는 난생 처음 악양을 벗어나고 있었다. 그 기분에 또 조금 더 힘을 내어 걸었다. 그러나 한 이십 리 쯤 왔을까 이제는 기운이 빠질 대로 빠지고 다리도 몹시 아파왔다. 그간 나를 지탱해 주던 주변 풍광에 대한 호기심도 사라졌다.

"엄마 얼마나 더 가야 돼?"

라고 묻는 나에게 어머니는

"아가 다리 아프지? 조금만 더 가면 된다. 업어 줄까?"

라면서 등을 대고 앉았다. 다 큰 학생이었지만, 그런 어머니의 등이 얼마나 반갑던지 염치 불구하고 덥석 업혔다.

포근하였다. 세상에 이런 곳이 또 있을까.

어머니도 힘들었겠지만 '이제 내려서 걸어라'는 말씀을 먼저 하시지는 않았다. 나의 엉덩이를 감싼 팔을 자꾸 바꾸시는 것으로 보아 팔이 몹시 아프신 것 같았다. 누나들도 놀려댔다. 그제야

"엄마 내려줘."

라고 했으나 어머니는

"조그만 더 가서."

그렇게 나를 계속 업고 걸으시다가 한참을 더 가신 뒤에야 내려놓았다.

그 후로 이삼백 미터를 걷다가 또 업혀서 그만큼 더 가 내리기

를 몇 번이나 반복하였는지 모른다.

'세상에 누가 그래줄까 어머니 말고….'

어머니라는 그 말 그 모습 속에는 이미 자식을 위한 희생정신으로 가득 차 있음을 알았다.

나는 그런 어머니에게 한 없이 죄송하다. 어머니가 살아계셔 지금 화개 약수터에 모시고 간다면 어머니를 처음부터 끝까지 업고 걷고 싶다. 다리가 붓고 팔이 빠지더라도 말이다.

***

악전고투 끝에 드디어 약수터에 도착하였다. 어머니는 넓고 야트막한 바위를 골라 싸온 음식을 풀어놓았다. 보리가 섞인 밥에 김치, 쌈, 된장, 삶은 감자, 소다를 넣고 부풀려 찐 빵 등이었다. 진수성찬이 따로 있을까?

비록 감자와 찐빵은 오다가 먹어버려 몇 개 안 남았지만…. 어머니는 하나도 드시지 않았으면서 나에게 얼마 남지 않았다는 말씀을 하시지 않았다.

그런데도 어머니는 내가 또 빵부터 먹는 것을 물끄러미 바라보시면서 미소를 띠고 있을 뿐 드시지 않았다. 평소에 먹을 수 없는 별미를 특별히 만든 것이었기 때문에 자식의 입에 들어가는 것만 보고도 흐뭇해하시다가, 언제나처럼 내가 잘 먹지 않는 보리밥을 상추쌈에 싸서 된장 한 숟가락 얹어 한입 가득 드셨다.

천하 별미의 식사를 한 후 나는 어머니가 바위틈 가장 깊숙한 샘 안쪽에 바가지를 넣어 휘휘 저은 다음 정성스럽게 떠 주는 약수를 받아 마셨다. 그러면서도 정작 당신은 바위틈 입구에 있는 약수를 아무렇게나 퍼서 드셨다.

어머니께서 약수가 섞인 냇물로 머리를 감는 동안 나는 바위에 걸터앉아 물장구를 치거나 얕은 개천에서 가재를 잡고 놀았다. 물이 얼마나 좋았는지 머리를 감은 어머니는

"머리가 너무 매끄러워 잘 잡히지도 않는다."

면서 좋아하셨다.

돌아오는 길에 어머니는 화개장터 어느 허름한 가게에 들렀다. 당시 장터래야 색 바랜 간판이 붙어있는 집 몇 채가 있을 뿐 초라하기 짝이 없었다. 어머니는 그 집에서 얻었다면서 조그만 수건속의 작설 찻잎을 펼쳐 보여준 뒤 흐뭇해하며 말씀하셨다.

"이번 겨울은 우리 아기 감기걱정 하지 않아도 되겠다."

어머니는 약수만 마시러 온 게 아니라 감기가 잘 걸리는 나의 건강까지 챙기려 그 먼 길을 오신 것이다.

어머니는 평소 감기에 걸린 모습도 잘 보이시지 않았지만 아마

걸릴 틈도 없으셨을 게다. 아니 걸려도 내색을 전혀 하지 않으셨을 것임에 틀림없다.

그러니 오직 나를 위해 작설차를 구하러 화개까지 오신 것이다.

당시 작설은 지금의 녹차와는 좀 달랐다.

내가 감기에 걸리면 어머니는 작설을 무쇠 솥에 조금 넣고 끓인 뒤 홍차처럼 빨갛게 우러나온 물에 사카린을 조금 타서 주었다. 나는 쓴 찻물을 그냥 마시지 못했다. 그래서 어머니는 나 혼자만 사카린을 타 주시고는, 구하기 어렵다면서 다시 싸서 깊숙이 넣어 놓은 후 남아 있는 맹 찻물만 그냥 드셨다.

그런 뒤 어머니는 군불을 짚어 온돌방에 깐 대나무 자리가 누릇누릇 해 질 정도로 뜨겁게 하고 자게 하였다.

나는 자면서도 가끔씩 어머니의 손길이 내 이마 위에 있는 것을 느낄 수 있었다. 이렇게 어머니는 내가 감기에 걸리면 열이 떨어지는지 확인하느라 잠도 제대로 주무시지 못했다.

그렇게 하룻밤만 자고 나면 감기 같은 것은 흔적도 없이 사라졌다. 찻물과 어머니의 정성이 서로 합쳐져 감기 따위를 내쫓아 버린 것이다. 여기서도 자식을 위한 어머니의 한없는 사랑과 지혜를 엿볼 수 있다.

/

우리집 마당가에는
두 그루의 대봉감 나무가 있었다.
어머니는 그 감을 깎아 새끼줄에 열 개씩 꿰어
처마 밑 시렁에서 말려 곶감을 만드셨다.

/

하동장날의
비가(悲歌)

나는 어릴 적부터 어머니께서 직접 덤머리 밭에 목화를 심고 물레로 실을 뽑아 베틀에서 짠 무명베로 손수 지어 주신 옷을 입었다. 어머니는 삼베나 모시베도 짰지만 원래 피부가 희고 얇았던 나는 삼베옷이나 모시옷은 껄끄러워 입지를 못했다. 그래서 소매 길이만 달라졌을 뿐 여름이나 겨울이나 사시사철 무명옷을 입고 살았다.

그런데 내가 학교에 들어갔을 때 이런 무명옷이 아닌 세련된 옷을 입고 다니는 학생을 처음 보았다. 다름 아닌 학교 교장 선생님의 아들이었는데 키도 크고 훤칠했지만 전체가 고루 검고 반지르르하게 윤이 나는 옷감으로 만든 옷, 특히 길고 곧게 주름 잡힌 바지는 그를 더욱 귀공자처럼 보이게 하였다.

그 옷은 소위 기계로 천을 짜서 만든 기성복으로 꽤 비쌌을 것이다. 당시 우리 반에 그런 옷을 입고 다니는 학생은 교장 선생님 아들 외에 조합장 아들이 있었을 뿐이다.

나는 그런 애들을 볼 때마다 쭈글쭈글하고 여기 저기 농도가 다른 검정색의 무명옷이 싫어졌다. 그렇게 쌓인 불만을 집에 돌아오면 괜히 어머니에게 투정을 부리며 해소하기도 하였다. 어떤 때는 헤어진 옷을 더 찢어 어머니에게 입을 수 없다고 억지를 부리기도 하였다.

***

그러나 당시 우리 집은 그런 옷을 사 입을 형편이 못되었다. 비록 먹고 사는 데에는 지장이 없을 정도의 농사를 지었지만, 계란이나 쌀을 주고 고무신을 사 신거나 생선을 사 먹는 등 물물교환으로 필수품을 장만하면서 살았기 때문이다.

심지어 학교에서 가지고 오라는 돈도 계란으로 갖다 주곤 하였다. 100명 남짓 되는 동급생들의 대부분도 나와 같거나 오히려 나보다 못한 형편이었다. 그래서 학교에서도 그런 학생들의 실상을 잘 알고는 돈을 가져오라 할 때에는 으레 '계란 몇 개를 가져오면

된다'는 말을 덧붙였다.

그럼에도 나는 교장 선생님의 아들이 입는 옷을 입고 싶었다. 어머니도 그런 내 마음을 잘 알고 있었다. 아니 어머니께서 나에게 더 그런 옷을 입히고 싶었을 것이다.

그럴 때마다 어머니는

"아가, 내년에 감이 많이 열리면 죄다 장에 가서 팔아 그 옷 사줄게."

라면서 나를 달래곤 하였다.

***

다행히도 내가 초등학교 2학년이 되었을 때 우리 집 마당가에 있는 두 그루의 대봉감(당시에는 '왜감'이라고 불렀다) 나무에는 유난히도 크고 빨간 감이 많이 열렸다. 그동안 벼르고 별러 왔던 어머니는 하동장이 열리기 하루 전날 빨간 대봉감 두 접을 따서 곱게 닦아 광주리에 나눠 담았다가 다음날 아직 해가 뜨기 전 이른 아침에 역시 감을 따서 팔러 가는 이웃집 소달구지에 싣고 하동읍장으로 갔다.

어머니는 난생 처음 새 옷을 산다고 흥분하여 잠도 자지 않은 내가

"같이 가면 안 돼?"

라고 조르자

"우리 아가 추울 텐데…."

하시면서도 따라나서는 나를 더 이상 말리지 않았다. 하지만 어머니는 늦가을 이른 아침에 무명천으로 만든 수건을 목에 두르고 30리길을 따라가야 하는 나를 몹시 안쓰러워했다. 걱정스런 눈으로 나를 쳐다보던 어머니는 동네를 채 벗어나기도 전에 달구지를 끄는 아저씨를 마주치자 사정하였다.

"우리 애기가 저렇게 같이 가고자 하니 달구지 좀 타고 가게 해주이소."

이를 들은 아저씨는 먼저 어머니를 힐긋 쳐다본 뒤 다시 나를 돌아보면서 씽긋 웃고는

"그러면 달구지 값을 톡톡히 내야 되는데…."

라며 어린 나를 훌쩍 들어 달구지 위에 앉혀주었다.

그러나 달구지를 타고 가는 것도 결코 편한 여행이 아니었다. 비포장 자갈길을 털털거리며 굴러가는 달구지의 나무바퀴는 그 충격을 있는 그대로 내 엉덩이에 전해 주었다.

한참을 가다가 아픈 엉덩이를 일으켜 쪼그리고 앉았으나 이번에는 다리가 저려왔다. 이러지도 못하고 저러지도 못한 내가 일어

서자, 이를 본 어머니는 혼비백산하여 얼른 앉게 하였다. 혹시라도 내가 달구지에서 떨어져 다칠까 염려한 것이다.

뿐만 아니라 때는 늦가을, 별달리 걸칠 것도 없이 소매 긴 무명옷만으로 몸을 감싼 가슴속까지 찬바람이 파고들었다. 나는 얼굴을 자라목처럼 움츠려 목에 두른 수건 속으로 파묻고 눈을 거의 감은 채 잠자코 있었다.

나보다 더 얇은 옷을 입은 어머니는 가끔씩 내 목에 두른 수건을 위로 올려주고는 뚜벅뚜벅 걸어가는 소걸음의 달구지를 따라 걷기에 바빴다.

우리 일행이 흥룡마을을 지나 돌티미 쯤에 도착했을 때 우리는 달구지를 끄는 아저씨를 따라 길가 선술집으로 들어갔다. 어머니와 나는 시래깃국 한 그릇을 시켜 먹었는데, 뜨거운 국물이 식도를 따라 내려가면서 온 몸에 따뜻한 기운을 전해주자, 이내 잔뜩 움츠리고 있던 허리가 죽~ 펴지면서 기분이 매우 상쾌해졌다. 더구나 막걸리만 두 사발을 들이 킨 아저씨가

"이제 곧 읍이다."

라고 하는 말은 나를 흥분하게 만들었다. 작년에 화개 약수터를 다녀온 이래 다시 악양을 떠나 하동읍에 가는 것이 처음이었기

때문이다.

***

좌우를 두리번거리기에 바빴던 내가 하동장에 도착했을 때는 거의 점심때가 다 되어서였다.

읍내에 들어선 나는 2층집을 난생 처음 보았다. 먼저 하동읍을 다녀온 친구로부터 '읍에 가면 2층집이 있다'는 말을 듣고 평생 초가집만 보면서 살아온 나는 집 위에 다시 같은 모양의 집을 얹는 것으로 생각하고 '도대체 어떻게 지었을까?'라며 매우 궁금해 했었다.

장터에 이르자 어머니는 먼저 소달구지에 싣고 온 대봉감 두 접을 금방 팔 수 있었다. 그만큼 우리 집 대봉감은 크고 때깔이 좋았다.

감이 팔리자 어머니는 곧장 학생 옷을 파는 가게로 갔다. 가게를 몇 군데나 들렀지만 그때마다 어머니는 근심 어린 표정으로 나오시곤 하였다.

마지막으로 어머니는 길에 산더미처럼 옷을 쌓아 놓고 파는 노점으로 갔다. 이것저것 옷가지를 들춰보시던 어머니는 내가 원하는 옷을 발견하고는 즉시 주인에게 가격을 물었다.

그러나 어머니의 표정은 이내 일그러졌다. 노점에서조차 어머니가 애써 판 감 값으로는 위아래 옷 한 벌을 사기에 모자랐기 때문이다.

그래도 어머니는 노점 주인에게 통사정을 하기 시작하였다.

"가진 돈을 전부 드릴 테니 이 옷 한 벌만 주십시오."

심지어

"저기 있는 어린 아들이 그렇게도 원하니 애 소원한번 들어주세요."

라고까지 했다.

그러나 노점 주인은 막무가내였다.

하는 수 없이 발길을 돌리는 어머니의 눈은 먼 허공을 향하고 있었다. 애써 나를 피하려는 어머니의 눈에는 이미 이슬이 맺히기 시작하였다. 내가 계속 쳐다보자 어머니는 소매로 눈물을 훔치고 비로소 나와 눈길을 맞췄으나 두 눈은 붉게 충혈되어 있었다. 그러면서도 어머니는 미소를 띠고 가여운 듯 내 머리를 쓰다듬어 주었다. 이러한 어머니의 모습을 본 나 역시 눈물이 핑 돌았다.

어머니는 그런 나를 데리고 시장통에서 조금 떨어진 풀빵(풀처럼 묽은 반죽을 동글납작한 틀에 붓고 지금의 붕어빵과 같은 방식으로 구워낸 빵)집으로 갔다. 학교 다니면서 풀빵을 알게 된 나는 평소 어

머니에게

"엄마 풀빵 한번 사줘."

라고 몇 번이나 졸랐는지 모른다. 이를 기억하신 어머니는 풀빵을 제법 큰 종이봉지에 하나 가득 사 주시면서 마음껏 먹으라고 하였다.

나는 그렇게도 먹고 싶었던 풀빵을 먹으면서 아무 말을 하지 않았다. 그토록 원하던 옷을 살 수 없다는 사실을 확인하였기 때문이다. 나의 눈에는 그런 실망감까지 겹쳐 주체할 수 없는 눈물이 고이기 시작하였다.

***

달구 똥 같은 눈물을 닦고 코를 훌쩍이면서도 볼이 튀어나오도록 풀빵을 먹는 나를 물끄러미 쳐다보고 계시던 어머니는

"아가 잠깐 다녀올 데가 있으니 먹고 있어라. 딴 데 가면 안 돼."

라며 다시 시장통으로 들어가셨다. 얼마 후 돌아오신 어머니의 손에는 보자기가 들려 있었고 그 속에는 예의 학생 옷 한 벌이 싸여 있었다. 그러면서 어머니는

"마침 오래 전에 알던 집이 기억나 있는 돈을 다 털어주고 가져왔다. 나머지는 뒤에 준다고 했으니 이제 빨리 집으로 가자."

라며 길을 재촉하셨다.

시간이 꽤 늦어졌기 때문에 어머니와 나는 서둘러 소달구지 아저씨를 만나 어둡기 전에 무사히 집으로 돌아왔다.

서너 시간이나 걸리는 귀갓길에 어머니는 별 말씀이 없으셨다. 새 옷을 꼭 껴안고 그렇게 기뻐하는 나를 보면서도 무표정한 모습으로 뚜벅뚜벅 소달구지를 따라 걸으시는 어머니는 그날따라 몹시 지쳐보였다.

나는 일찍이 어머니께서 그렇게 힘이 없고 멍 하신 모습을 본 적이 없다. 그래서 그토록 갖고 싶은 옷을 가졌는데도 기뻐할 엄두를 내지 못할 정도였다. 나는 어린 나이에 어머니께서 아직 못다 준 나머지 옷값 걱정을 하시거나 돈이 없는 신세를 한탄하고 계신 것 아닌가 하는 짐작을 하였을 뿐이다.

그런 일이 있은 뒤 어머니는 그 옷을 입고 학교 가는 나를 힘없이 쳐다보는 때가 많아졌다. 아마도 어머니께서 약속한 기한이 지났는데도 남은 옷값을 주지 못하고 있는 자신을 자책하시는 것은 아닌지 걱정이 되었다. 그래서 나는 어머니가 그 옷을 입혀 줄 때면 항상 어머니의 표정을 유심히 살피곤 하였다. 그럴 때마다 힘이 없어 보이는 어머니가 참으로 불쌍하다는 생각이 들었다.

***

일찍이 홀로 되신 어머니! 우리 어머니!

지금껏 대쪽 같은 양심으로만 살아오신 당신은 돈 몇 푼의 빚도 그렇게 힘이 드시는 거군요. 그렇더라도 실망의 눈물을 흘리는 이 아들을 기쁘게 해 주고 싶었던 마음이 앞섰던 거군요. 맞지요?

아 아! 어머니의 마음이란 이런 것인가.

'평생 갈지도 모를 짐을 짊어지거나 심지어 벌을 받는 한이 있더라도 아들만은 실망시키지 말아야지. 아들을 위한 일이라면 아무리 힘든 일이라도 이 한 몸 송두리째 던져야지. 그러면서도 아들에게는 그런 모습을 보이지 말아야지. 나 혼자 희생하는 것으로 족하니까.'

***

자식을 위한 희생은 어머니와 동의어인가 보다. 나는 그런 어머니의 깊은 마음도 모르고 그만 어머니를 어렵게 만든 것이다. 더구나 앞으로 계속하여 어머니를 더 큰 어려움 속으로 몰아넣게 될 줄이야 당시의 어린 내가 어떻게 짐작이나 할 수 있었겠는가!

이번 옷 사건은 그런 불효의 시작에 불과하였다.

/

하동에 가서 모래 위를 흐르는 물가에 홀로 앉아
그대 발밑에서 허물어지는 모래를 보라
바람에 나부끼는 강 건너 갈대들이
왜 드디어 그대를 부르는 눈부신 손짓이 되어
그대를 일으켜 세우는지

/

은모래
금모래

내일은 섬진강으로 소풍 가는 날. 들뜬 나는 잠을 쉽게 이루지 못했다. 뒤척이는 나에게 이불을 덮어주며 토닥거리는 어머니의 손길을 밤늦도록 느껴야 했다.

첫닭이 울었을까 아직은 새까만 밤, 늦은 잠에 빠져 있던 나의 귓전에는 부엌에서 달그락거리는 어머니의 밥 짓는 소리가 꿈결처럼 아스라이 들렸다. 그러나 도저히 눈을 뜰 수가 없었다.

"아가 소풍 가야지."
라는 어머니의 소리에 비로소 잠을 깨고 세수를 한 나는 이미 차려져 있는 밥상을 보고 깜짝 놀랐다. 팥물이 잘 들은 찰밥에 계란 찜이며 멸치볶음이며 온갖 나물이며 평소 보지 못한 진수성찬이었다. 먼 길 떠나는 어린 아들에게 든든한 아침밥을 먹여 보내고자 하는 어머니의 정성이 고스란히 녹아 있는 아침 밥상이었다.

흐뭇해하시는 어머니의 미소 속에 밥 한 그릇을 뚝딱 해치운 나는 사립문밖까지 따라 나온 어머니로부터 수건으로 정성스럽게 싸여 있는 도시락을 넘겨받고 휘파람을 불면서 학교로 향했다.

동네 길 모퉁이를 돌아 내가 보이지 않을 때까지

"아가 조심해라. 물 조심해라."

라고 거듭 외치는 어머니의 목소리는 들뜬 나의 귓바퀴를 스쳐 지나갔을 뿐 이미 가슴 가득 친구들과의 소풍 길에 빠져 있는 내 귀에는 들리지 않았다.

***

학교 운동장을 출발할 때에는 제법 열을 지어 '하나' '둘' 하면서 발을 맞춰가던 우리는 어느덧 아침 햇살에 그림자를 길게 드리운 포플러 가로수 길 모퉁이를 몇 번 돈 뒤부터는 친한 애들끼리 무리 지어 재잘거리면서 걷고 있었다.

그래도 나는 가끔씩 주변 경관을 둘러보면서 걸었다. 지난번 화개 약수터에 갈 때 이미 보았던 낯익은 풍경들이 펼쳐졌다. 벚꽃나무들이 줄지어 늘어선 평사리 앞길에 이르자 동정호가 한눈에 들어왔다. 나무사이로 비치는 동정호의 푸른 물빛은 여전한데 황새인지 백로인지 큰 새 몇 마리가 호수 위를 유유히 날고 있었다. 호수 가장자리에는 물고기가 다가오기를 기다리는지 긴 다리 하나로 꼼짝 않고 서 있는 왜가리도 보였다.

동정호를 지나자 이내 섯바구 모퉁이가 나왔다. 형제봉에서 신선대와 고소성을 거쳐 쉼 없이 달려온 능선은 섯바구에서 대단원의 막을 내리고 있었다.

그 뒤는 바로 섬진강, 끝없이 펼쳐진 백사장 뒤로 푸른 섬진강의 유장한 물결이 보였다.

"지금부터 점심시간 전까지는 자유시간이다."라는 선생님의 말씀에 애들은 일제히

"와~"

하고 함성을 지르며 모래톱으로 달려 나갔다. 몇몇은 모래 위를 뒹굴거나 몇몇은 모래에 구덩이를 파서 두꺼비집을 만드는 등 제각각 자유를 만끽하면서 놀기 시작하였다.

아! 자연과 인간은 역시 하나구나. 보라! 파란 강 빛나는 모래밭에서 온갖 몸짓으로 재잘거리며 티 없이 뛰노는 어린애들의 모습

을…. 바로 이런 곳이 우리가 꿈꾸는 천국 아니겠는가.

***

나는 모래와 강물이 만나는 한적한 물가로 갔다. 얕은 강물은 너무나 맑아서 마치 아무것도 없는 것처럼 투명하였다.

나는 신을 벗고 가만히 강물에 발을 담갔다. 잠시 강물이 흩어졌다. 투명함도 사라졌다. 그토록 투명하고 고요한 강물에 미안한 생각이 들었다. 그러나 강물은 이내 투명함과 고요함을 되찾았다.

내 발등에는 유난히도 맑고 투명한 햇살이 비치고 있었고, 그 작은 물결을 따라 가늘고 투명한 무늬가 그려졌다. 때로는 느리게, 그러다가 조금은 빠르게를 반복하면서 흔들리는 작은 물결무늬, 크고 작고 곧고 구부러지고 그 모양도 다양하였다.

한참을 보고 있노라니 투명한 물결무늬 사이로 내 발등위에서 무언가 움직이는 것이 있었다. 허리를 굽히자 내 그림자로 발등에 비친 무늬의 눈부심이 사라졌다. 움직이는 것은 이내 송사리임을 알 수가 있었다.

송사리, 까만 눈 외에 보이는 것이 없는 작은 물고기, 그나마도 몸은 완전히 투명하여 언뜻 보면 있는지 없는지 알 수가 없다.

내 발등도 투명하고 물결도 투명하고 햇빛에 비친 무늬도 투명하고 그 사이를 노니는 송사리 역시 투명하다. 모든 게 다 투명하였다.

그러니 더더욱 송사리가 쉽게 보일 리 있나. 송사리가 투명함을 선택한 이유를 알 것 같았다. 한 마리를 발견하고 나서 주변을 보니 온통 송사리 투성이였다. 발을 조금만 움직이면 좍 흩어졌다가 이내 모여들었다.

그래서 발을 움직이지도 못하고 가만히 있는데, 작은 물결에도 발가락 사이에서부터 고운 강모래가 무너지기 시작하였다.

발가락이 간지러웠다 모래 때문에.

발등이 간지러웠다 송사리 때문에.

***

송사리에서 눈을 떼자 얕은 물가 모래 여기저기에 조그만 구멍들이 보였다. 호기심에 구멍 한 개를 파 보았다. 그리 깊지 않은 모래 속에 손톱만한 조개가 모래와 함께 내 손바닥에 들어왔다. 이른바 '재첩'이라고 하는 작고 예쁜 강조개였다.

자세히 보니 그런 구멍이 수도 없이 많았다. 금세 한 주먹의 조개를 캘 수 있었다. 노란색깔, 연두색깔, 푸르스름한 색깔, 불그스레한 색깔, 거무튀튀한 색깔 등등 참으로 귀엽고 예뻤다.

집에 가져가고 싶었으나 불쌍한 생각이 들었다. 어쩌다가 다리가 없어 도망도 못가고 잡으면 잡히는 대로 가만히 있을 수밖에 없는 신세가 되었는지.

나는 강물 여기저기에 잡은 조개를 뿌려주었다.

"잘 살아라 조개야!"

***

눈을 들어 하늘을 보았다. 눈길 따라 올라간 산은 끝이 없었다. 동쪽은 지리산 서쪽은 백운산. 산 아래쪽은 이미 녹음이 들었지만 중산간에는 이제 막 초록이 물들기 시작하는데 연분홍빛 산벚들의 군락이 여기저기에 흩어져 있고 산꼭대기로 가면서 아직은 봄기운이 제대로 돌지 않았는지 소박한 모습의 진달래 몇 떨기가 막 꽃망울을 터뜨리는가 싶더니 이내 색 바랜 겨울모습으로 변해 갔다.

속살을 훤히 드러낸 맑은 강물에는 그런 산 모습 그대로 한 폭의 수채화를 그려내고 있었다. 강 밖이나 강 속이나 온 천지가 온통 알록달록한 수채화였다.

비록 얼마 전까지 꽃구름으로 장식한 천상의 신기루처럼 섬진강변을 아름답게 물들였던 벚꽃 잎들은 빨긋빨긋한 꽃자루에 화려했던 연분홍빛 추억의 여운을 남긴 채 강물위로 흩어져 갔다.

아! 이 찬란한 봄날이여!

살아 있는 무수한 생명들이 꽃을 피우고 잎을 돋게 하는구나. 법정(法頂)스님의 말씀처럼 봄은 그 자체로 하나의 커다란 축복이 아닐 수 없다.

***

강바닥 군데군데 형성된 널따란 모래톱만이 눈부신 햇살을 받아 은색 금색으로 반짝거리고 있었다.

은모래 금모래였다.

지리산은 그 품이 넉넉한 육산(肉山)이지만 드문드문 드러나 있는 바위에는 유난히도 운모(雲母)가 많았다. 바로 이 운모가 세상에 둘도 없는 은모래 금모래를 만들어 내고 있는 것이다.

끝도 없이 펼쳐진 은모래 금모래 밭은 소동파(蘇東坡)가 적벽부(赤壁賦)에서 노래한 것처럼 천지자연의 무진장(無盡藏)함을 보여주고 있었다.

어디 그 뿐이랴! 물에는 크고 작은 수많은 물고기들이 헤엄치고 모래 속에는 색색가지 조개들이 올망졸망 모여서 살아가는 모습을. 천국이 따로 없었다.

여기 이런 섬진강을 노래한 시인 김용택(金龍澤)의 시 한 구절을 옮긴다.

하동에 가 보라 돌멩이들이 얼마나 많이 굴러야
저렇게 작은 모래알들처럼 끝끝내 꺼지지 않고
빛나는 작은 몸들을 갖게 되는지

겨울 하동에 가 보라 물은 또 얼마나 흐르고 모여야
저렇게 말 없는 물이 되어 마침내 제 몸 안에 지울 수 없는
청정한 산 그림자를 그려내는지

하동에 가서 모래 위를 흐르는 물가에 홀로 앉아
그대 발밑에서 허물어지는 모래를 보라
바람에 나부끼는 강 건너 갈대들이
왜 드디어 그대를 부르는 눈부신 손짓이 되어
그대를 일으켜 세우는지

왜 사랑은 부르지 않고 내가 가야 하는지 섬진강 끝 하동
무너지는 모래밭에 서서 겨울 하동을 보라

***

이런 섬진강의 풍광에 흠뻑 젖어 있는 나의 눈에 달리 보이는 것은 없었다. 눈이 젖으니 머리도 젖고 귀도 젖었다. 나에게는 오로지 고요가 스치고 지나가는 강물의 정적과 소리 없이 산야에 번져가는 봄의 메아리만이 있을 뿐이었다.

이런 내가 점심시간을 알리는 선생님의 호루라기 소리를 들은 것은 몇 번을 불고 난 뒤였다. 아주 낯선 소리였다. '왜 이런 곳에 저런 소리가…'라며 발걸음을 떼지 못하고 있었다. 나는

"여상규~"

라는 선생님의 날카로운 고함소리를 듣고서야 후다닥 놀라 뛰어갔다.

점심시간이었다. 도시락을 열자 아침에 먹은 팥 찰밥에 볶은 멸치반찬이 들어있었다.

자연 속에서 정신이 맑아진 나는 그제야 어머니가 까만 새벽부터 부엌에서 분주하셨던 이유를 알 수 있었다.

'어머니 고맙습니다. 잘 먹겠습니다'

푸른 산과 강물, 빛나는 모래톱을 바라보면서 먹는 점심이란 눈

에 보이는 모든 것이 반찬이었다. 하물며 어머니의 정성이 가득 담긴 밥과 반찬까지 있으니 더 이상 그 무엇이 부러우랴.

한참을 정신없이 퍼먹던 나는 문득 옆 친구의 도시락을 쳐다보았다. 보리가 많이 섞인 밥에는 별도의 반찬그릇 없이 한켠에 된장과 고추장을 담아 밥 절반은 빨갛게 장물이 들어있었다. 그럼에도 그 친구 역시 입 밖으로 밥알이 튀어 나올 정도로 한 입 가득 맛있게 먹고 있었다.

나는 얼른 멸치볶음 반찬그릇을 그 친구 앞으로 밀면서 먹으라고 했다. 그때 나를 쳐다보던 친구의 눈망울은 아직도 기억이 생생하다. 선뜻 먹지 못하고 나를 쳐다보던 그 친구의 묘한 눈빛, 나는 이내 친구의 마음을 헤아리고 그가 보는 앞에서 일부러 볶은 멸치를 친구의 밥 위에 있는 고추장에 찍어 먹었다. 그러자 친구도 내 도시락의 볶은 멸치를 같이 먹기 시작하였다.

우리는 작은 멸치 한 마리, 밥 한 톨 남기지 않고 모두 먹어 치웠다. 참으로 흐뭇한 점심식사였다.

***

식사 후에는 모두들 강에서 떨어진 모래밭에 둥그렇게 둘러앉아 수건돌리기를 하였다. 한 친구가 수건을 들고 뛰어 돌다가 슬쩍 어느 친구 뒤에 놓고 가면 이를 알아차린 친구가 다시 수건을 들고 도는 놀이였다. 친구들은 대개 자기가 좋아하거나 싫어하는 친구 뒤에 수건을 놓았다. 만약 자기 뒤에 수건이 놓인 줄도 모르고 잠자코 있다가 한 바퀴를 돌아온 친구로부터 찍히면 노래를 불러야만 했다.

나는 원래 노래를 잘 하지 못해 수건 든 친구가 지나가면 꼭 내 뒤를 돌아보았다. 그렇게 해서 나도 몇 번 수건을 돌렸으나 노래 부르는 것은 피할 수 있었다.

더 재미있었던 놀이는 보물찾기였다. 선생님께서 몰래 표시를 한 종이를 작게 접어서 여기 저기 숨겨두면 우리가 이를 찾는 놀이이고 찾은 친구에게는 공책과 연필이 상품으로 수여되었다. 어떤 친구들은 이리저리 뛰어다니기도 하고 또 어떤 친구들은 여기 저기 모래를 파 보기도 하였다.

나는 가만히 생각하다가 작은 돌이 있거나 풀이 돋아난 근처의 모래밭을 파 보았다. 예상대로 틀림없이 보물이 나왔다. 나는 그 날 공책과 연필을 제일 많이 타서 부러움을 샀다.

오늘은 여러모로 기분 좋고 운 좋은 하루였던 것 같다. 이렇게 좋은 하루의 시작과 끝에는 반드시 어머니의 정성이 있다는 사실도 알았다.

/

통점재의 정상에는 은빛 갈대들이 떠오르는 햇살을
받아 한층 눈부시게 반짝거리고 있었다.
갈대숲 오솔길 사이로는
수줍은 듯 흰 구름 한 조각이 머리를 내밀고 있었다.

/

청암(靑岩)은
흰구름을 이고

나는 어머니가 39세에 낳은 늦둥이였다. 그래서 누구나 좋아하는 외할머니와 외할아버지가 살아 계시지 않았다.

그래도 외갓집은 항상 그리운 곳이라 가고 싶었다. 비록 외할머니는 안 계셔도 외삼촌이 진교 민다리에 사신다고 했다. 학교에서 친구들로부터 외갓집 얘기를 들은 날이면 외삼촌 집에 가자고 어머니를 졸라댔다. 그럴 때면 어머니는 항상,

"진교까지는 멀어서 갈 수가 없단다."

라고 말씀하시면서 먼 동쪽 하늘을 응시하시곤 하였다. 어머니께서도 분명 친정집 가족들을 그리워하면서 가보고 싶었을 것이다.

사실 진교라면 악양에서는 하동의 서쪽 끝에서 동쪽 끝까지 가

야하는 먼 곳이었다. 걸어서 갈 곳은 아니었다.

***

그런데 어느 날 갑자기 어머니께서

"청암 절골에 이모가 사는데 한 번 가 볼래?"

라고 하셨다. 호기심 많은 나는 뛸 듯이 기뻤다. 아침밥도 안 먹고 빨리 가자고 조르는 나에게 어머니는

"청암은 논이 없어 쌀이 귀하다."

시며, 자루에 두어 되의 쌀을 담아 머리에 이고 길을 나섰다.

어머니는 이미 아침 해가 한 발 정도나 떠 있는 물(악양천)건너 동쪽의 통점재를 가리키며 말씀하셨다.

"점심 전에 저 재를 넘어야 한다."

가을의 해는 짧고 빨라 여름 내내 칠성봉 위에서 솟던 해가 어느덧 훨씬 남쪽의 통점재 위에서 솟고 있었다.

그러나 통점재라면 해발 천 미터 안팎의 남지리산 연봉들을 가까이에서 연결하는 높은 재, 서둘러야 한다. 새터몰을 내려와 악양천을 건너고 땅번지 마을을 벗어나 바야흐로 오르막길에 접어들자 소나무, 참나무, 오리나무, 물푸레나무 등 키 큰 숲속길이 계

속되었다. 골짜기를 흐르는 개울물도 제법 소리 내며 흐르고 있었다. 얼마를 지나자 숲은 낮아지고 싸리나무와 진달래 등의 떨기나무 군락지가 나왔다.

저만치 다가온 재의 정상에는 은빛 갈대들이 떠오르는 햇살을 받아 한층 눈부시게 반짝거리고 있었다. 갈대숲 오솔길 사이로 수줍은 듯 흰 구름 한 조각이 머리를 내밀고 있었다. 반쯤 보이는 흰 구름조각과 짙푸른 가을하늘, 은빛 갈대숲은 묘한 조화를 이뤄 한층 선명하게 대비되고 있었다.

아~ 가을하늘의 푸르름은 흰 구름으로 인하여 지워질 수도 있지만 더욱 짙푸를 수도 있구나! 저 은빛 갈대숲은 가을 한천(寒天)의 화려한 푸르름으로 인하여 그 빛을 잃을 수도 있지만 더욱 찬란할 수도 있구나!

이런 자연의 오묘한 조화는 굳이 헤겔(G. W. Friedrich Hegel)의 변증법(辨證法)을 들먹이지 않더라도 우리 인간에게 정(正)이란 반(反)이 있어야 합(合)으로 승화될 수 있음을 간명하게 일깨워 주고 있는 것이다.

재를 넘자 지금껏 보지 못했던 풍광이 눈앞에 펼쳐졌다. 나무는 별로 없고 키 낮은 산죽과 갈대들이 뒤섞여 부드럽고 완만한 내리막길을 형성하고 있었다.

어머니와 나는 시야가 탁 트인 언덕위에 자리를 잡고 무명 보자기에 싸온 점심 밥그릇을 펼쳤다. 평소와 같은 밥그릇에 보리 섞인 밥이었다. 한 숟갈 퍼 넣은 보리밥알이 입안에서 한참을 맴돌았다. 입을 우물거리며 눈을 들자, 주변 경치가 한눈에 들어왔다.

멀리 하늘과 맞닿아 있는 산등성이들은 초가을 하늘보다 더 푸르렀다. 그 앞으로 수도 없는 능선들이 겹쳐 있고, 가까워질수록 아직은 초록빛이 선명한 산록 여기저기에 은은한 가을빛이 물들기 시작하였다.

아~ 저 노랗고 붉은 가을 꽃자리, 초록이 지쳐 단풍이 되었는가! 한 여름의 무더위를 용케도 견뎌온 청록(青綠)은 가을의 서늘함에 더 버틸 힘을 잃고 홍황(紅黃)에 자리를 양보하고 있었다.

미당(未堂) 서정주(徐廷柱)는 저렇듯 붉어져 가는 가을 단풍을 보고

'눈이 오면 어이하리야 봄이 또 오면 어이하리야'

라면서 그리운 사람을 그리워하였다.

"어머니 저 단풍 좀 봐."

“응? 어….”

어머니는 내 말을 들었는지 못 들었는지 계속되는 손놀림으로 밥그릇만 열심히 챙기고 있었다. 이렇듯 어머니는 항상 하시는 일에 열중하였다. 한 눈을 파는 법이 없었다.

나는 그런 어머니를 물끄러미 쳐다보았다. 50이 넘은 어머니는 많이도 늙어 있었다.

젊음이 지쳐 탄력을 잃었는가. 고단한 삶이 곱던 얼굴 여기저기에 수많은 잔주름을 파 놓았다.

갑자기 어머니가 측은하다는 생각이 들었다.

아 아! 어머니
귀밑에 서리 내리면 어이하리야
추운 겨울에 긴 잠들면 어이하리야
그때 내 어머님 그리워 나는 또 어이하리야!

나는 눈을 가늘게 뜨고 한참 동안이나 어머니를 바라다보았다.

“얘야 가자.”

며 일어서는 어머니를 보고서야 그런 눈길을 겨우 멈출 수 있었다.

***

자리에서 털고 일어난 나는 어머니와 함께 천천히 내리막길을 내려갔다. 어머니는 앞서가던 나에게

"아가 길에 뱀이 있을지도 모르니 뒤따라오렴."

하며 앞섰다.

어머니를 뒤따라가는 나는 뱀 걱정은 덜었지만 왠지 뒤가 허전하였다. 서걱서걱 부딪치는 산죽 잎 소리는 꼭 누가 뒤따라오는 발자국 소리 같았다. 더구나 사방을 둘러보아도 인가라고는 전혀 보이지 않는 그야말로 산중의 산중이었다. 갑자기 겁이 났다.

"엄마 누가 뒤따라오는 것 같아."

그러자 어머니는 막대기를 하나 주워주며 나를 앞세우고는

"뱀이 도망가게 길을 두드리며 걸어라. 가을 뱀은 특히 독하단다."

사실 스님들은 외출할 때면 반드시 지팡이를 든다고 했다. 나처럼 겁이 나서 그런 것이 아니라 걸으면서 지팡이를 툭툭 짚어 길 위에 있던 미물들이 미리 대피할 수 있는 기회를 주기 위함이다. 평소 신심(信心)이 깊었던 어머니께서는 뱀을 피할 수 있는 지혜와 함께 이런 자비심까지 일상적으로 실천하고 계셨던 것이다.

***

통점재에서 얼마큼이나 내려왔을까 다시 오르막길로 접어들었다. 절골재의 시작이었다. 이렇게 청암은 멀었다.

절골재 초입은 밤나무 숲으로 되어 있었다. 밤나무 숲을 벗어나자 오로지 보이는 것은 산죽뿐이었다. 통점재를 넘을 때는 한 조각 흰 구름이 외롭게 재위에 걸려 있었으나 절골재는 가끔씩 구름들 사이로만 푸른 하늘을 볼 수 있을 정도로 구름이 많아졌다.

절골재 여기저기에는 큰 바위들이 널려 있었고 습기를 잔뜩 머금은 구름들이 바위들을 휘감아 재를 넘나들고 있었다. 구름이 지나가고 있는 뒤로 언뜻 언뜻 보이는 바위들은 푸르게 보였다. 푸른 이끼 옷을 입고 있었기 때문이다. 이렇게 흰 구름은 푸른 바위, 즉 청암(青岩)을 만들고 있는 것이다.

***

드디어 이모님 집에 도착했다.

우선 집이 열 채도 안되는 조그마한 마을이었다. 거짓말을 좀 보태면 보이는 하늘을 손바닥으로 가릴 수 있을 정도로 산이 높았다. 그렇지만 구름이 지나간 자리에 보이는 하늘은 그렇게 파랄 수가 없었다. 하늘도 파랗고 산도 파랗고 바위도 파랗다.

청암은 이렇게 천지간이 온통 푸르름으로 가득 차 있었다.

사립문을 들어서자 나타난 이모님 집 마당은 우리 집 마당의 반의반도 안 되었다. 마당 한 쪽에는 이모님 집 보다 조금 작은 큰 바위 하나가 비스듬히 서 있었고 바위 뒤 담장까지 두어 평도 안 되는 흙에는 감나무 두 그루가 서 있었다.

어머니는 이모님 집 사립문을 들어서면서

"동생, 내 왔네."

큰 소리로 부르자, 이모께서

"아이고 언니!"

깜짝 놀라 소리치면서 버선발로 뛰어 나왔다. 이내 나를 보고는

"아이고 우리 상규도 왔네."

라며 내 손을 잡고는 기뻐 어쩔 줄을 몰라 했다. 방으로 들어간 이모님은 나를 보고 이제 막 익은 홍시를 내어 놓으며

"우리 상규는 얼굴도 희네. 공부도 그리 잘한다며?"

연신 웃으셨다.

이모님이 저녁을 짓는다고 부엌으로 들어가자, 어머니는 산길

을 힘들게 이고 온 쌀자루를 가지고 같이 부엌으로 들어갔다. 나는 오랜만에 만난 자매 분끼리 부엌에 앉아 정담을 나누며 행복한 시간을 보내고 있음을 가끔씩 깔깔거리는 웃음소리로 느낄 수가 있었다.

***

마침 그때 이모님 집에는 생일만 늦었지 같은 나이의 외가 쪽 동생도 와 있었다. 우리는 갑자기 밖에서 나는 애들 소리에 마당으로 나왔다. 이웃집 애가 호기심에서 담장너머로 보고 있다가 놀러 온 것이다. 그만큼 사람 보기가 귀한 곳이었다.

우리를 본 그 절골 친구는 자기 동네라 그런지 좀 으스대는 것 같았다. 나이도 우리보다는 두어 살 위였고 덩치도 컸다. 내 동생을 보더니

"짜아식 제법 맹랑하게 생겼네."

라며 머리를 툭 쳤다. 순간 동생의 입이 튀어나오고 눈빛이 반짝이더니 잽싸게 뛰어 녀석의 뒷목덜미를 낚아채고 한 바퀴 빙 돌았다. 간신히 넘어지지 않은 그는 잠시 놀란 눈으로 동생과 나를 번갈아 쳐다보았으나, 이내 '이놈들 봐라'라는 조소가 입가에 번지고 있음을 읽을 수 있었다. 순간 나는 이때 녀석의 기를 꺾지 않으

면 오히려 싸움이 커질 것 같다는 생각이 들었다. 나는 두 주먹을 불끈 쥐고 녀석의 눈을 똑바로 쳐다보면서

"야 임마 우리 동네는 100호도 넘는 큰 마을이야. 기와집도 있어. 어데서 큰 소리를 쳐 임마."

냅다 소리를 질렀다. 이에 녀석은 금방 대들듯한 기세가 팍 꺾이면서 야코가 죽는 모습이었다. 눈을 아래로 내려 깔고 제대로 쳐다보지도 못했다.

이를 본 나는 얼른 그의 어깨를 툭툭 치면서

"야, 악양 한 번 놀러와. 내가 구경시켜 줄게."

라고 했다. 그제야 녀석도 얼굴이 풀어지면서

"그래 고마워."

우리는 금방 친해져서 마을 구석구석을 돌아다니고 밤도 줍고 홍시도 따 먹었다. 나는 그 친구에게 악양 얘기를 많이 해 주었다. 내가 다니는 학교의 전교생이 천 명을 넘는다고 자랑했다. 내 말에 약간의 뻥이 있기는 했지만(당시 새터몰은 84호였고 전교생은 960명이었다), 그 친구는

"악양이 그렇게 커?"

라면서 놀라워했다.

이틀 밤을 지낸 어머니와 나는 다시 악양으로 돌아왔다. 그 친구와는 헤어지는 것이 못내 아쉬웠다. 동네 어귀에 있는 바위에 가릴 때까지 손을 흔들면서 소리쳤다.

"어이 친구 또 보자."

그 친구 역시

"그래 꼭 악양 한 번 갈게."

라고 화답했다.

그러나 이후 다시는 그 친구를 볼 기회가 없었다. 청암 이모 집에도 더 이상 가지 못했다.

무릇 인간이 살아가면서 겪게 되는 모든 일은 일회적인 것 같다. 무엇이든지 할 때 잘해야 되겠다는 생각이 들었다.

/

세살 터울의 인숙누나는 지금 생각해도
정말 착하고 예뻤다. 그런 누나가 열아홉 꽃다운 나이에
명을 달리한 것을 생각하면
아직도 마음이 아려온다.

/

누나야 누나야

굳이 호사다마를 들먹이지 않더라도 행복에는 대가가 따르는 것인가. 지금까지도 나를 괴롭히고 있는 불행의 싹은 오순도순한 가족들의 행복 속에서 자라나고 있었다.

형님과 나 사이에는 세살 터울로 누나 셋이 있었다. 형님 위로 누님이 한 분 더 계셨지만 내가 태어나기도 전에 시집을 가 같이 살지 않았다. 같이 사는 세 누나들은 어린 남생동이 귀여웠던지 나란히 앉아 나에게 등을 디밀고

"아가, 어부바!"

라고 부르면서 서로 자신의 등에 업기를 경쟁하였다. 나를 업은

누나는 좋아서 어쩔 줄을 몰라 했다. 그런데 나는 주로 위의 윤숙이 누나와 부숙이 누나에게 업혔고, 막내인 인숙이 누나한테는 잘 가지 않았다. 나 보다 조금 더 컸을 뿐이기 때문이다.

그러나 3년 선배로 같은 초등학교를 다닌 인숙이 누나는 학교에선 항상 나에게 든든한 빽이었다.

초등학교 3학년 어느 날, 나는 여러 친구들이 보는 앞에서 철봉에 매달려 거꾸로 섰다가 돌아내려오는 묘기를 자랑하던 중 그만 땅에 떨어져 얼굴도 깎이고 많은 코피를 흘리게 되었다. 너무 아프고 부끄러워 땅바닥에 주저앉아 엉엉 울고 있는데, 어떻게 알았는지 누나가 금방 뛰어와서 나를 데리고 수도가로 가 피를 닦고 얼굴을 씻겨주었다. 마음속으로는 고맙기 이를 데가 없었지만 아무런 표현을 하지 못했다.

지금 생각해도 인숙이 누나는 정말로 착했다. 내가 아무리 못된 짓을 해도 단 한번도 화를 내는 모습을 본 적이 없다. 초등학교를 들어가기 전부터 누나와 나는 경쟁하듯 자랐지만, 항상 누나가 져 주었다.

밤 익는 계절이면 누나와 나는 아직 동이 트기 전 이른 새벽 간

밤에 떨어진 알밤을 줍기 위하여 서로 먼저 일어나 마당가에 있는 큰 밤나무 아래로 갔다. 아무 것도 보이지 않는 새까만 어둠 속이지만 알밤은 달빛 별빛을 받아 반짝 반짝 빛나고 있어 이를 찾아 줍는 것은 그리 어려운 일이 아니었다.

나는 주로 누나가 가는 앞쪽으로 가면서 먼저 주웠다. 누나가 줍는 것처럼 보이면 잽싸게 밀치고 먼저 줍기도 하였다.

또 우리는 채 익기 전에 미리 떨어진 감도 주웠다. 조그만 단지에 물을 채우고 주운 풋감을 넣은 다음 그 위에 호박잎을 덮고 재를 뿌려 떫은맛이 우러나기를 기다리는 것이다.

이때도 나는 내 단지를 놔두고 누나 단지에 든 익은 감을 먼저 꺼내 먹는 일을 다반사로 했다.

그렇게 못된 짓만 골라가면서 해도 누나는 결코 나를 책망하지 않았다. 눈을 흘기거나 날카롭게 쏘아본 적조차 없다. 원래 누나의 눈매는 워낙 선하게 생겨 쏘아봤자 였다. 어머니에게 이르는 법도 없었다. 세상에 그런 누나가 또 있을까!

***

인숙이 누나는 초등학교를 졸업할 즈음 이미 누나들 중에 키가 제일 컸다. 몸도 호리호리 하였다. 얼굴도 하얗고 코도 오뚝하여 예뻤다. 유독 단정하기도 했던 그 누나는 뒷산에 올라 진달래를 꺾을 때에도 항상 가지런히 꺾어 쥐고 다녔다.

그런 인숙이 누나가 초등학교를 졸업한 직후 중학진학을 포기한 채 부산으로 갔다. 당시 부산의 부잣집들은 초등학교를 갓 졸업한 시골 여자아이들을 구하여 잔심부름을 시키는 것이 유행이었다. 이런 붐을 타고 먼저 나간 같은 또래의 동네 친구가 인근 약국에서 심부름하는 여아를 구한다는 소식을 알려오자 그만 부산으로 가고 만 것이다.

나는 크게 허전했다. 어머니도 마찬가지였다. 그렇게 인숙이 누나와는 헤어져서 2년 동안 보지 못했다.

내가 중학교 2학년 때 부숙이 누나가 시집을 가서 부산으로 떠나는 바람에 다시 집으로 돌아온 인숙이 누나는 이미 열아홉 숙녀가 되어 있었다. 키도 더 커졌지만 도회 물을 먹은 얼굴은 더욱 하얗고 예뻐져 있었다.

그런 누나들은 함께 내가 부산으로 고등학교 유학을 떠나는데 결정적인 영향을 끼쳤다.

***

그해 여름에는 우리 고향 온 동네에 장티푸스가 돌았다.

그런데 부산에 있다가 다시 시골로 돌아와 아직 채 적응이 되지 않았던 탓인지 그만 인숙이 누나가 장티푸스에 걸리고 말았다. 식음을 전폐하고 몸져누운 지 1주일이 되어도 일어나지 못한 누나는 얼마나 괴로운지 끙끙 앓기 시작하였다. 이에 어머니 역시 물을 떠놓고 빌기만 할 뿐 아무런 방법을 찾지 못하고 있었다.

참지 못한 어머니는 시루떡을 하고 무당을 불러 굿을 하게 하였다. 대나무 가지를 손에 든 무당은 이리 저리 돌면서 바들바들 떠는가 싶다가 갑자기 펄쩍 펄쩍 뛰면서 춤을 추었다. 도저히 알아들을 수 없는 주문을 연신 중얼거렸다.

이를 본 주위에서는 드디어 무당에게 신이 내렸다면서 누나의 병이 나을 거라고 반겼다. 그런 무당은 가끔씩 물을 적신 대나무 가지를 흔들어 인숙이 누나의 얼굴에 뿌리기도 하였다.

대나무 가지가 몇 번씩이나 누나의 얼굴을 스치기도 하였으나 누나는 아무런 반응을 보이지 않았다.

어머니는 그런 요란한 굿을 하는 동안 시종일관 무릎을 꿇고는 두 손을 모아 싹싹 비비면서

"천지신명님께 비옵나이다. 우리 인숙이 빨리 나아 일어나게 해

주소서."
라고 소원을 빌었다.

그러나 이 모든 것은 허사였다. 누나의 신열은 더욱 기승을 부렸고 가끔씩 혼수상태에 빠지기조차 하였다. 괴로워하는 누나의 모습에 달리 방법이 없던 어머니는 안절부절 어쩔 줄을 몰라 하다가 때로는 혼자 나가서 우시기까지 하였다.

곁에서 이를 지켜본 나는 어머니 편이었다. 아무리 누나를 좋아해도 어머니를 괴롭히는 것만은 보고 넘길 수가 없었다. 그래서 누나에게 욕을 해댔다. 심지어 토끼집을 만들려고 준비한 조그만 각목으로 누어만 있는 누나를 때리기도 하였다. 어머니 그만 괴롭히라면서 각목을 들기만 해도 누나는 잔뜩 겁먹은 눈으로 나를 쳐다보며 아프다는 신음소리를 내었다.

그러지 말라고 애원하는 듯한 누나의 더욱 오뚝해진 코와 검고 큰 눈망울이 지금도 눈에 선하다.

이미 열흘 넘게 아무것도 먹지 못한 채 드러누워 뼈뿐인 누나가 각목으로 얻어맞으면 얼마나 아팠을까? 지금 생각하면 각목을 들고 설치는 내가 아마 저승사자보다도 더 무서웠을 것이다.

누나에게 나는 왜 그리도 못된 놈이었을까? 왜 그때 열이 펄펄

나는 누나의 머리에 찬 물수건을 얹어주며 '누나 힘내!'라는 말을 하지 못했을까? 그것이 그렇게도 어려운 일이었던가? 참으로 후회스럽다.

***

그런데 누나가 2주일이 지나자 처음으로 일어나 앉았다. 그러나 아무런 말이 없었다. 좋아진 것 같지도 않았다. 퀭한 눈동자는 이미 시선을 잃고 있었다. 가만히 앉아 그저 머리를 끄덕이듯이 앞뒤로 흔들어 대기만 했다.

이상한 낌새를 눈치 챈 어머니는 울면서 그런 누나를 붙잡고 왜 그러느냐고 껴안았다. 그러자 누나는 다시 누웠다. 어머니는

"아가 정신 차려!"

라고 고함을 질렀다. 비로소 무슨 일이 일어나고 있는지 짐작한 나는 그제야 지금껏 내가 누나에게 무슨 잘못을 했는지 어렴풋한 느낌이 왔다. 누나에게 미안했다. 참으로 미안했다. 마지막 숨을 거두는 누나의 모습을 차마 지켜볼 수가 없었다. 옆방으로 건너온 나는 하염없이 눈물을 흘리면서 누나가 깨어나기를 기도했다. 그러나 어머니의 통곡소리만 들려왔다.

***

내가 제일 좋아하던 누나는 그렇게 갔다. 꽃봉오리 같은 열아홉 나이에 그만 피어보지도 못한 채 그렇게 가고 만 것이다.

나는 죄책감에서 얼굴을 파묻고 울면서 누워 있었다. 어머니가 물 한 그릇을 떠가지고 와서 그런 나를 일으켰다. 일어난 나에게 물을 먹이던 어머니가 갑자기

"아가 너도 아프냐? 도대체 애들이 왜 이러는 거냐."

고 비명에 가까운 소리를 지르며 더욱 더 큰 소리로 우시기 시작하였다. 머리를 푹 숙인 채 물을 마시면서 눈물을 흘리고 있는 나도 아픈 것으로 착각하신 것이다. 어머니의 걱정을 알아차린 나는 얼른

"어머니 저 괜찮아요. 그렇게 착한 누나가 이 동생에게 몹쓸 병을 옮겨주고 가겠어요? 혼자 전부 짊어지고 갔어요. 우지 마세요."

라면서 나는 엉엉 소리 내어 울었다. 그제야 정신이 드신 어머니는 나를 힘껏 껴안고 한동안 놓지 않았다.

그 후 어머니는 누나의 시신을 거적에 싸서 아무런 장례절차도 없이 화봉산 동쪽 기슭의 송장머리 공동묘지 어딘가에 묻었다고

하셨다. 시집장가 못간 처녀 총각이 죽으면 그렇게 하는 것이라면서 나에게 끝내 누나의 무덤을 알려 주지 않았다. 나도 그 이후 누나의 묘를 찾으려 하지 않았다.

***

내가 왜 어머니께서 누나의 묘를 알려주지 않았는지 알게 된 것은 한참 후의 일이다. 어머니는 먼저 간 딸을 땅에 묻은 것이 아니라 바로 당신의 가슴에 묻은 것이다. 어머니란 이렇게 하여 세상을 떠날 때까지 파랗게 멍이 든 가슴을 혼자 떠안고 살아가는 것이다.

나는 지금까지 그렇게 보낸 누나의 영전에 술 한 잔도 따라 놓지 못했다. 지금도 인숙이 누나 생각을 하면 미안한 마음에 눈시울이 적셔진다. 세상에 장티푸스 정도라면 링거 주사 한 방이면 끝날 하찮은 병인데 그렇게 유명을 달리하다니.

'불쌍하기도 해라 우리 누나. 좋은 세상에 다시 태어나 부잣집에서 잘 살고 있을 것으로 믿어, 누나야!'

2

/

경남고 재학 중

친구들과 교정에서

/

유학과 이별

인숙이 누나의 갑작스런 죽음은 나에게 크나큰 충격과 함께 정신적인 성숙을 안겨 주었다. 한동안 웃음을 잃고 있었다. 학교에서 돌아온 나는 어머니의 말씀이 없어도 즉시 소를 몰고 안꽂매로 올라가곤 하였다. 안꽂매는 화봉을 사이에 두고 누나가 묻힌 송장머리 반대편에 있는 조그마한 골짜기이다.

나는 안꽂매 골짜기에 소를 풀어놓고 푸른 초원에 누워 짙푸른 하늘에 떠가는 구름을 바라보면서 끝없는 상념에 잠기곤 하였다.

도대체 인생이란 무엇인가. 죽으면 끝인가. 과연 내세란 있는 것일까. 그곳에 가면 누나를 다시 만날 수 있을까.

언젠가는 어머니와도 헤어져야 하는 것인가. 나는 적어도 어머니만큼은 영원히 헤어지고 싶지 않았다. 어머니만큼은 영원히 내 곁에서 나를 지켜줄 것으로 믿어 의심치 않았다.

***

인숙이 누나가 심부름하는 아이로 일하러 부산에 나가기 전까지는 내게 부산은 먼 나라 얘기였다. 아무런 연고도 없었을 뿐더러, 일상에서 부산에 관한 얘기도 일체 듣지 못했다.

그러던 차에 초등학교를 갓 졸업한 마을 소녀들이 하나 둘씩 부산으로 나가기 시작하였고, 먼저 간 소녀가 같은 또래 친구를 불러내어 동네에 마치 부산 붐이 일어나는 것 같았다.

게다가 부숙이 누나가 시집을 가서 부산으로 나가 살게 되자, 부산은 갑작스럽게 내게로 다가왔다.

이렇게 인숙이 누나의 이른 죽음은 적어도 나에게만은 헛되지 않은 것이었다고 할 수 있다. 누나는 이 동생에게 이소(離巢)의 아픔을 견디고 넓은 세상으로 진출할 수 있는 용기와 기회를 열어주고 간 것이다.

***

인숙이 누나의 죽음으로 비록 친숙해 지기는 하였지만 아직은 막연하였던 부산은 중3 담임선생님께서 '경남고나 부산고에 응시해 보지 않겠느냐'는 질문과 함께 현실 문제로 다가왔다. 나는 당연히 어머니와 상의하였다. 내 말을 들은 어머니는 반가운 빛을 띠면서도 엷은 미소 속에 한동안 말씀이 없으셨다. 한 참 후 미소가 거의 가신 어머니는,

"네가 좋으면 그렇게 해라."

나지막이 말씀하셨다.

나는 이러한 어머니의 모습과 말씀의 진의를 이해한다. 다 큰 딸을 잃고 외로울 대로 외로워진 어머니는 혼자 곁을 지키고 있는 나까지 떠나버리면 의지할 곳이 전혀 없어 허전하기 짝이 없으실 게다.

이를 아는 나는 고향에서 고등학교를 나와 면서기를 하면서 어머니를 모시고 살고 싶었다. 검은 바지에 하얀 와이셔츠를 입고 귀 뒤에 펜을 꼽은 채로 자전거를 타고 출퇴근하는 면서기가 부럽기도 하였다. 그런 아들이 멀리 떠나겠다고 하니 아마도 이 말을 들은 어머니의 가슴이 철렁 내려앉았을 것이다.

더구나 밖으로만 돌던 아버지는 내가 초등학교 6학년 때인 3년

전 어느 날 갑자기 돌아가셨고, 역시 유학으로 객지에만 머물던 형도 군에 입대하여 멀리 강원도에 가 있었다. 나는 이런 어머니의 심정을 외면할 수가 없었다.

나는 망설였다. 이런 속마음을 담임선생님께도 말씀드렸다. 그러나 선생님은

"너 같은 애가 시골에서 썩기는 아깝다. 어머니께서도 열심히 공부해서 훌륭한 사람이 되기를 바랄 것이다. 그것이 오히려 진정한 효도 아니냐."

라고 충고해 주었다.

이러한 선생님의 충고는 내가 결단을 내리는데 큰 힘이 되었다. 나는 후일 보다 더 큰 효도를 위해서 어머니 곁을 떠나기로 마음먹었다.

그러나 이 판단은 결과적으로 완전히 빗나갔다. 그 후 속칭 출세가도를 달리면서 바쁜 일상을 보내게 된 나는 마음만 있었을 뿐 평생을 어머니 한 번 제대로 모시지 못하고, 사후에 불효의 사모곡이나 읊조리는 처량한 신세가 될 줄을 그 당시에는 조금도 생각하지 못했던 것이다.

***

1965년 초 어느 이른 새벽 나는 어머니께서 새해 병아리를 까야 할 씨암탉까지 잡아 걸게 차려주는 아침밥상을 받았다. 예나 마찬가지로 밥상에는 내 수저만 놓여있었다. 시간에 쫓기고 또 미지의 세계로 나아간다는 설렘에 나는 '어머니 같이 먹자'는 말도 잊은 채 식사를 마쳤다.

어느 새 세수를 하고 머리를 곱게 빗은 어머니는 밥상을 깨끗이 치우고 집안을 정리한 다음 나를 따라 나섰다.

어머니와 나는 화개장터에서 부산으로 출발하는 털털바위 완행버스에 몸을 실었다. 잠에서 채 덜 깬 악양을 뒤로 하고 비포장 자갈길을 터덜거리며 달린 버스는 해가 뜬 뒤에야 하동읍에 도착했다. 진주를 거쳐 마산에 이르렀을 때에는 점심때도 한참 지난 뒤였고, 부숙이 누나가 사는 부산 서면 가야에 도착한 시각은 이미 해가 기운 뒤였다.

마중 나온 누나를 따라 산비탈을 한참 올라가 다다른 누나네 집은 초라하기 짝이 없는 단칸 셋방이었다. 방에 들어가자 어머니와 나를 마주한 누나는 울기 시작하였다. 너무 반갑기도 하거니와 자형이 건재상에 나가 목재를 날라주고 어렵사리 먹고 사는 형편 때문에 오랜만에 온 어머니와 동생을 제대로 대접하지 못하는 서러움이 북받쳐 올랐던 것이다.

그런 누나는 어머니와 동생이 온다기에 미리 시장에 나가 당시에는 비싸서 잘 먹지도 못하는 소 내장을 사와 국을 끓였다. 얼마나 맛있었던지 나는 지금까지 그때 먹은 국밥 보다 더 맛있는 고기와 밥을 먹어 본 적이 없다.

***

며칠을 쉰 나는 드디어 결전의 입시 날이 다가와 아침 일찍 누나가 사 준 책받침을 들고 어머니, 누나, 자형과 함께 1시간 가까이 걸리는 경고로 갔다.

구덕운동장 앞에서 전차를 내려 산 중턱에 있는 교정으로 종종걸음을 옮기는데 밤새 내린 싸락눈으로 살짝 덮인 비탈길이 매우 미끄러웠다. 나는 어린애처럼 이리저리 지치다가 그만 미끄러져 넘어지면서 아까운 책받침을 두 동강으로 댕강 부러뜨리고 말았다. 어머니가 얼른 일으켜 주었으나 불길한 예감이 들었다. 시골서는 구경도 못할 좋은 책받침을 부러뜨린 것도 아까웠지만 '일생일대의 대사를 앞두고 이 무슨 경솔한 짓을…'이라는 자책감이 앞섰다.

무거운 마음으로 1교시 국어시험을 친 나는 시험이 끝난 직후 배포된 정답지와 대조해 보았더니 총 50문제 중 무려 9문제나 틀렸다. 설상가상으로 다음 2교시 영어는 확실히 알고 쓴 답이 절반도 채 안되어 정답지와 맞춰 볼 수조차 없었다. 거의 포기하는 심정으로 마지막까지 응시하였으나, 다행히도 그 뒤에 친 수학과 사회, 농업은 모조리 100점을 자신할 수 있었고, 예체능도 한두 개 틀렸을 정도로 잘 쳤다. 이제는 모든 것을 운명에 맡길 수밖에 없었다.

***

겨울철 농한기라 어머니와 나는 합격자 발표가 날 때까지 비록 비좁지만 누나네 단칸방에서 지내기로 하였다. 누나는 부산에 처음 온 어머니와 나를 용두산 공원과 동래 온천 등의 관광지로 부지런히 데리고 다녔다. 평소 같으면 난생 처음 해 보는 어머니와의 부산여행이 꿈만 같이 즐거워야했지만, 시험을 만족스럽게 치지 못한 내 마음은 그렇게 즐겁지가 않았다. 누나에게 감사하지도 못했고 구경도 건성으로 하면서 어머니를 즐겁게 해 드리지도 못했다.

그런데 며칠이 지난 어느 날 시장에 갔다가 돌아온 누나가 라디오에서 내 이름을 들었다면서 어머니와 내 손을 잡고 기뻐 어쩔 줄을 몰라 했다. 어머니도 손뼉을 치면서 기뻐했으나, 직접 라디오를 듣지 못한 나는 마냥 좋아할 기분이 아니었다. 만에 하나 사실이 아닐 때 그 절망감이 두려웠기 때문이다. 그런 나는 그저 누나와 어머니의 좋아하는 모습에 같이 기분이 좋아졌을 뿐이다.

이런 내 심정을 눈치 챈 누나는 그 자리에서 학교로 가 보자며 어머니와 나를 데리고 나섰다. 눈으로 직접 확인하기 위해서였다.

경고에 도착하여 교문에 붙어있는 합격자 명단에서 내 이름 석자를 확인한 나는 그제야 비로소 합격의 실감을 느낄 수 있었다. 나는 어머니의 손을 잡고 기쁨의 눈물을 흘렸다. 이런 아들의 모습을 본 어머니는 한참이나 내 얼굴을 쓰다듬으면서 어깨를 감싸 안아주었다.

그러나 기쁨도 잠깐 고개를 숙인 어머니의 얼굴에는 어두운 그림자가 스쳐 지나가고 있었다. 나는 이때의 고개 숙인 어머니의 모습을 평생 잊지 않는다. 이미 나는 그런 어머니의 속마음을 잘 알고 있었다. 경고 유학은 그 끝을 알 수가 없는 어머니와의 기나긴 이별의 시작이었던 것이다. 단지 나는 그 이별이 그렇게도 길 줄을 전혀 모르고 있었을 뿐이다.

모교인 악양중학교에 도착하였을 때 분위기는 완전 축제 그것이었다. 키가 유난히 커 Long Teacher(실제 張선생님)이라고 불렸던 농업 선생님은 교문 앞까지 뛰어나와 나를 목말 태우고 덩실덩실 춤을 추면서 교무실로 들어갔다. 기다리던 선생님들이 일제히 박수를 치면서 기뻐해 주신 것은 두말할 필요가 없었다. 특히 중학 내내 주로 농사일이나 도왔지 공부에 열중하지 못했던 나에게 '경고는 어려우니 진고에 응시하라'고 권했던 교장선생님의 박수 소리가 제일 컸다. 진주고와 진주여고, 하동고 등에 진학한 동창들도 서로 자축하며 기뻐하였다.

그 해 악양중학교는 역대 고입시험에서 최고의 성적을 거두었다.

***

기쁨에 들뜬 것도 잠깐, 고교 입학의 날이 다가왔다. 멀리 부산에 있는 누나와 상의할 수단이 없었던 당시 어머니는 나름대로 아들을 떠나보내기 위한 준비를 해 나갔다. 먼저 입던 옷가지와 내복, 양말, 신발까지 전부 씻고 다리고 닦기 시작하였다.

아들을 떠나보내는 서운한 마음이 일지 않도록 하기 위함일까. 단 한순간도 가만히 계시지를 않았다. 부지런히 움직이시다가 가끔씩 나를 쳐다보며

"도회에 가더라도 절대로 남보다 빠져서는 안된다."

고 말씀하시면서 초점 없는 눈으로 멍하니 서 계셨다. 마음속으로 이 아들과의 이별을 준비하시는 것 같았다. 아니 그러셨을 것이다. 아마 혼자 계실 때 많이도 우실 것이 틀림없다.

그런 어머니는 울음을 참기 위하여 온 집안에 있는 것 없는 것 모두 꺼내고 평소 아껴 먹기 위하여 감춰 두었던 곶감이며 깨며 고춧가루며 콩이며 팥이며 몽땅 꺼내오기 시작하였다. 비 오는 날이면 심심하다며 솥에 콩과 밀을 넣고 부엌 깊숙이 감춰두었던 사카린까지 꺼내 쳐 가면서 볶아 주시기도 하였다.

내 아무리 우둔한 자식이라도 어찌 이런 어머니의 마음을 모를 리 있겠는가. 이미 어머니의 모습에 쓰여 있는데 못 읽는다면 바보지. 나 역시 속으로 울고 있었다.

***

혼자 많은 보따리 짐을 들고 부산행 버스에 오르던 날 마침내 어머니는 참았던 울음을 터뜨렸다. 돌아서서 노골적으로 우셨다. 어머니는 이 이별이 짧지 않으리라는 것을 짐작하셨을 것이다.

나 역시 이런 예감을 하고 떠나는 버스 뒤에서 속절없이 눈물을 흘리시며 바라만 보는 어머니가 시야에서 완전히 사라질 때까지 울먹이면서 손을 흔들었다.

나는 어머니가 보이지 않자 갑자기 머리 한 구석이 텅 비어버리며 가슴속에서 형언할 수 없는 공허한 덩어리가 치밀어 올라 당장 버스에서 뛰어 내리고 싶은 충동을 느꼈다. 이는 버스가 하루 종일 달려 부산에 도착할 때까지 나를 괴롭혔다.

혼자 남으신 어머니는 집에 가서 무얼 하고 계실까. 아직도 울고 계실까. 내가 도중에 돌아오기를 기다리고 계시지는 않을까. 아마도 전혀 일손을 잡지 못한 채 퀭한 눈으로 동쪽 하늘을 자주 쳐다보실 것만은 틀림없을 것이다.

나와 어머니의 이별은 이렇게 시작되었다.

/

경남고 졸업식 때

어머니와 함께 교실이 있는

덕형관 앞에서

/

긴 이별
짧은 해우

부숙이 누나 집은 조그마한 부엌을 통하여 방으로 들어가는 구조였다. 방안에는 이불과 옷걸이 등 보잘 것 없는 신혼 세간들이 있었고, 나를 포함하여 어린 조카 1명 등 4명이 살기에는 턱없이 부족한 공간이었다.

그렇지만 그곳은 갈 곳 없는 나의 유일한 삶의 터전이자 휴식공간이었다. 다만, 아침 7시부터 시작되는 수업 때문에 새벽 5시경 일어나 누나가 해 주는 밥을 먹고 6시 전에 집을 나와야 했고, 이후 수업을 마치고 하교해서 집에 돌아오면 저녁 8시가 넘었다. 이런 일과가 반복되었기 때문에 비좁은 단칸방에서 머무는 시간이란 고작 잠자는 것 외에는 별로 없어 큰 불편 없이 지낼 수 있었다.

그러나 토요일과 일요일이 문제였다. 누나와 자형은 아무런 눈치도 주지 않았지만 좁은 방에서 하루 종일 개갤 수는 없는 노릇이었다. 처음에는 누나가 구경시킨다면서 시내 이곳저곳을 데리고 다녀 빠른 속도로 부산의 지리를 익히고 도회생활에 익숙해 갈 수 있었다.

하지만 점차 집에 있는 시간이 많아졌고, 하루 종일 있다보면 괜한 투정을 부려 누나와 말다툼을 하는 경우까지 생겼다. 훌쩍 도서관이라도 찾아 공부를 하고 싶어도 당시는 그런 곳이 없었다.

하지만 부숙이 누나 역시 내가 어려서부터 그래왔듯이 항상 잘해 주었다. 이해심이 많았고 내가 투정을 부리면 야단을 치기보다는 달래는 것으로 일관하였다. 그러다가 속이 너무 상하면 내가 안 보는 데에서 눈물을 흘렸다.

***

한편 나까지 떠나자 시골집에 홀로 남게 된 어머니는 혼자서 농사를 지으셨다. 주 농사일인 볍씨와 보리씨 뿌리기, 모내기, 김매기, 거름주기, 타작은 물론이고, 철따라 감자와 고구마, 콩, 팥, 참깨, 들깨 등을 심어 수확하는 일, 밤과 감을 따서 보관하거나 곶감을 만들어 건조시키는 일까지 모든 농사일을 어머니 혼자 해내시고 계셨다.

물론 시기를 놓쳐서는 안 되는 농사일의 특성상 급할 때는 일꾼을 부렸겠지만, 집안 식구들이 많았을 때에도 엄청 바빴던 농사일을 어머니 혼자서 감당한다는 것이 얼마나 벅찼을까?

아마 아침 일찍부터 저녁 늦게까지 논밭에서 살다시피 하셨을 것이다. 허리는 꼬부라지고 이마에는 구슬땀이 흘렀을 것이다. 가끔씩은 '후유'하고 일어나 허리를 펴고 부산이 있는 먼 동쪽하늘을 바라보면서 이 아들 생각도 하셨을 것이다.

식사는 어땠을까? 아마도 밥은 소나무 속껍질이나 무를 솥바닥에 깔고 그 위에 보리쌀을 앉혀 뜸을 들인 송쿠밥, 무밥에 가끔씩은 고구마나 감자를 얹어 으깨서 드셨을 것이다. 그것도 아침에 한꺼번에 해 두고 점심과 저녁은 식은 밥으로 때웠을 것이다.

***

이러한 어머니의 일과는 보지 않아도 눈에 선하다.

하루 종일 들녘에서 일을 하다가 어두운 뒤에 집에 돌아왔으나 수고했다고 반겨주는 가족은 한 사람도 없다. 사방은 컴컴하고 적막함만이 가득하다. 불도 켜지 않은 채 부엌으로 들어가 희끄무레한 밥상보를 들치고 뚝사발에 담긴 밥을 꺼내어 단 한 가지 반찬, 김치로 먹기 시작하였다. 더운 날씨 때문인지 밥에서 쉰 냄새가 났다. 시원한 우물물을 밥그릇 가득 부었다. 보리가 많은 밥은 물에 쉽게 풀어져 밥알에 붙었던 쉰 곰팡이들이 모조리 씻겨 나갔다. 이렇게 쉰밥이라도 찬물에 말아 단 한 톨의 곡식이라도 버리지 않는 것은 근검절약이 몸에 밴 어머니의 지혜였다.

잠자리는 또 어떤가.

찬밥을 먹고 온기 없는 방바닥에 지친 몸을 뉘었다. 너무 지쳐 잠이 쉬 들지 않았다. 아들 생각이 났다. 어린놈이 일찍 어미 곁을 떠나 얼마나 고생할까 눈물이 났다. 공부가 다 뭐람, 공부는 못해도 좋으니 이 어미가 지어주는 쌀밥을 많이 먹고 몸이나 건강하렴.

새벽녘에 잠시 잠이 들었는지 꿈을 꾸었는데, 텀머리 밭에서 고구마를 캐고 있었다. 빨강 고구마들이 넝쿨에 붙어 끝도 없이 따라 나왔다. 어떤 놈은 근육질로 울퉁불퉁하게 생긴 것이 애기 머리통만큼이나 컸다. 부산 간 아들이 같이 고구마를 캘 때에 치켜

들고 좋아서 어쩔 줄을 몰라 하던 바로 그 고구마였다. 어느덧 밭 고랑에는 캐놓은 고구마들로 붉은 줄을 이뤘다. '이 많은 고구마를 어떻게 옮길까.'라며 걱정을 하고 있는데, 공부하러간 아들이 지게를 지고 까장내를 건너 덤머리 밭으로 오고 있는 것 아닌가. 반가움에 얼른 다가가 보니 많이도 수척하였다. 눈은 쑥 들어가고 얼굴은 파리하게 야위어 뼈뿐이었다. 얼굴을 만져보니 광대뼈 밑 움푹 파인 볼에 주먹이 다 들어가는 것 같았다. '아가 왜 이리 야위었나? 어디 아픈 데는 없느냐? 밥은 제대로 먹느냐?'며 한참을 울먹이다가 잠이 깼다.

아직도 밖은 어두운데 꿈에 본 아들이 눈앞에 어른거려 방구석을 분간하기가 어려웠다. 온 몸에 한기까지 엄습해 왔다. 겨우 몸을 일으켜 부엌으로 나가 아궁이에 불을 지피고 밥을 지으려 하는데 첫닭이 울었다. '아무래도 아들에게 가 보아야겠다. 있는 것 없는 것 모두 챙겨 아들에게 갖다 주어야지.'하는 생각이 들었다. 그러나 생각뿐 부산까지는 버스를 타도 하루 종일 걸리는 곳이고 제법 많은 차비도 마련해야 한다. 아직 수확을 하지 않은 농사철에 불가능한 일이다. 그렇다면 빨리 수확을 해서 아들에게 붙여 주어야지. 그날 아침에는 유난히 일찍 들로 나갔다. 익어가는 벼를 쉴 새 없이 베어도 팔이 전혀 아프지 않았다.

***

아들을 멀리 도시로 떠나보낸 시골 어머니의 혼잣말이다. 사실 어머니는 당신을 위해서였다면 도저히 할 수 없는 일을 하고 계셨다. 아니 자신을 위해서라면 아예 하시지도 않을 것이다. 오직 아들 사랑, 멀리 떨어져 유학하는 아들에 대한 사랑이 없었다면 불가능했을 일임에 틀림없다.

그런 어머니는 초겨울이 되자 그간 수확한 곡식을 부쳐왔다. 두 가마니였는데, 한 가마니에는 쌀이 들어있었고, 또 한 가마니에는 보리와 고구마, 콩, 팥, 참깨, 들깨 등의 온갖 잡곡과 내가 좋아하는 밤과 곶감 등이 들어있었다. 쌀을 넣은 가마니는 끝을 더 기워 붙였을 정도로 가득 넣었는데, 보나마나 자식 입에 들어갈 쌀을 한 톨이라도 더 부치고자 한 어머니의 사랑이 고스란히 묻어나고 있었다.

가마니를 풀어보는 자리에서 나는 속으로 '어머니 우리 어머니 정말 고맙습니다. 어떻게 해야 이 은혜를 갚을 수 있겠습니까?'라며 눈시울을 적시었다.

누나도 마찬가지였다. 오히려 더했다.

"노인네가 무슨 힘이 있어 이렇게 했담. 당신이나 잘 챙겨 드시지 않고."

라며 군담까지 하였다.

당시 어머니는 이미 50대 중반을 넘어 노년에 접어들고 있었다. 누나는 바로 그런 어머니가 고맙기 이전에 걱정이 되는 모양이었다.

그러나 나는 안다. 어머니는 공부하는 이 아들을 생각하며 즐거운 마음으로 곡식 하나하나를 챙겼을 것이다. 하나도 힘들지 않았을 것이다. 오히려 웃으면서 가마니를 싸고 누나 집으로 붙인 다음에는 며칠 동안 흐뭇하여 잘 주무셨을 것임을 나는 누구보다도 잘 안다.

***

그 해 12월 말 방학을 맞은 나는 거의 일 년 만에 고향으로 돌아와 그렇게도 그리워하던 어머니를 뵐 수 있었다.

"어머니~"

라고 부르며 사립문을 들어서자, 어머니는 부엌에서 뛰어나와 물 젖은 손을 행주에 닦으면서 내 손을 잡았다.

"아이고 내 새끼. 그래 얼마나 고생이 많았느냐?"

"어머니는?"

나는 어머니의 양 손을 꼬옥 감싸 잡았다. 주름 잡힌 손이 많이도 거칠어져 있었다. 어머니의 눈에는 금방 눈물이 가득 고였다.

내 눈을 피한 어머니는 갑자기 손을 뺐다. 내 뺨에 흐르는 눈물을 닦아주기 위해서였다. 어머니의 눈물을 본 나의 눈에서 나도 모르게 눈물이 흘렀던 것이다.

부엌으로 들어서자 맛있는 냄새가 났다. 된장국이 끓고 있었고 갈치도 굽고 있었다. 참기름을 듬뿍 친 온갖 나물들이 이미 밥상 위에 놓여있었다.

어머니는 내가 몇 시쯤이면 도착할지를 이미 짐작하고 있었고 그것은 정확히 맞았다. 세상에 어머니 아니면 누가 그럴 수 있을까?

***

음력 선달 그믐날이 되자 나는 떡국나무를 하러 형제봉을 넘어 화개 부치동 골짜기로 내려갔다.

부치동 하면 중2때 이미 어머니와 뽕을 따러 가본 곳이다.

"지금 누에가 한참 클 때니 뽕잎이 많이 필요하다."

며 덤머리 밭가에 있는 뽕을 놔둔 채 나를 데리고 멀리 형제봉을 넘어 부치동 골짜기로 뽕따러 간 것이다.

나를 데려 간 것은 일을 시키기 위한 것이 아니라, 내가 그랬듯이 어머니 역시 어린 아들이라도 곁에 있으면 항상 든든해 하셨기 때문이다.

어머니는 내게 뽕따는 일을 시키는 대신 산딸기며 다래며 으름이며 하는 온갖 산과일들을 가르쳐 주고 또 따주었다. 형제봉에 오르기 전 '큰 골'이라는 깊고 으슥한 숲이 있었는데, 그곳에는 그런 산과일들이 지천에 널려있었다.

한번은 어머니와 회남재를 넘어 청암 청학동 가까이까지 뽕을 따러 간 적이 있었다. 뽕을 찾아 깊은 산속을 헤매던 중 눈에 들어오는 온 천지가 빨갛게 익은 산딸기들로 붉게 물든 산비탈을 만났다. 산이 온통 빨갛게 보일 정도였다. 나는 정신없이 산딸기를 따먹었다. 혀는 물론이고 잇몸과 입술까지 붉게 물들었다.

그러는 동안에도 어머니는 뽕만 열심히 찾아다녔다. 가끔씩은

"아가~"

라며 나를 불렀다. 뽕을 찾아 산을 넘고 골짜기를 건너 산속 이곳저곳을 헤매 다녔다. 그러다가 큰 뽕나무를 만나면 어머니의 입가에는 흡족한 미소가 번졌다. 뽕 따는 재미에 허기도 잊어버렸다.

해가 중천을 지나자 어머니는 폭이 채 1미터도 안되는 산속 조그만 개울가를 찾아 자리를 잡고 싸온 도시락을 꺼냈다. 쌀과 보리가 반반씩 섞인 밥의 한 쪽 구석에는 두어 숟갈쯤 되는 된장과 고추장이 눌러져 있었고, 주변 밥알에는 장이 붉게 배어 있었다.

그러나 한나절 이상 산속을 헤매다가 깊은 산속 개울가에서 먹는 밥맛을 상상해 보라! 꿀맛이 따로 없었다. 어머니와 나는 한 쪽 볼이 터질 정도로 입 안 가득 밥을 퍼 넣고 우물거렸다. 입속의 밥이 너무 많아 잘 씹지도 못하고 이 볼 저 볼을 두어 번 왔다 갔다 하면 '꿀떡'하는 소리와 함께 절로 넘어갔다. 내 목에서 나는 '꿀떡'소리가 너무 커 어머니는,

"아가 체할라 천천히 먹어라."

고 하시면서도 당신 또한 더 크게 '꿀떡'소리를 내면서 밥을 넘기고 있었다.

이 모양을 보고 우리는 서로 웃었다. 웃다가 밥알이 입 밖으로 튀어나오기도 하였다.

입을 가린 손끝에는 된장이 묻어 있었고, 손을 떼면 입가 여기저기에도 고추장이 묻어 있었다. 이걸 보고 우리는 또 웃었다.

그때 어린 생각에도 행복이란 결코 멀리 있는 것이 아니구나, 어렴풋이 느꼈다.

이렇게 행복한 점심을 먹은 나는 어머니께서 개울물에 그릇을 씻는 동안 잠시 근처 풀밭에 몸을 뉘었다. 헤세(Hermann Hesse)의 「봄날」과도 같은 풍광이 눈에 들어왔다.

숲속엔 바람, 새들의 노래 소리
높푸른 상쾌한 하늘 위엔
배처럼 조용히 미끄러지는 장려한 구름
~
저 높고 푸른 넓은 하늘은
내 그리움의 요람
그 속에 나는 조용히 생각에 잠겨
행복하게 따스히 누워
나직한 콧노래를 부른다
어머니 품에 안긴
어린애처럼

정말 행복했다. 따스한 봄날 포근한 풀밭에 누워 바람소리, 새소리를 들으며 푸른 하늘에 떠가는 한 조각 흰 구름을 보고 있노라면 행복을 느끼지 않을 사람이 없을 것이다. 그러나 이 보다 더 나를 행복하게 한 것은 가까이에서 빈 그릇 씻는 소리와 함께 흥얼거리듯 들리는 어머니의 나지막한 콧노래 소리였다.

'아! 어머니의 품속이란 바로 이런 것이구나.'

헤세의 봄날처럼 참으로 따스하고 포근했다.

***

지리산 종주능선에 가까운 부치동 골짜기에는 고사목이 널려있어 떡국나무를 하기엔 대단히 안성맞춤이었다.

떡국나무란 설 명절에 쉬면서 당장 땔 수 있는 마른 나무를 말한다. 그 당시에는 보통 설날부터 대보름까지 15일간은 일을 하지 않기 때문에, 이 기간 중에 떡국을 끓여먹을 마른 나무를 해 두어야 하는 것이다.

남들 일할 때 놀다가 정작 놀아야 할 때에 일하는 사람을 두고 '게으름뱅이가 설에 일 한다'는 말을 한다. 이 말을 듣지 않기 위해서도 미리 떡국나무를 해두는 것이다.

부치동 골자기로 내려가기 전 나는 형제봉 능선에 잠깐 몸을 뉘였다. 해발 1,115미터의 형제봉! 전체가 갈대로 뒤덮여 있고 아직 지지 않은 억새꽃의 은빛물결이 바람 따라 일렁이고 있었다.

이런 갈대숲 속 하늘거리는 하얀 억새꽃 사이로 한 줄기의 짙푸른 하늘자락이 눈에 들어왔다. 도대체 얼마 만에 보는 고향의 푸른 하늘인가! 그저 푸른 물감이 뚝뚝 떨어지듯 아롱지는 형상 외에 아무런 얼룩을 찾아볼 수 없는 순청색의 고향 하늘이었다.

사실 도회생활을 해보지 못한 나는 지난 1년간 부산에서 온갖 고생을 하였다. 희뿌연 하늘, 매캐한 냄새, 특히 연탄 냄새는 나를 항상 괴롭혔다. 적당히 지은 셋방은 갈라진 틈새로 연탄 냄새가 조금씩 들어오는 것 같았다. 아침에 일어나면 머리가 아프고 덜렁거렸다. 점차 적응은 되어 갔지만 가끔씩 나는 '명랑'이나 '낭랑' 등의 진통제를 먹어 머리아픔을 해소하곤 하였다.

***

떡국나무는 순식간에 한 짐 했다. 이미 죽어 말라있는 고사목을 톱으로 적당히 잘라서 지게에 싣기만 하면 되기 때문이다.

나는 지게 꼭대기까지 올라온 나뭇짐을 지고 일어났다. 묵직했다. 집까지 가기에는 너무 무거운 것이 아닌가 하는 생각도 들었다. 그러나 기왕에 한 나무를 버리는 것이 아까워 그대로 발길을 옮겼다.

지리산 속 골짜기를 벗어나 다시 형제봉 정상으로 나오자, 벌써 나와 쉬고 있는 애들이 몇 명 있었다. 곧이어 함께 떡국나무를 하러갔던 동네 친구들 열대여섯 명이 모두 모였다. 다들 배가 고프고 지친 표정들이었다. 도시락은 이미 까먹은 지 오래다. 별 말들이 없었다.

이때 경험 많은 친구 하나가 지게가지 끝에 꽂힌 수건을 풀어 생고구마 몇 뿌리를 꺼냈다. 삼십여 개의 눈들이 일시에 그리로 쏠렸다. 모두들 하나 주기를 바랐다. 아니 하나씩 돌아갈 숫자가 아니었기 때문에 조금씩이라도 나눠 주기를 바랐다.

비교적 어린 나에게도 조금 돌아왔지만 한 입도 안 되었다. 꼬랑지와 그 끝에 달린 실 같은 뿌리도 모두 입에 넣었다. 흙이 묻어 있는 것은 아예 보이지도 않았다.

큰골 쪽으로 내려오는 형제봉 비탈은 경사가 심했다. 우리는 나무를 지고 내려올 수가 없어 아예 짐을 풀어 아래로 굴렸다. 한 백 미터는 굴러갔다. 그러기를 반복하여 평지까지 내려올 수 있었다.

***

나는 어머니께서 이 나무로 해주는 떡국을 원 없이 먹었고 또 그 잿불에 구운 마른 쑥떡도 마음껏 먹었다.

죽은 인숙이 누나와는 매년 정월 대보름이 되면 말라붙은 쑥떡

한 조각을 놓고 서로 먹으려고 싸우기 일쑤였다. 항상 내가 이기지만.

노릇노릇 화롯가에서 익어가는 쑥떡을 바라보는 누나의 눈망울은 그렇게 맑을 수가 없었다. 화로의 열기로 불그레해진 누나의 두 볼은 큰 눈망울을 더욱 푸르게 하고 있었다. 그런 눈으로 애원하다시피하면서 조금 달라하니 거절할 수가 없었다. 그러나 아주 쬐끔 떼어주는 것이 못된 내 심보였다.

나는 근 한 달 동안 어머니와 꿀맛 같은 재회를 하였다. 그러나 헤어지는 날이 오자 1년 전에 헤어질 때의 재판이 되었다. 만난지 하루 만에 헤어지는 것 같았다. 아니 처음으로 헤어지는 기분이었다. 또다시 북받쳐 오르는 허전함을 달랠 길이 없었다.

어머니와 나 사이에 긴 이별 짧은 만남의 아픔은 이렇게 시작되었다. 이 아픔이 끝을 모르고 평생 동안 되풀이될 줄이야….

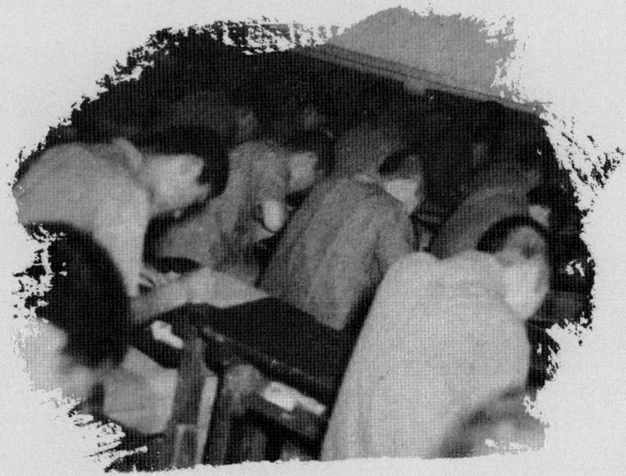

/

경남고 과학관 옥상의 자습실에서
서울대 입학을 목표로
입시공부에 열중하는 고3 수험생들.

/

공부에 눈뜨는 계절

일류학교로 소문난 경고는 역시 대단한 학교였다. 2학년으로 접어들자 아침 일찍부터 밤늦게까지 공부를 시키기 시작하였다. 정신이 없었다. 덩달아 부숙이 누나 역시 더 빨라진 아침준비로 고생을 하고 있었다. 둘째 아기까지 가진 상태였다.

나는 고민하지 않을 수 없었다. 그 끝에 하동출신 학생들이 모여 하숙하는 집을 알게 되었다. '부산 서구 동대신동 3가 66번지'로 경고 교문에서 수백 미터밖에 안 떨어진 매우 가까운 곳이었다. 비록 낮은 지붕을 함석으로 덮은 아주 허름한 집이었지만 정감이 갔다.

더구나 집주인은 우리 여 씨 일가였고 나에게는 촌수가 멀지 않은 집안 형님이었다. 물론 나의 고민을 들은 어머니가 주선하였지만 나는 일 년에 쌀 두 가마니를 주고 그 집에서 하숙을 하게 되었다.

그 집에는 딸이 셋, 아들이 하나 있었고 아들은 경고 2년 선배로서 하동중학교를 수석으로 졸업한 수재였다.

항상 대여섯 명은 되는 그 집 하숙생들의 특징은 모두 하동중학 출신의 선후배라는 점이었고 또 학년은 달라도 대부분 경고생들이라는 점이었다. 어쩌다 한 두 명의 타교생이 있기는 했어도 그들 역시 하동중학 출신임은 마찬가지였다.

따라서 악양중학 출신인 나는 항상 마이너리티(minority)일 수밖에 없었다. 그 결과 같은 학년의 타교생 출신들과 이심전심으로 가까워지기 시작하였다.

***

그러나 고향이 하동이라는 공통분모를 가진 그 집의 하숙생들은 학년에 따른 선후배의 구분만 있었을 뿐 모두들 같이 어울려 즐겁게 지냈다. 휴일이면 구덕산을 오르거나 동네 공터에 모여 야구를 했다. 한 번은 낮잠을 자는 친구를 깨워 데리고 갔다가 잠에서 채 덜 깬 친구에게 포수자리를 보게 한 것이 화근이 되었다. 아직 정신을 차리지 못한 그는 타자의 헛스윙에 그만 날아오는 공을 보지 못하고 눈과 눈 사이 이마를 정면으로 맞고 말았다. 당시의 동네야구에 포수마스크 같은 것이 있을 리 없었다. 맨 이마로 공을 받아낸 그는 며칠 동안 이마에 큰 혹을 달고 지내야 했다.

또 어쩌다가 하동에서 부모님이 특산물을 가지고 오시는 날에는 큰 잔치가 벌어졌다. 섬진강변의 만지에서 과수원을 하는 친구 부친께서 가지고 온 수박은 정말로 보기 힘든 것이었다. 부친은 혼자 들기 어려울 정도로 큰 수박을 가지고 오시다가 떨어뜨리는 바람에 약간 깨져 있었는데, 깨진 틈 속을 들여다보니 색깔이 하얬다. 누군가가,

"아직 덜 익은 거 아니가?"

하고 의심하는 순간 부친께서 수박에 칼을 대자 말자 '쩍'하고 벌어졌다. 하얗게 보인 것은 서슬이었다. 잘 익은 수박의 새빨간 바탕 위에 마치 수없는 서릿발이 선 것처럼 착각할 정도였다. 한 입 떠 넣자 씹기도 전에 살살 녹았다. 설탕인들 그렇게 달수가 없었다. 숟가락을 들고 서로 퍼먹느라 정신이 없을 정도였다. 대여섯 명이 실컷 먹고도 남았다.

***

이렇게 친구들과 어울려 별 불편 없이 하숙생활을 하던 나는 항상 마음 한 구석에 걱정이 있었다. 당초 누나의 집을 떠난 주된 이유는 통학시간을 벌어 마음껏 공부하자는 것이었다. 그러나 노는 것은 마약과도 같아서 놀면 놀수록 더 놀고 싶었다.

나는 결국 그 하숙집을 뜨기로 마음먹었다. 같은 집의 친구 1명과 함께 새로 옮긴 하숙집은 얼마 떨어지지 않은 곳이었으나, 우리는 학교와 하숙집 외에는 일체 가지 않기로 굳게 맹세하였다.

헌데 본격적으로 공부를 시작하려니 당장 책걸상과 참고서 등을 사기 위한 돈이 필요했다. 그러나 어머니는 물론 누나의 품속까지 떠난 내가 돈이 필요할 때마다 곁에 계시지 않는 어머니와 누나에게 일일이 말할 수는 없었다. 아니 곁에 계신다 하더라도 어머니와 누나의 형편을 누구보다도 내가 잘 안다.

당시의 형편상 책은 몰라도 책걸상을 산다는 것은 불가능하였다. 나는 친구와 의논하여 학교에서 잠시 빌려 사용하는 것은 큰 죄가 아니라는 결론에 도달하고 학교에서 이를 훔치기로 결심하였다. 말하자면 사용절도, 그것도 공용물 절도인 셈이다.

그러나 막다른 골목에 이른 나는 후에 책걸상을 마련하거나 공부가 끝나면 반환한다는 나름대로의 합리화를 하고 친구와 함께 아무도 보지 않는 늦은 밤에 경고 담을 넘어 들어가 산 쪽에 있는 과학관 2층에서 책걸상 한 조를 꺼내 가지고 하숙집으로 돌아왔다. 천만 다행으로 아무에게도 들키지는 않았지만 철조망을 넘으면서 손과 팔뚝이 긁혀 피가 맺혀 있었다. 상당히 흥분되었지만 방안에 책걸상을 배치하고 보니 정말 흡족하였다. 친구와 나는 서로의 얼굴을 쳐다보고 말없이 웃었다.

***

행운도 따랐다. 내 처지를 안 같은 반 친구 하나가 마침 초등학교 5학년짜리 딸에게 공부를 가르쳐 줄 고등학생을 구하는 집이 있으니 가 보겠느냐고 하여, 나는 속으로 '이런 횡재가 어디 있느냐'면서, 쾌히 응낙했다. 물론 공부시간을 빼앗겨야 하고 또 생전 처음 하는 아르바이트에 자신이 없었지만 이런 사정은 우선순위가 뒤였다.

나를 만나 말을 시켜 본 학생 부모는 선뜻 '잘 부탁한다'며 딸을 가르칠 것을 허락하였다. 보수는 정확히 기억나지 않지만 책값과 용돈으로 사용하기에 충분한 것이었다. 가르칠 딸은 순진해 보였지만 그리 똑똑해 보이지는 않았다.

첫 아르바이트에 상당히 들뜬 나는 다음날부터 하루 두 시간씩 그 집으로 가서 학생을 가르치기 시작하였다. 그러나 남을 가르친다는 것은 그렇게 쉽지가 않았다. '이런 것도 모르느냐?'며 큰 소리도 치고 심지어 '바보같이!'라며 욕설을 하는 경우까지 생겼다. 이럴 때는 어린 여학생이 눈물을 찔끔 흘리기도 하였다. 하지만 부모의 부탁대로 학생의 성적을 올려야겠다는 강박관념에 사로잡힌 나는 더욱 학생을 닦달하였다. 때로는 학생이 소리 내어 울기도 하였다.

그러기를 3개월여 나는 그만두라는 학생 어머니의 통보를 받았다. 이렇게 야심차게 시작한 아르바이트는 허무하게 끝을 맺고 말았다. 세상일이란 결코 쉬운 게 없는가 보다. 돈도 쉽게 벌어지는 것이 아님을 알았다. 그런데도 아무런 어려움 없이 나는 어머니와 누나가 만들어 주는 돈을 너무 쉽게 받아 써 왔다. 고맙다는 표현도 제대로 하지 못하고….

***

2학년이 거의 끝나가는 겨울로 접어들자 그렇게도 애를 먹이던 영어에 조금은 자신감을 가질 수 있었다. 사실 1학년 때부터 국어와 수학은 도시출신 학생들에게 전혀 뒤지지 않았다. 그래서 입학 후 두 달 만에 친 첫 모의고사 때에도 1학년 4반 60명 중에서 7등을 했다. 그러나 문제는 영어였다. 중학시절 일본 사람에게서 영어를 배운 선생님으로부터 전수받은 영어발음은 누가 들어도 이상했다. 영어수업시간 중 내가 지명을 받아 책을 읽고 나면 선생님은 항상 '발음이 이상하다'고 지적하였다. 학생들도 따라 웃어 영어시간만 되면 속이 많이 상했다.

발음뿐만이 아니었다. 중학교 3년 내내 참고서 구경은 고사하고 교과서조차 절반도 못나간 채 끝나버리는 시골학교의 영어공부 실정은 어렵사리 경고에 들어간 나를 무척 당황스럽게 만들었다. 나는 동급생들이 읽는 교과서를 눈으로도 따라가기가 어려울 정도였다. 영작문이나 소설을 공부하는 사이드리딩(side-reading) 시간에는 아예 정신을 차릴 수조차 없었다.

2학년에 접어든 나는 작심하고 우선 3만 단어가 수록된 소형 영한사전부터 통째로 외우기 시작하였다. 그것이 거의 끝날 무렵 아직 발음은 아니라도 나는 비로소 같은 반 친구들과 대등한 실력으로 영어를 논할 수 있게 되었다. 사전에서 외운 숙어들을 얘기할 때에는 친구들보다도 내가 오히려 앞섰다. 영어가 괜찮아 지자 다른 과목공부도 덩달아 잘 되었다.

특히 수학만큼은 누구에게도 뒤지지 않을 자신이 생겼다. 공부가 재미있어졌다. 머릿속이 꽉 채워지는 느낌은 그 어떤 놀이에서도 맛볼 수 없는 희열을 선사하였다. 나는 비로소 공부에 눈뜨기 시작한 것이다.

/

경남고 3학년 3반
졸업 단체사진

/

아직도 가슴을 저미는 고3시절

1967년 2월 고3선배들이 대학입시를 치르자, 매년 되풀이 되어 온 것처럼 '올해는 과연 몇 명이나 서울대에 합격하느냐'가 모두의 관심사였다. 선생님들은 시험을 친 학생들의 기억을 일일이 떠올리게 하여 가채점을 한 다음 이번에도 평년작은 충분하다는 결론을 내고 있었다.

보통 경고는 서울대에 150명 안팎의 합격생을 내고 있었는데, 그 순위는 전국의 고교를 통틀어 5위 내외였다. 특히 이웃의 부산고, 경북고와는 4~6위 자리를 놓고 매년 치열한 접전을 벌였다.

그렇다보니 경고는 과학관 5층에 서울대를 지망하는 3학년 학생들에게 집중적인 지원을 하기 위해 그들만 들어가 공부할 수 있는 자습실을 운영하고 있었다. 약 120명 정도를 위한 공간이며 밤 11시까지 오픈하였다.

***

1년 선배들의 대입시가 끝나자 매우 긴장되었다. 이제는 우리 차례라는 절박감이 현실로 다가왔기 때문이다. 나는 제일 먼저 자습실 가장자리에 고정좌석을 마련하였다. 그리고 3학년 수업이 채 시작되기 전임에도 자습실에 처박혀 아침부터 밤 11시까지 책과 씨름하였다.

그런 나는 하숙집에 왔다 갔다 하는 시간도 아깝다는 생각이 들었다. 특히 하숙집으로 귀가하여 밤 12시 가까이에 다시 책을 편다는 것이 번거롭고 귀찮아 대개 그날 공부는 자습실에서 나오는 것으로 끝나는 것이 무척 아쉬웠다. 그렇지만 매일같이 밤 11시가 되면 학교 수위가 학생들의 귀가를 지켜본 뒤 자습실 문을 잠그기 때문에 자습실에서 더 이상 공부를 하거나 머물 수는 없었다.

이에 나는 큰 맘 먹고 어느 날 밤 자습실 문을 잠그러 온 수위에게 '시골 노모가 부치는 쌀로 공부하고 있다'는 집안사정과 현재의 심경을 얘기하면서

"자습실에서 계속 공부할 수 없습니까?"

라고 물었다. 사실은 물은 것이 아니라 애원하다시피 간청하였다. 묵묵히 듣고만 있던 수위는 한동안 허공을 바라보았다. 그러다가 조용한 어조로,

"어려울 텐데 자신이 있느냐?"

고 되물었다. 나는 단호히 대답하였다.

"어머니가 고생하시는 것에 비하면 이깟 것은 아무것도 아닙니다."

그 말이 떨어지기가 무섭게 수위는

"자습실에서 더 공부를 하도록 해라. 단 조건은 네가 원하는 서울법대에 반드시 합격해야 한다."

고 말했다. 이어 수위는

"나도 시골에 노모가 계시는데 항상 제대로 모시지 못하여 죄송스럽게 생각하고 있다."면서,

'어머니 혼자 농사를 지어 하숙비를 댄다'는 내 말을 듣고는 자신의 어머니 생각이 나서 내 요청을 도저히 거절할 수가 없었다고 하였다.

"교칙을 위반하는 것이니 밤 11시에 다른 학생들과 함께 교문을 나갔다가 몰래 다시 들어오라."

는 귀띔까지 해 주었다. 나는 그 수위에게

"고맙습니다. 정말 고맙습니다."

라고 머리를 깊이 숙여 인사한 뒤 휘파람을 불면서 학교 정문을 빠져 나왔다.

나는 그 즉시 하숙을 정리하고 식사는 교문에서 백 미터 정도 떨어진 허름한 식당에서 해결하기로 하였다. 식대는 역시 어머니께서 부쳐주시는 쌀로 해결하였다.

***

그날 이후 나는 밤 11시가 되면 같이 공부하는 친구들과 함께 자습실을 나와 교문 밖 동네를 한 바퀴 돌고는 슬그머니 자습실로 되돌아왔다. 기다리던 수위가 다시 문을 열어주고 밤새 필요한 자갈탄까지 한 양동이 갖다 주었다.

정말로 고마운 수위였다. 성은 박 씨로 기억하나 이름은 도저히 기억나지 않는다. 아직 살아계실까? 어디에 살고 계실까? 수소문하여 한 번 찾아보고 싶은 생각이 든다.

수위께서 걱정한 것처럼 자습실에서 늦게까지 공부를 하다가 의자에 앉은 채로 모포 한 장에 의지하여 잠을 잔다는 것은 결코 쉬운 일이 아니었다. 모포는 야구부가 합숙할 때에 사용하기 위하여 같은 층 창고에 보관하는 것을 높고 작은 창을 넘어 들어가 밤에만 몰래 꺼내어 사용하는 것이었다.

3월 초 어느 날은 책을 보다가 나도 모르게 책상에 엎드린 채 잠이 들었다. 얼마쯤이나 지났을까 양쪽 다리에서 느껴지는 심한 통증 때문에 잠을 깼다. 다리가 저리다 못해 마치 없어진 느낌이었다. 깜짝 놀라 다리를 만져보니 분명 붙어있기는 했으나, 마치 남의 다리를 만지는 것처럼 아무런 감각이 없었다. 시계를 보니 새벽 4시였다. 사방은 어두웠고 몹시 추웠다. 온통 창으로만 되어 있는 자습실 내부는 한 데나 다름없었고, 3월 초의 새벽 기온은 한 겨울을 방불케 하였다.

의도치않은 잠이 들었으니 난로에 자갈탄 넣는 것도 잊어버렸음은 물론이다. 얼른 일어나 난로의 불을 살펴보고 자갈탄을 넣으려 했으나, 일어서는 순간 이내 바닥에 나뒹굴었다. 피가 통하지 않은 다리는 꽁꽁 얼기까지 하여 도저히 일어설 수가 없었다. 아니 일어서는 것은 고사하고 아예 움직일 수조차 없었다.

마치 나무토막처럼 감각 없이 싸늘하게 식어버린 양 다리를 한참동안이나 두드리면서 낑낑대고 나서야 겨우 움직일 수가 있게 되었다.

난로의 불씨는 완전히 꺼져 있었다. 다시 난로에 연습지를 꾸겨 넣고 불을 붙인 다음 얼른 자갈탄 한 바가지를 퍼 넣었다. 그리고는 책상 두 개를 붙여놓고 편안하게 누운 다음 모포를 덮었다.

***

이런 생활은 내가 자습실에서 자면서 공부한다는 비밀을 지켜주지 못했다. 세수하는 것조차 귀찮게 만들었다. 어떤 때는 식당까지 가는 것이 귀찮아 아침밥을 거르기도 하였다. 얼굴은 거칠대로 거칠어지고 코끝 언저리에는 항상 시꺼먼 연탄가루가 묻어있었다. 옷도 한 달 이상을 그대로 입다 보니 틀림없는 연탄집 배달원이었다. 행색은 점점 꾀죄죄해만 갔다.

결국 나와 가까이 지내거나 공부를 열심히 하는 친구들은 내가 자습실에서 잔다는 사실을 눈치 챘다. 그렇지만 날이 추울 때는 아무도 나를 따라 할 엄두를 내지 못했다. 5월이 되어 날씨가 풀리고 낮이 길어지자 사정은 달라졌다. '같이 하자'거나 '비밀은 반드시 지키겠다'느니 하면서 나를 괴롭히기 시작하였다. 나는 물론이고 이를 알게 된 수위 또한 딱히 거절할 수가 없었다.

그 결과 여름부터는 두세 명 정도가 같이 자면서 공부를 하였다. 처음에는 모두들 그런대로 열심히 했다. 그러나 날이 갈수록 공부하는 시간 보다는 잡담을 하거나 자기들끼리 군것질을 하는 시간이 많아져 갔다. 나 역시 그런 분위기에 휩쓸렸다. '이래서는 안되는데' 하면서도 빠져나올 수가 없었다.

***

그러던 중 한 사건이 터졌다. 밤 11시가 되자, 언제나 그랬듯이 모두들 자습실 출입문밖 옥상으로 나가서 건물 내부로 통하는 계단을 내려가기 시작하였다. 나도 맨 마지막 구미들을 따라 자습실을 나왔다. 그런데 계단 입구에 대여섯 명의 동급생들이 내려가지 않고 무슨 모의를 하는지 쑥덕거리는 모습이 들어왔다. 아마도 그들 역시 자습실에서 자면서 공부하는 것을 놓고 얘기하는 것처럼 보였다. 그러나 그들은 원래 공부를 잘하지도 열심히 하지도 않는 그룹이었다. 게다가 그 중 한 명은 입에 담배를 물고 있었다. 그것이 나를 격분하게 만들었다.

내가 처음 경고에 들어왔을 때 몇몇 친구들이 구석진 곳에서 담배를 피우는 것을 보고 나는 깜짝 놀랐다. 그들은 뒤가 조금 찢어진 모자를 눌러쓰고 발목이 약간 보일 정도의 짧은 바지를 입고 흰 양말을 신는 공통점을 가지고 있었다.

나는 그들을 매우 싫어했다. 마주치면 인상을 썼다. '세상에 경고 같은 일류 학교에도 저런 애들이 있다니 창피하다'는 게 내 생각이었다. 나는 필요하면 그들과 싸울 준비도 되어 있었다. 비록 시골 출신이고 자라면서 싸움도 하지 않았지만, 잘못된 것을 보아 넘기는 성미가 아니었다. 싸움에서 이기고 지는 것은 그 다음 문제였다.

실제로 1학년 때 그들과 몇 번 다툰 적도 있었다. 당시 나는 초등학교를 늦게 들어가 나이도 그들보다 한두 살 위이기도 했지만 체격이나 힘에서 결코 그들에게 뒤지지 않았다. 내 오른 팔에 목이 걸리면 잽싸게 감아 돌리는 솜씨에 그 누구라도 나가 떨어졌다.

이런 나는 앞뒤 가리지 않고 자습실 옥상에서 담배를 물고 있는 녀석을 향하여 소리쳤다.

"야 임마 너 이리 와 봐."

내 서슬에 일견 놀라는 것 같았던 그 녀석도 화가 났는지 담배를 내팽개치고

"뭐? 이 새끼가!"

하면서 다가왔다. 녀석 뒤에 여러 명이 있어 겁도 났지만 정의는 내편이라는 확고한 신념을 가지고 주저 없이 그 녀석과 맞붙었다. 주먹으로 치고 나오는 녀석의 목을 잽싸게 오른 팔로 잡아 감은 뒤 다리를 걸어 후려쳤다. 그 녀석은 보기 좋게 옥상 시멘트 바닥에 내동댕이쳐졌다. 녀석을 깔고 앉아 주먹으로 힘껏 얼굴을 가격하려는데 뒤에서 누군가 내 팔을 꽉 잡아끌었다. 녀석의 일행 중 한 명이었다. 나는 내 손을 잡은 녀석 역시 잡아채기 위하여 일어섰다. 그 순간 내 밑에 깔려 있던 녀석이 나의 양 다리를 잡고 늘어졌다. 내가 넘어지자 녀석의 일행 대여섯 명이 모두 나를 잡아

끌면서 발길질을 해 댔다.

나는 원래 겁도 많고 싸움도 잘 하는 편이 아니었지만, 일단 싸움이 시작되면 오히려 간이 커지고 끝장을 보는 성격이었다. 나는 죽기 아니면 살기로 녀석들과 싸웠다.

시멘트 바닥에 끌리면서 단 한 벌뿐인 교복 바지가 찢어지고 무릎이 까져 피가 흘렀지만 굴하지 않았다.

그 와중에 수위가 몽둥이를 들고 와서 녀석들을 내쫓는 바람에 겨우 싸움이 끝났다. 나는 수위에게 면목이 없었다.

"대단히 죄송합니다."

라고 사과했다. 수위는 그런 나의 피를 닦아주면서

"저놈들은 절대로 자는 것을 허용하지 않겠다."

고 눈을 부라렸다.

***

이 사건으로 내가 자습실에서 자면서 공부한다는 소문이 학교 전체에 쫙 퍼졌다. 선생님들도 다 알게 되었다.

그러나 정말로 다행인 것은 내가 자습실에서 자면서 공부할 수밖에 없다는 사정이 알려지면서 오히려 동정을 받았다.

"열심히 해라."

면서 격려까지 해 주시는 선생님도 계셨다. 의기양양해진 나는 마치 전리품인양 무릎부분이 찢어진 교복바지를 졸업할 때까지 당당하게 입고 다녔다.

또 한 가지 전화위복은 자습실에서 같이 공부하던 두세 명도 그 이후 잡담을 하거나 빈둥거리는 일이 없어졌다는 것이다. 우리는 오히려 일치단결하여 어려운 문제를 놓고 서로 토론하거나 가르쳐 주는 등 환상적인 스터디그룹으로 발전되었다.

***

한 여름의 무더위도 한풀 꺾이자 공부에 탄력을 붙인 나는 더욱 피치를 올리고 싶어졌다. 교문 밖 식당에 가서 하루 세끼 밥을 사 먹는 것도 귀찮고 싫어졌다. 가능하면 자습실에서 밥을 해 먹으면서 공부를 할 수 있었으면 좋겠다는 생각을 했다.

생각이 있으면 방법은 나오는 법, 옥상에 자습실이 있는 과학관 2층에는 여러 가지 실험을 하는 데에 필요한 페치카에 항상 불이 지펴 져 있었다.

아직 날이 채 밝지 않은 어느 날 새벽 나는 부숙이 누나에게서 얻어온 냄비에 어머니께서 보내주신 쌀을 씻어 적당한 물과 함께 넣고 페치카에 올려놓았다. 약 30분이 지나자 밥이 끓기 시작하였고 이내 기름기가 번지르르 한 밥이 되었다.

나는 쾌재를 부르면서 도시락 두 개를 싸고 남은 밥을 다 먹어 치웠다. 그 중에서도 노릇노릇한 누룽지는 정말로 일품이었다. 비록 반찬은 누나가 조그만 단지에 담아 준 김치 한 가지였지만 식당에서 사먹는 밥보다 훨씬 맛있었다.

그날 이후 이러한 자취는 계속되었지만 이것만큼은 끝까지 비밀을 지킬 수 있었다. 냄비와 김치단지는 넓은 과학관 안에 비밀스러운 장소가 많아서 이를 숨기는 데에는 아무런 어려움이 없었다.

***

이런 생활을 하다 보니 해프닝도 많았다. 하루는 잠이 오지 않아 새벽 3시경 페치카로 내려가 밥을 앉혀놓고 다시 자습실로 와서 공부를 하고 있던 중 깜빡 잠이 들고 말았다. 깨어보니 6시가 다되었다. 소스라쳐 놀란 나는 거의 날다시피 2층 페치카로 뛰어 내려갔다. 아니나 다를까 냄비에서는 김이 아닌 연기가 나고 있었고 불처럼 뜨거워진 냄비 뚜껑을 열어 던지는 순간 검은 뭉게 연기 밑으로 눈에 들어온 것은 숯검정이 다 된 시커먼 밥이었다. 겨우 수건으로 냄비를 감싸 잡아 밑으로 내려놓고 먹지 못할 밥을 퍼내자 냄비 바닥 역시 새까맣게 타 있었다. 조금만 더 늦었더라면 아마 냄비 바닥이 결단 났을지도 모를 일이었다. 나는 냄비 바닥을 닦는 데에 거의 한 시간을 허비했다. 그날 세끼 밥을 고스란히 굶었음은 물론이다.

***

어느덧 10월에 접어들어 대학입시 때까지 당락을 좌우한다는 최후의 3개월이 남았다. 나는 피나는 노력을 기울인 결과 매월 실시하는 모의고사에서 서울법대 합격이 무난한 최상위 그룹에 들 수 있었다.

특히 수학은 두 번이나 만점을 받았다. 경고의 모의고사는 평균 60점 이상이면 서울대 어느 학과도 문제없을 정도로 수준이 매우 높았다. 따라서 한 과목이라도 만점을 받는다는 것은 최상위 성적의 보증수표였다.

대학입시 3개월 전!

이제는 그동안 수험과목별로 정리한 텍스트를 암기만 하면 되었다. 기본 텍스트마다 지금까지 공부하면서 다른 교과서와 온갖 참고서에서 발췌하여 오려붙인 요점들로 원래 두께의 두세 배에 달할 만큼이나 책 부피가 부풀어져 있었다.

나는 이런 책들을 둘 곳이 없어 가방이 터지도록 몽땅 넣고 다녔다. 헤진 가방이었기에 망정이지 새 가방이었다면 어림도 없는 분량이었다. 그럼에도 책이 너무 많아서 벌어진 가방 끈이 서로 닿지 않아 가방을 끈으로 들지 못하고 항상 옆구리에 낀 채 두 손으로 감싸 안고 다녔다.

나는 며칠씩 세수도 하지 않은 채 책으로 가득 찬 낡은 가방을 안고 다니는 것이 부끄럽지 않았다. 이미 소문이 날대로 나서 동급생들도 당연한 듯이 대해 주었고 저학년 후배들은 그런 나를 마치 사표라도 되는 양 우러러 보았다. 어떻든 나는 대학입시의 반환점을 돌아 결승점이 눈에 보이기 시작하자 무난히 합격할 수 있을 것이라는 자신감과 안도감을 느끼고 있었다.

***

그런데 고난과 불운은 전혀 예상치 못한 곳에서 찾아오고 있었다. 원래 구덕산 중턱에 위치한 경고에서는 교실이 비는 체육시간 등을 통하여 가끔씩 책을 빼가는 도둑들이 있어서 주의를 요했다. 그러나 내가 가지고 다니는 책들은 완전히 새로 만들다시피 하여 다른 사람에게 팔수도 없는 고물이었기 때문에 안심하고 책가방을 교실에 둔 채 다녔었다.

그러던 어느 날 운동장에서의 체육수업을 마치고 교실로 돌아와 보니 책가방이 보이지 않았다. 처음에는 설마 하면서 주의를 둘러보았다. 그래도 보이지 않자 불안한 마음으로 교실 전체를 샅샅이 찾아보았다. 도저히 믿기지 않는 일에 미친 듯이 자습실과 다른 교실들까지 뒤졌다. 최후에는 '안돼! 안돼!'하고 울먹이면서 전 학교 구내를 구석구석 뛰어다녔고, 이를 보다 못한 옆자리 친구들도 같이 뛰어다니면서 책가방을 찾았다.

그래서 발견한 책가방은 학교 뒤 야산에 있는 쓰레기장이었다. 그것도 헤어진 가방뿐 책은 한 권도 없었다. 이를 확인하는 순간 눈앞이 깜깜해 졌다. 분명 눈을 뜨고 있었으나 아무것도 보이지 않았다.

그 순간에 떠오른 것은 어김없는 어머니의 얼굴이었다. 전에 보지 못한 어두운 얼굴이었다. '어찌할꼬 어찌할꼬'하면서 우시는 것 같았다. 더 이상 서 있기조차 어려워진 나는 땅 바닥에 주저앉아 엉엉 소리 내면서 울었다. 완전히 정신이 나간 나는 친구들이 말리는 것도 알지 못했다.

얼마나 울었을까 한참을 울고 난 뒤에 겨우 눈앞이 보이면서 다시 나타난 어머니의 얼굴은 예의 조용하고 인자하신 모습이었다. '낙담하지 말고 다시 일어나거라'라고 채찍질하시는 것 같았다.

***

하루가 급한 나는 바로 다음날부터 몇몇 친구들과 함께 보수동 뒷골목을 가득 메우고 있는 헌책방들을 한 집 한 집 뒤지면서 내 책을 찾아나갔다. 어떤 친구는 책을 찾기만 하면 자기가 돈을 내어 되사주겠다고 격려하였다.

그러기를 열흘, 그러나 잃어버린 책은 보이지 않았다. 다시금 헤어날 수 없는 절망 속으로 빠져들었다. 아 아 이렇게 끝나는 것인가! 입시 3개월을 앞두고 이게 무슨 청천벽력이란 말인가!

도저히 현실을 받아들일 수 없는 절망, 그러나 그 속에서 실오라기와도 같은 희망을 붙잡기 위하여 이따금씩 나의 발길은 나도 모르게 보수동 헌책방으로 향했다. 의도된 발길이 아니라 거의 무의식에 가까운 것이었다. 혹시라도 내 책이 나와 있지는 않을까하는 기대에서였지만, 이 모든 것은 꿈이었고 허사였다.

이를 보다 못한 친구들이 보고남은 책들을 몇 권씩 주었지만 내 스스로 모든 정리를 해 둔 책과 비교할 수는 없는 일이었다.

입시생인 나는 가장 중요한 시기에 근 한 달 반가량을 방황으로 허송하였다. 모든 것이 원망스러웠다.

무엇보다 나를 괴롭힌 것은 '글렀다'라는 불합격에 대한 공포와 그럴 경우 나를 위해 그토록 고생하신 어머니를 보살펴 드리는 것이 늦어진다는 불효의 죄책감이었다.

어쩌다가 철저하지 못하여 이런 바보 같은 일을 당하였단 말인가! 다시금 자책감이 물밀 듯이 엄습해 왔다. 하루가 다르게 늙어가는 어머니를 생각하면 송구스럽기 짝이 없었다. 이런 큰 불효가 또 어디 있을까!

그러나 생각이 어머니에게 미치자 조금은 정신이 들었다.

'내가 이 불행과 슬픔에 젖어 방황한다면 나는 이미 지나가 버린 과거의 시간 앞에 계속 멈춰서 있는 셈이 될 것이다. 그렇다 지금 이 순간을 포함하여 지나가 버린 모든 것은 과거이다. 과거라는 현재의 잔상 속에 계속 머물 수는 없는 것이다. 나의 영혼이 과거라는 굴레 속에 갇혀 있는 한 현재도 없고 미래도 없다. 이러다가는 인생을 낭비한 죄에서 결코 자유로울 수가 없을 것이다.'

나는 과거라는 절망의 굴레 속에서 벗어나기 위해 몸부림쳤다. 며칠 전 국어시간에 배운 푸쉬킨(Aleksandr Sergeevich Pushkin)의 시를 읊으면서….

삶이 그대를 속일지라도
슬퍼하거나 노하지 말라
슬픈 날엔 참고 견디라
즐거운 날이 오고야 말리니

~

삶이 그대를 속일지라도

노하거나 서러워하지 마라

절망의 나날 참고 견디면

기쁜 날 반드시 찾아오리니

이렇게 내가 오늘의 절망 속에서 내일의 희망을 찾아가야 하는 것은 바로 어머님의 뜻이었다.

하지만 나는 아직은 어쩔 수 없는 고등학생에 불과하였다. 발등에 떨어진 불행을 이성으로 극복하는 데에도 한계가 있었다.

아무리 어머니의 얼굴을 떠올리면서 마음을 다잡아 보려 애써도 지난 7개월간의 자습실 생활이 오버랩 되면서 감당하기 어려운 울분과 절망에 휩싸이곤 하였다.

결국 나는 대학입시에서 가장 중요한 마지막 3개월을 완전히 허송하고 1968학년도 서울법대 입학시험에 임했다. 몹시 착잡하였다. 마무리를 하지 못한 시험에서 좋은 결과를 얻는다는 것은 역시 무리였다.

그러나 의외로 낙방에 대한 절망은 크지 않았다. 이미 어느 정도 예견한 터이기도 했다. 또 이제 와서 누구를 원망할 필요도 없다는 생각이 들었다. 때로는 천천히 돌아가기도 하고 가다가 쉬기도 하고 길을 잃고 헤맬 수도 있는 것이 인생 아니겠는가!

그렇지만 매우 억울하다는 느낌은 지울 수가 없었다. 그러기에 나는 2차 대학시험 같은 것은 전혀 생각지도 않았다. '1년이 늦어지더라도 최고를 추구하자. 어머니도 그것을 바랄 것이다'라고 정리한 나는 재수를 결심하고 형님이 있는 서울로 올라왔다.

그리고는 경기고 보다 서울대에 더 많이 합격시킨다는 대성학원에 등록을 하였다. 다행스런 것은 대성학원에 다니면서 전체 1등부터 5등까지 주는 학원비 면제의 장학생에 줄곧 들 수 있었다는 점이다. 여유를 가지니 공부는 더 잘 되었다. 주위 친구들로부터 '수석합격 하라'는 농담도 가끔씩 들을 정도였다.

다시금 자신감을 찾은 나는 밝은 모습으로 어머니를 뵐 수 있었다. 어머니는 내가 서울 형님 집에 머물자 역시 쌀 두가마니를 서울로 부치셨다. 농사일에 매달리고 너무 멀어서 서울까지 오시지는 못하였지만 자나 깨나 공부하는 아들 걱정을 하고 있었음은 물론이다.

이제는 서울법대가 아니라 하버드법대라도 합격할 수 있다는 자신감에 충만한 나는 그런 어머니에게 속으로 '걱정하지 마세요.

이번만큼은 꼭 합격하여 어머니를 기쁘게 해 드리겠습니다.'라고 다짐하곤 하였다.

***

그 다짐은 곧 현실이 되었다. 자랑스러운 대학입학식에 함께 한 어머니께서 기뻐하셨음은 두말할 필요가 없었다.

아마도 어머니께서는 입학식장에서 왼쪽 어깨에 골든 키가 선명하게 새겨진 서울대학교 교복을 입고 왼쪽 깃에는 '진리탐구'의 펜과 승리의 횃불이 교차하는 둥근 월계수가지 가운데에 '법(法)'자가 선명하게 새겨진 서울법대 빼지를 달고 서 있는 아들을 보면서 만감이 교차하셨을 것이다.

이 한 송이 국화꽃을 피우기 위하여 나이 드신 어머니께서는 이른 봄부터 늦은 가을까지 오로지 혼자서 농사를 지어야 하는 인고의 세월을 4년씩이나 보냈다. 오직 자식사랑이라는 모성애 하나에 의지하여 무소의 뿔처럼 홀로 묵묵히 정진하셨던 것이다.

나는 비로소 그런 어머니에게 지고 있던 빚을 조금이나마 갚아드린 것 같아 안도의 숨을 쉬면서도 또 한편으로는 어머니에 대한 죄송함과 목표달성의 희열감이 교차하는 묘한 기분을 느꼈다.

/

3선 개헌 반대 시위는 전례없는 대규모 시위였다.
당시 교문을 지키고 있던 3백여 명의 경찰도
이런 학생들의 위세에 눌려 그대로 길을 내어주었다.

/

철없던 대학 1년생

서울법대생이 된 내가 맨 처음 할 일은 아르바이트 자리를 찾는 것이었다. 마침 서울공대에 합격한 경고 동창의 소개로 당시 보성고 2학년생인 해군서울기지사령관의 아들에 대한 입주 아르바이트를 시작할 수 있었다.

당시 사령관의 집은 부자동네로 알려진 신당동에 있었고 일본식 2층 집이었다. 종암동에 있는 형님의 단칸 셋방에서 비좁게 살던 나는 혼자 쓸 널찍한 방 하나를 안내받고 하루아침에 부자가 된 기분이었다. 식사 또한 전엔 먹어보지 못했던 음식들이 나왔다. 나아가 사령관 집이라는 말에 어떤 법대 친구는 '후일 큰 백그라운드가 되겠다'며 부러워했다.

그러나 내 마음은 편치 않았다. 비록 목표는 이뤘지만 그 결과가 기껏 나 혼자 호의호식하는 것 아닌가. 어머니는 자식이 서울 법대에 다닌다는 것 외에 달라진 것이 전혀 없었다. 나는 그런 어머니에게 죄송했다. 그렇다고 달리 어머니에게 잘 해 드릴 방법도 없어 마음 한 구석에는 항상 어두운 그림자가 드리워져 있었다. 오직 출세하면 잘 모시겠다는 다짐뿐이었다. 그런 나에게 당시로서는 출세여부와 상관없이 마음 한켠의 어두운 구석이 평생을 갈 것이라고는 전혀 예상하지 못하고 있었다.

***

대학 1학년은 해방을 만끽하는 시기였다. 공부로부터, 속박으로부터, 간섭으로부터 모든 것이 해방되었다.

여학생들의 얼굴 한번 제대로 쳐다보지 못했던 나는 경고 선배 법대생들이 주선한 이대 영문과 학생들과의 미팅에 큰 기대를 걸고 있었다.

때는 춘삼월, 광릉 숲에서의 첫 미팅이었다. 가슴이 설레었다. 이제 막 봄기운이 돌기 시작한 숲속 땅에는 아직 채 피지 않은 빨강, 노랑, 분홍의 꽃망울들과 오히려 꽃보다 더 아름다운 새 풀잎, 작설(雀舌)처럼 오목하게 벌어진 새 잎사귀들로 가득 차 있었다.

숲속 나뭇가지에는 봄을 알리는 온갖 새들이 제각각의 소리로 지저귀고 있었다. 나는 한껏 부풀어 오른 가슴을 안고 세상에 태어난 보람을 느꼈다.

아, 이 기분 영원하여라!

남녀 학생들은 각각 30여 명씩 참석하였고 각자의 소개가 있었다. 상기된 채로 많은 여학생들 앞에 선 나는 얼굴이 붉어져 제대로 소개도 못했다. 그 후 우리는 서로 짝을 정하고 몇 시간 동안 닭싸움, 수건돌리기, 장기자랑 등 여러 가지 놀이를 하면서 즐거운 시간을 보냈다.

내 짝지는 별로 예쁘지는 않았지만 다소 귀엽게 들리는 서울 말투의 전형적인 도회학생이었다. 그녀는 당연히 촌티와 빈티가 철철 넘치는 나를 별로 좋아하는 것 같지 않았다. 내가 말을 걸어도 쳐다보지 않고 대답을 하였다. 나에게는 별로 관심이 없는 것 같았고 그저 놀이에만 열중하였다.

해가 기울어 헤어질 시간이 되었다. 우리는 서먹서먹해 하고 있는데, 옆에 있는 다른 짝들이 정답게 얘기하는 소리가 들렸다. 여학생이

"연락처 주시겠어요?"

라고 하자, 2학년 남학생은

"연락처라…, 그쪽 연락처를 먼저 주지."

제법 여유 있는 말투와 세련된 표정을 지었다. 부러웠다. 나도 2학년쯤 되면 저렇게 될 수 있을까.

이런 모습을 본 나는 내 짝지를 쳐다보았다. 그녀는 나에게 연락처를 달라는 말을 하지 않았다. 나 역시 그런 그녀에게 연락처를 달라는 말을 할 수가 없었다. 우리는 그렇게 헤어졌다. 기분이 씁쓸하였다. 돌아오는 길에 '나도 좀 멋있어 질 수 없을까…'라는 아쉬움이 들었다. 그러나 이 일로 자신을 잃지는 않았다. 그것은 곧 이중의 불효라는 생각이 들었기 때문이다. 오히려 '나에게는 어머니만 있으면 돼'라는 마음을 다지는 계기가 되었다.

***

서울대에 입학한 경남고, 부산고, 경북고 등 영남 3교 출신 학생들은 서로 친하게 지냈다. 3교 대항 운동회도 열렸다. 나는 부산, 경북 출신 동급생들 중 특별히 친한 친구가 한 명씩 생겼다. 우리는 3총사를 자처하면서 행동을 같이 하였다.

그러던 중 6월초로 예정된 서울대 교양과정부 대축제(횃불제)가 다가오고 있었는데, 반드시 파트너를 대동해야 되고 파트너는 각자 데려 와야 한다는 것이었다. 이에 우리 셋은 숙대를 택하여 헌팅으로 파트너를 구하기로 하였다.

골든 키가 새겨진 서울대 교복을 입고 숙대에 도착한 우리는 정문에 진을 치고 들락거리는 여학생들을 주시하면서 마음에 드는 여학생들이 나타나기만을 기다리고 있었다. 이를 본 여학생들이 낄낄대면서 지나가기도 해 오히려 우리가 구경거리가 된 느낌이었다.

그러던 중 마침내 경북고 출신 친구가 가장 먼저 멀리서 오고 있는 3명의 여학생들을 가리키며

"재들 어떠냐?"

고 물었다. 괜찮아 보였다. 얼굴도 비교적 예뻤고 옷매무새도 세련되어 보였다. 우리 셋은 나란히 그녀들에게 다가갔다.

"차 한 잔 하지 않겠습니까?"

라고 말을 건네자 그녀들도 싫은 기색을 보이지 않았다.

"저기 찻집이 있군요."

라며 찻집을 가리키자 그녀들도 따라왔다. 우리는 찻잔을 앞에 놓고 대뜸 말을 꺼냈다.

"축제 파트너를 구하러 왔습니다."

잠시 머뭇거리던 그녀들은 서로 얼굴을 쳐다보면서 누가 먼저랄 것도 없이

"같이 가자 얘."

라며 자기들끼리 웃음 띤 표정으로 소곤거렸고, 이런 모습을 바라보는 우리 역시 '되었구나'라는 안도감과 함께 기분이 몹시 좋아졌다. 생각보다 쉽게 목적이 달성된 우리는 그녀들과 짝지를 정하고 다들 유쾌한 기분이 되어 시시껄렁한 대학 주변의 얘기들까지 앞 다퉈 지껄이다가 축제날 학교에서 만나기로 하고 헤어졌다. 휘파람이 절로 나는 귀갓길이었다.

***

시작이 이랬으니 대학축제가 재미없을 리 없었다. 특히 어두워진 뒤의 캠프파이어는 그날 축제의 백미였다. 일부 학생들은 술에 취하여 광란의 춤을 추었다. 시골뜨기인 나는 춤을 추는 대신 파트너의 손을 잡고 캠프파이어 주위를 돌면서 다른 학생들과 함께 축제의 노래를 불렀다. 화려했던 첫 축제 뒤의 허전함을 파트너와의 차 한 잔으로 달래면서 축제는 끝이 났다.

그렇게 사귄 그녀와의 헤어짐은 너무나 쉽게 찾아왔다. 어느 해

질녘 명동에 있는 경양식당에서 다시 만난 그녀는 식사주문을 받는 종업원에게 주문했다.

"햄버거스테이크."

그러나 메뉴에 적힌 값을 본 나는 난처했다. 주머니에 가진 돈이라곤 카레라이스 한 그릇 값이 전부였다. 나는 부끄러움을 무릅쓰고 용기를 내어 그녀에게

"카레라이스는 어떻습니까?"

라고 권유했다. 그러나 부산 출신의 약대생으로 집안도 괜찮았던 그녀는 내 물음에 아랑곳 하지 않고 햄버거스테이크를 고집했다.

내가 어쩔 줄을 몰라 하자, 그녀는 비로소 눈치를 챘는지 떨더름한 표정으로,

"그럼 아무거나 시키세요."

라고 했다. 나는 카레라이스 한 그릇을 시켰다. 그녀는

"왜 한 그릇만 시키세요?"

하고 물었다. 나는

"저는 지금 배가 고프지 않습니다. 많이 드십시오."

라고 말했다. 그녀의 얼굴은 금방 어두워졌다. 그날 헤어진 이후 그녀는 내 전화를 받지 않았다.

***

그해 여름 대학가에는 고대와 외대를 시작으로 3선 개헌 반대 시위가 일어나고 있었다.

6월 30일 시작된 기말고사 1교시 경제학개론 시험도중 선배 공대생들의 독려로 절반은 시험도 안치고 나갔고, 나는 일부 학생들과 함께 이미 시작된 경제학개론 시험을 마친 후 시위에 참가하였다.

오후 늦게 시작된 첫날 시위는 학교에서 약 5백 미터 떨어진 신일선풍기 앞 철로에서 대 공방을 벌였다. 밤 10시가 넘도록 최루탄과 투석이 교환되었다.

공대 기숙사에서 잠을 잔 우리는 다음날 아침부터 3천여 명이 운동장에 집결하였다. 4·19때도 시위를 하지 않았던 서울공대생 전원과 교양과정부 1학년생 전부가 참가하다시피 하였다. 운동장을 돌면서 출정식을 마친 우리는 교문으로 향했다. 맨 앞줄에 선 내가 교문에 다다랐는데도 아직 운동장에서 출발조차 하지 않은 학생들이 절반은 될 정도로 대규모 시위였다.

당시 교문을 지키고 있던 3백여 명의 경찰은 이런 학생들의 위세에 눌려 제대로 된 방어 한 번 해보지도 못하고 주변으로 흩어졌다.

***

교문을 무사통과한 우리는 교가를 부르면서 노도와 같은 기세로 어제 밤늦게까지 공방을 벌였던 신일선풍기 앞 철로에 도착하였다. 철로를 지키던 경찰 5백여 명은 우리를 향하여 최루탄을 쏘면서 잠시 저항하는가 싶더니 후미의 학생들이 두 갈래로 갈라져 도로와 철로 양쪽에서 협공을 가하자 일시에 전열이 흐트러지면서 신일선풍기 공장 안으로 도피하기 시작하였다.

피신하는 경찰진영은 어린 학생들이 보기에도 허무할 정도로 무너져 아수라장이 되었다. 서로 먼저 공장 안으로 들어가려고 난리였다. 그 위로 돌멩이가 사정없이 날아들었다.

그런데도 최루탄이 가득 실린 지프차를 운전하던 경찰은 차를 버리고 도망갈 수는 없었던 모양이다. 도주하는 경찰들의 맨 뒤에서 차를 몰아 공장 안으로 들어가려 했으나, 상황이 너무 급박해지자 그 경찰은 드디어 차를 버리고 4, 5미터 떨어진 문 쪽으로 황급히 뛰어 갔다.

그러나 이미 10여 미터 가까이까지 접근한 학생들의 돌멩이가 우박처럼 쏟아지기 시작하자 먼저 안으로 들어간 경찰들이 공장문을 닫아버렸다.

그 순간 아직 들어가지 못한 지프차 운전 경찰이 정신없이 주먹으로 문을 두드리는 모습이 눈에 들어왔다. 그런 경찰 위로 돌멩이가 사정없이 날아들어 등짝이며 엉덩이며 다리며 할 것 없이 때리고 있었다.

순간적으로 나는 '저 경찰 죽겠다'는 생각이 들었다. 엉겁결에 날아오는 돌멩이를 피해가며 경찰 곁으로 뛰어간 나는 경찰의 얼굴을 보았다. 한 50세 전후로 나 또래 그 누군가의 아버지 쯤 되어 보이는 나이든 경찰이었다. 잔뜩 겁에 질린 표정으로 눈을 꼭 감은 채 문만 죽으라고 두드리고 있었다.

나는 즉시 돌을 던지는 학생들을 향하여 두 손을 흔들며 크게 소리쳤다.

"던지지 마. 돌 던지지 마."

그러는 나 역시 심각한 위험을 느꼈다. 뒤쪽 시위대에서 계속 돌멩이가 날아왔기 때문이다. 얼굴을 향하여 날아오는 돌은 가까스로 피할 수 있었지만 다리 쪽으로 파고드는 돌은 맞을 수밖에 없었다. 나는 두 손을 가로저으면서 죽을힘을 다하여 소리쳤다. 그제야 고래고래 고함을 지르는 내 말이 뒤로도 전달되었는지 잠시 돌이 주춤해 졌다.

나는 뒤돌아서서 이제는 공장 안의 경찰을 향하여

"문 열어라. 문 열어."

라고 고함쳤다.

잠시 후 공장 문이 열리고 이제는 문을 두드릴 힘조차 없이 문짝에 달라붙어 있던 그 경찰은 안으로 꼬꾸라지듯이 엎어져서 들어갔다. 틀림없이 심한 부상을 입었을 것이다.

***

성난 학생들은 최루탄이 실린 지프차를 논꼬랑에 처박아 버리고 파죽지세로 시내를 향하여 전진했다. 묵동에서 잠깐의 저지가 있었지만 경찰은 계속 밀렸다.

나는 도로 옆 밭으로 올라가 밭에 있는 돌을 도로의 경찰들에게 던지기 시작하였다. 계속해서 주변의 돌을 찾아 막 집는 순간 바로 눈앞에서 무언가가 '퍽'하는 소리와 함께 터졌다. 매운 가스와 가루가 눈과 콧속 가득히 들어왔다. 도저히 견딜 수가 없었다. 비명을 지르면서 인근 집으로 뛰어 들어가 몇 바가지나 물로 눈과 코를 씻었는지 그런 다음에야 겨우 눈을 뜨고 다시 시위에 합류할 수가 있었다.

한독약품 공장까지 진출하자 공사 자재들이 이리저리 널려 있었다. 모두들 적당한 각목을 하나씩 주워들었다. 나는 맨 앞줄에서서 보무도 당당하게 행진하였다. 뒤로 돌아보니 시위대열은 끝이 없었다. 이미 일반인도 상당히 합류하고 있었다. 군자교 다리에서 1,000명에 가까운 경찰과 대치하였지만, 그것도 잠깐 경찰은 이내 밀렸다. 이제 거칠 것은 없는 듯 보였다. 우리는 청량리 시립대학 인근까지 진출하였다. 조그만 더 가면 청량리 역전 광장에서 고대, 외대생들과 합류하여 시내로 진출하기로 되어 있었다.

***

그러나 경찰이 그런 정보를 모를 리 없다. 시조사 앞에 이르자 시위대 숫자보다 더 많은 경찰이 포진하고 있었다. 번쩍거리는 경찰철모의 끝이 보이지 않았다. 그럼에도 우리는 지금까지 그랬던 것처럼 경찰을 향하여 용감하게 돌진했다.

그러나 이번에는 달랐다. 경찰은 군대식으로 맨 앞줄에서 방패로 막고 뒤에서 최루탄을 쏘기 시작했다. 최루탄은 시위대열 앞이 아닌 중간에서 터지기 시작하였다. 일시에 대오가 흩어졌다. 이를 본 경찰은 적군을 향한 군인들처럼 한발씩 한발씩 발을 맞춰 전진하기 시작하였다.

거리가 좁혀지자 누가 먼저랄 것도 없이 맨 앞에 섰던 시위대들이 등을 돌려 뛰기 시작하였다. 맨 앞줄에 섰던 나 역시 뒤돌아

뛰었다. 그러자 큰 함성소리와 함께 경찰이 뛰어서 뒤쫓아 왔다. 진퇴양난 이었다. 완전히 대오가 흩어져 갈팡질팡 하는 5천여 명의 시위대들이 경찰처럼 일사분란하게 뒤돌아 뛸 수는 없는 노릇이었다.

나는 뒤따라오는 경찰을 피해 시위대원 몇 명과 대로 옆 골목길로 뛰어들었다. 경찰은 골목길까지 따라왔다. 우리는 순식간에 담을 넘어 낮은 단층집들로 이루어져 있는 마을 어느 지붕 위로 올라갔다. 그 와중에 민첩하지 못한 시위대원 두세 명이 경찰에 붙들렸다. 나를 포함하여 4명밖에 남지 않은 우리는 정신없이 지붕에서 지붕으로 도망가다가 어느 집 베란다에서 뛰어 내렸다. 그 순간 목재로 된 베란다가 와장창 무너져 내렸다. 집 주인이 놀라 뛰어 나왔다. 우리는 도망치느라 죄송하다는 말도 하지 못한 채 황급히 내달렸다.

이미 경찰이 골목골목을 뒤지면서 학생들을 찾아다니고 있었다. 무조건 산 쪽으로 도망가기 시작한 우리는 산비탈에 쳐진 철조망을 뛰어 넘어 들어갔다. 청량리 위생병원 경내로 들어간 것이다.

비로소 안심한 우리는 산비탈 바위에 걸터앉아 저 멀리 군자교 다리를 건너 쫓기고 있는 시위대의 모습을 감상하고 있었다.

사실 우리 대부분은 어떤 정의나 신념을 쫓아 시위를 하기 보다는 아는 선배들의 독려나 동급생들과의 의기투합이라는 군중심리에 편승하여 시위에 참가하고 있었다. 그래서 경찰과 대치하였다가 무너져 도망가는 시위대의 모습이 우습기도 하고 또 재미도 있었다.

***

그날 이후 서울대의 휴업이 선언되었는데도 시위는 11월 3일 1학기 기말고사가 재개될 때까지 산발적으로 계속되었다.

시간이 가면서 점차 시위가 잦아들자 휴업이 해제되고 1학기 기말고사가 시작되었지만 이미 시험을 친 경제학 개론은 빠져있었다. 나처럼 시험을 치른 학생들이 있기 때문이라는 게 이유였다.

그러나 내가 군에 입대한 다음 리포트로 대체된 경제학개론 기말시험에서 나는 리포트 미제출로 F학점을 받았다. 억울하기 짝이 없는 노릇이었고, 더구나 그것이 내가 서울법대 수석졸업을 하는 데에 큰 걸림돌이 될 줄은 당시로서는 상상조차 할 수도 없었다. 물론 뜻밖에 찾아 올 서울법대 수석졸업을 미리 예견해서 하는 말은 아니다. 하지만 국민의 한 사람으로서 신성한 국방의 의

무를 다하고자 학업을 중단하고 입대한 학생에게 그런 불이익을 줄 수 있단 말인가!

이래저래 나의 군대생활은 시작부터 순탄치가 않을 것임을 예고하는 대목이었다.

/

군 근무 시절
전우들과

/

군대생활의 명암

11월 3일부터 시작된 1학기 기말고사가 1주일정도 계속된 뒤 끝나자, 11월 20일부로 입영영장을 받은 나는 논산훈련소 수용연대로 가야만 했다.

초등학교 입학부터 늦은 나는 대학 입학 전에 이미 군 입대를 위한 신체검사를 받아 다른 대학생들이 누리는 입영연기가 불가능했다. 더구나 신체검사에서 당당하게 갑종으로 합격한 터였다.

그런 나는 추호도 군대를 회피하고 싶은 생각은 없었다. 군대는 의당 가야 하는 것으로 알고 있었고 또 가지 않을 방법도 없었다. 다만 가뜩이나 늦은 공부에 군대 가서 3년을 보내고 나면 언제 다시 복학하여 공부를 마치고 어머니를 편히 모실 수 있을까하는 걱정이 앞섰을 뿐이다.

***

그런 이유로 나는 그 해 여름 해군서울기지사령관에게 '해군에 입대하여 당번병으로 근무하면서 공부를 계속했으면 좋겠다'는 뜻을 밝힌 적이 있다. 사령관도 나 같은 학생을 당번병으로 일하게 하면서 대입 준비를 하는 아들의 공부도 도와주면 좋겠다는 판단을 했는지 '진해로 내려가서 신체검사를 받아보라'고 하였다. 나는 휘파람을 불면서 진해로 내려갔다. 군대도 마치고 고시도 일찍 합격하여 어머니를 편히 모실 수 있으리라는 기대 때문이었다.

처음 가보는 진해의 낯선 해군훈련소 모습에 나는 두근거리는 가슴을 안고 신체검사장으로 들어섰다. 놀랍게도 그곳에는 이미 큰 키와 잘 생긴 얼굴에 신체가 건장한 청년들이 수없이 모여들어 경쟁률이 3대1을 넘는다고 하였다. 모두들 자신감에 차 서성대고 있는 그들의 모습에 순간 압도당하지 않을 수 없었다. 그러나 나는 해군사령관의 추천을 받아 지원하였고 이미 사령관의 지시를 받은 장교의 도움과 안내로 신체검사를 무난히 치를 수 있었기 때문에 해군입대에 추호의 의심도 하지 않고 있었다. 그런데 천만뜻밖으로 급히 나를 찾은 그 장교로부터 '비활동성으로 보이기는 하지만 폐결핵 의증(疑症)이 있어 해군입대가 불가능하다'는 말을 들었다. 사령관도 의외였는지 큰 실망을 안고 서울로 올라온 나를 사령부 의무실로 데려가 다시금 엑스레이를 찍어 보도록 했다. 그러나 결과는 마찬가지였다.

이로써 거의 확실해 보이던 해군입대는 좌절되고 고시 조기합격의 꿈도 불확실한 군대문제의 앞날만큼이나 희미해져 갔다.

***

그러는 사이 징집 예정일인 11월 20일이 다가왔다. 기말고사를 마친 나는 같은 반 친구에게 대리출석을 부탁하였다. '한 열흘정도 시골 좀 다녀오겠다'고 하면서….

당시 나는 폐결핵 의증으로 군 입대가 면제되어 귀향할 것이라는 희망 섞인 믿음과 '진짜 폐결핵에 걸렸으면 어떻게 하나'라는 걱정을 동시에 안고 일단 고향 어머니 곁으로 내려갔다.

고향 집에 도착한 것은 점심때가 한참 지나 해가 기운 뒤였다. 서쪽 사립문 옆의 밤나무 그늘이 길게 드리워진 집 마당에는 발동기 소리가 요란하고, 일꾼 서너 명이 희뿌옇게 피어오르는 볏짚먼지 속에서 거의 막바지에 이른 타작을 마무리하기 위하여 남은 볏단을 부지런히 탈곡기에 부비고 있었다.

그 뒤에는 얼굴이 반쯤 가리도록 수건을 쓴 어머니가 탈곡기 밑으로 쏟아져 나오는 나락을 가래로 긁어내어 한 쪽에 쌓느라 여념이 없었고, 그 옆에는 이미 어머니 키보다 더 높은 나락더미가 쌓여 있었다.

사실 발동기 타작 때에는 나락이 너무 빨리 그리고 많이 쏟아져 나오기 때문에 어지간한 남자일꾼도 혼자서 이를 긁어내어 쌓는다는 것은 여간 힘든 일이 아니었다. 조금이라도 늦으면 탈곡기 밑에 나락이 쌓여 발동기를 잠시 멈춰야 하는 어려움이 있기 때문이다.

그런데도 그렇게 힘든 일을 나이 드신 어머니 혼자서 하루 종일 해 내고 계신 것이다. 나는 얼른 어머니에게 다가가

"어머니 저 왔어요."

라고 말했다. 그러나 수건을 써서 머리를 들지 않으면 얼굴이 잘 보이지 않던 어머니는 머리를 들기는커녕 눈길 한 번 주지 않고 일만 계속하였다. 처음에는 발동기 소리에 잘 들리지 않아서 그러는 줄 알았다. 다시금 큰 소리로 말해도 마찬가지였다.

나는 허리를 숙여 수건 밑으로 어머니의 얼굴을 쳐다보았다. 어머니는 울고 계셨다. 혼자서 힘든 일을 하시다가 그리운 아들이 오니 너무 반가워서 우시는 것일까? 아니었다.

어머니는 이미 내가 군대에 가기 위하여 내려온 것을 알고 계셨

다. 벌써 예순이 되신 어머니로서는 마음이 급하셨던 것이다. 내가 빨리 출세하여 장가도 가고 손자도 보기를 원하셨던 것이다. '그런데 이제 군대를 간다니 또 3년을 기다려야 한단 말인가!' 장탄식이 나올 만도 하였다. 사실 3년이란 세월은 예순이 넘은 노인에게 기다리라고 하기에는 너무 긴 세월이었다.

불효는 그렇게 쌓여만 갔다. 나는 어머니의 손을 꼭 잡고

"죄송해요. 어머니!"

아주 나직이 말했다.

***

그날 어머니는 그렇게 바쁜 와중에도 이제 막 타작한 나락을 손수 절구통에 넣고 찧은 햅쌀로 밥을 해주셨다.

아~ 얼마나 오랜만에 맛보는 어머니의 손맛인가! 기름진 햅쌀밥이어서가 아니었다. 지금 나는 오직 자식에게 맛있는 밥을 먹이고 싶은 어머니의 지고지순한 사랑을 먹고 있는 것이다. 모내기에서부터 추수까지 뒤범벅이 된 어머니의 땀과 눈물을 마시고 있는 것이다.

밥 한 그릇을 뚝딱 해치우고 더 달래서 배를 채운 나는 그날 밤 어머니를 위로한답시고 자신도 없는 거짓말을 해댔다. 무조건 어

머니가 웃으시는 모습을 보고 싶었기 때문이었다.

"어머니 며칠 있다가 돌아와요. 그리고 1, 2년 후엔 고시에 합격하여 기쁘게 해 드릴게요."

라며 온갖 아양을 떨었으나, 어머니께서는 끝내 웃지 않으셨다.

그렇지만 나는 폐결핵 의증이 있어서 군대에 안 간다는 말은 차마 할 수가 없었다. 어머니에게 군대에 가는 것보다 더 큰 걱정을 끼칠 것 같아서였다. 폐결핵 하면 당시 농촌에서는 피를 토하며 죽는 제일 무서운 병으로 알려져 있었기 때문이다. 나 역시 그런 병이 무서웠고 아니기를 바랐다. 그러나 한편으로는 군대에 가서 3년을 썩는 것도 큰 문제처럼 생각되었다.

그날 밤 나의 머리는 미래의 불확실성에 대한 두려움과 어느 쪽도 선택하기 어려운 혼란스러움으로 가득했고, 그 끝은 젊음의 자신감마저 잃어버리게 하는 공허함만이 온 뇌를 지배하는 것 같았다. 참으로 어둡고 긴 밤이었다.

그나마 다음날 아침 어머니의 웃음을 볼 수 있어서 천만다행이었다. 맑은 햇살은 없었지만 아침이 밝자, 나는 논산으로 가는 기차를 타기 위하여 먼저 고향 삼거리에서 진주로 가는 버스에 올랐다. 전송 나온 어머니는 그 직전에야 웃음 띤 얼굴로 나와 눈을 맞추고 손을 흔들었다. 나의 속을 잘 아시는 어머니는 군대에 가서 고생할 아들의 마음을 가볍게 해 주어야겠다는 생각에 마음에도 없는 웃음을 지어 보였던 것이다.

그러나 이내 돌아서서 눈물을 흘리시는 어머니의 모습이 눈에 들어왔다. 내 마음은 천 갈래 만 갈래 찢어지는 것 같았다.

***

한 밤중에 진주를 떠난 기차가 논산 연무대에 도착한 것은 사방이 캄캄하여 아무것도 보이지 않는 다음날 새벽이었다.

나는 여기에서 수용연대 생활이나 당시의 부패상을 얘기하고자 하는 것이 아니다. 또 이미 밝힌 것처럼 내가 군대를 가지 않으려고 한 것도 아니다. 나는 단지 폐결핵 의증 때문에 마침 귀향할 수 있으면 좀 더 일찍 어머니를 모실 수 있는 길이 열릴지도 모르겠다는 희망이 있었을 뿐이다.

신체검사결과 역시 폐결핵 의증은 그대로 관찰되었다. 그러나 의무관 앞에 불려간 나는 또다시 절망하지 않을 수 없었다. 의무관은 '내가 귀향할 수도 있으나 을3종으로 군대에 갈 수도 있다'는 애매한 설명을 하였다. 그러면서

"30만 원만 있으면 당장 귀향조치를 해 줄 수 있다."

고 길을 알려 주기까지 하였다. 고맙기는 했다. 그러나 아르바이

트로 학비와 책값을 충당해 온 나에게 시골 논 두 세마지기 값인 30만 원은 너무 컸다. 또 딱히 이를 마련할 길도 없었다.

나는 의무관에게 매달렸다. 해군 사령관의 배려로 해군에 입대하려 했던 일, 그러나 폐결핵 의증으로 귀향할 수밖에 없었던 일, 집안형편, 홀로 계신 어머니의 고생 등을 상대방이 지겨워 할 정도로 늘어놓으면서

"한 번만 봐 주십시오. 서울 가면 나에게는 아르바이트로 번 돈 10만 원이 있으니 이를 몽땅 드리겠습니다."

라며 귀향을 애원하였다. 심지어 군의관에게 후일 반드시 신세를 갚겠다고도 하면서 매달렸다. 군의관은 돌아가 기다려 보라고 했다.

그런 노력도 헛되이 다음 날 나의 등에는 커다란 '완(完)'자 도장이 찍혔다. 군에 입대하는 것으로 확정되었다는 표시였다. 당시 우리는 이를 낙인이라고 일컬었다.

나는 그날 밤을 뜬 눈으로 지새웠다. 모든 것이 걷잡을 수 없는, 한 치 앞도 내다볼 수 없는 내 인생이 불쌍하였고, 마치 나락으로 떨어지는 것 같은 절망감을 느꼈다. 어머니에 대한 효도는 물 건너갔고 3년의 군 생활 후 나는 과연 공부나 계속할 수 있을지 또

그 후 무엇이 될지 모든 것이 절망스러웠다. 평생 불효자로 낙인 찍힐 것은 뻔한 것처럼 보였다.

***

대학 칠판에 나의 군대주소가 적히면서 위문편지를 보내라는 지도교수님의 말씀이 있은 것은 내가 논산훈련소에 입대하여 한참 신병훈련을 받고 있을 때였다.

대리출석을 부탁받은 친구는 돌아오지 않는 나와의 약속을 지키기 위하여 그때까지 강의시간마다 목소리를 달리하는 두 번의 출석대답을 계속해 왔음도 친구의 편지를 받고서야 비로소 알았다. 부끄럽고 미안했다.

훈련병 시절은 너무나 처절하였다. 저녁 늦게 입소한 우리 소대원 40명은 새벽 2시가 넘어서까지 기합을 받았다. 하사인 소대장은 기합도중 마음에 들지 않으면 사정없이 군화발로 발길질을 해댔다.

그러면서 '자갈논 세마지기를 팔아 훈련소 소대장이 되었으니 본전을 뽑아야 하지 않겠느냐'는 말을 서슴없이 했다. 그러면서 간간이 시간을 주었다.

그 시간에 우리는 있는 돈 없는 돈을 털어 소대장에게 바쳤으나 돈 봉투를 펼쳐본 소대장에 의하여 번번이 퇴짜를 당했다. 이후 세 번에 걸쳐 팬티속이나 혁대 속 심지어 단추를 달기 위한 2중의 옷깃 속에 실밥을 따고 숨긴 꼬깃돈까지 몽땅 털어낸 뒤에야 잠자리에 들 수가 있었다.

다음날부터 계속된 지옥훈련은 나의 영혼까지 송두리째 앗아갔다. 머리속은 텅 비었다. 어머니고 학교고 공부고 뭐고 사회에서 있었던 모든 일은 생각할 겨를이 없었다. 아무런 감정 없는 로봇이 된 느낌이었다. 오로지 교관이 조종하는 대로 기계적인 움직임이 있을 뿐이었다.

***

훈련이 계속될수록 배는 고파왔다. 처음에는 쳐다보기도 싫었던 보리투성이의 군대 밥이 왜 그리도 맛있는지. 훈련도중 배가 고파 남은 음식을 버리는 잔밥통 옆을 지나갈 때에는 저절로 통속을 들여다보곤 할 정도였다.

훈련소에는 1조 3명씩 편성된 정훈조를 운영하고 있었는데, 같은 조원들은 반드시 함께 행동해야 했다. 훈련도 함께 받고 보초도 함께 서고 화장실도 함께 가야 했다. 심지어 조원 한 명이 잘못하면 기합도 함께 받았다. 연대정신을 함양한다는 명분에서였다.

나는 마산과 진주에서 온 훈련병 2명과 함께 정훈조를 이뤘다. 그 중에 마산 출신 훈련병이 좀 굼뜬 편이었다. 그 때문에 항상 같이 기합을 받았다.

하루는 행정실로부터 바로 그 마산 출신 훈련병 집에서 인절미가 왔다는 연락을 받았다. 너무나 배가 고팠던 우리 3명은 다른 훈련병들이 보지 않을 때 먹으려고 인절미를 모포 속에 깊이 감춰 두었다가 새벽 2시경 같이 보초를 설 때에 꺼내 먹었다. 맛이 시큼하였지만 더운밥 찬밥 가릴 형편이 못되었다.

앞서 보초를 서고 우리와 교대했던 훈련병 3명이 우리의 인절미 먹는 소리에 잠을 이루지 못하고 눈만 껌뻑이면서 나눠주기를 기다렸다. 그러나 우리는 눈곱만큼도 나눠주지 않았다. 당시의 논산훈련소는 그렇게 사람을 인간이 아닌 영혼 없는 기계로 만들어 놓았다.

문제는 그 뒤에 일어났다. 쉰 인절미를 먹은 우리는 날이 밝기 전부터 줄지어 화장실에 달려가야 했다. 3명이 앞서거니 뒤서거니 하면서 화장실을 들락거렸다. 한 명이 가면 같이 가야 했으므로 아예 줄곧 화장실 앞에 서 있어야 할 정도였다. 이를 본 다른 훈련병들이 낄낄대고 웃었다. 그러나 창피 같은 것은 없었다. 모두들 그러했으니까.

***

훈련을 마친 우리는 부대배치를 받게 되었다. 대졸자가 필요한 부대에서는 미리 대졸이나 대재, 대퇴 훈련병들을 선발해 갔다. 그러나 나는 매번 뽑히지 않았다. 인사기록 카드에 고졸로 되어 있었기 때문임을 최전방 보병사단에 떨어지고 난 뒤에야 알았다.

처음 그 보병사단에서도 서울문리대 출신의 인사장교가 서울법대생이라는 나의 말을 듣고 사단 법무부로 발령을 내기 위하여 인사기록카드를 정리는 순간 나의 학력이 고졸로 되어 있음을 발견한 것이다. 이 말을 전하는 인사장교에게 나는 아무런 말도 할 수가 없었다. 지지리도 복이 없다는 생각만 머리를 스치고 지나갔을 뿐이다.

나는 남방한계선의 철책선을 지키는 GOP부대의 소총병으로 떨어졌다. 그곳에는 고졸도 드물어 나는 작업을 하지 않고 GP로 통하는 철문을 지키는 역할을 맡았다. 하루를 6시간씩 4등분하여 1, 3구간에 보초를 서면 나머지 2, 4구간에는 DMZ로 들어가 간단한 풀베기작업을 하거나 토굴 같은 막사에서 잠을 잤다.

DMZ! 말 그대로 참으로 평화스런 곳이었다. 고요하기까지 했다. 드물게 들리는 총성이 그 평화와 고요를 깨기 전까지는….

풀을 베다가 잠시 누우니 키보다 높은 갈대 사이로 파란 하늘이 보였다. 부치동으로 떡국나무를 하러가다가 형제봉 갈대밭에 누웠던 고1 겨울방학 때가 떠올랐다.

지금 어머니는 무엇을 하고 계실까. 보나 마나 군대간 자식 걱정을 하면서 노구를 이끌고 농사에 여념이 없으시겠지. 혼자서 얼마나 고생을 하실까. 코끝이 찡해 왔다. '어머니 건강하게 기다려 주십시오'라는 말 외에 달리 할 말이 없었다.

***

부대배치를 받은 지 보름정도 지났을 때 능선에 가려 잘 보이지 않는 옆 철문에서 엄청난 고함소리가 들렸다. 황급히 중대장이 달려와서

"사단장이 시찰을 나왔으니 철저히 하라."

고 일러주었다. 나는 철문 보초병으로 숙지해야 할 내용들을 죽~ 스캔 해 보았다. 평소 외우는 것에는 자신이 있었기 때문에 별 어려움이 없었다.

하늘의 별을 보듯 해야 하는 별이 두 개씩이나 붙은 사단장을

대해도 떨리지 않았다. 나는 전방만을 주시하면서

"추웅성!"

하고 큰 소리로 '받들어총'을 하였다. 사단장은 나에게 주간과 야간의 근무수칙, 크레모아의 위치와 설치방향 등을 하나하나 물었다. 나는 이런 사단장의 질문에 큰 소리로 청산유수처럼 대답했다. 듣고 있던 사단장이 물었다.

"사회에서 뭐하다가 왔느냐?"

나는

"서울법대에 재학 중이었습니다."

라고 역시 큰 소리로 대답했다. 사단장은

"그래?"

하면서 놀라는 눈치였다.

***

그로부터 얼마 지나지 않아 나는 대대 행정실로 발령이 났고 사단 작전처로 파견근무를 시작하였다. 나의 근무를 지켜보던 연대 작전장교는 '내가 먼저 너를 연대 작전과로 데려오려 했으나 힘에서 밀렸다'는 말을 했다.

어떻든 나는 '이제 살았구나!'라고 환호하면서 대학 친구에게 '무슨 공부부터 해야 하는지 책을 부쳐 달라'고 편지를 썼다. 2주일 쯤 뒤에 도착한 책은 '민법총칙'과 '물권법'이었다. 기회를 포착한 나는 시간을 내어 미리 고시공부를 시작할 참이었다.

그러나 당시 1군에서는 '진군-70'이라는 이름으로 지금까지의 작전계획을 완전히 바꾸는 큰 작업을 하고 있었다. GOP, FEBA 등의 전선방어 개념을 거점방어 개념으로 바꾸는 커다란 작전변경이었다.

나는 서울공대 ROTC 출신의 작전장교와 근 3개월에 걸친 밤샘 작업을 하였다. 사단 관내 거점들을 파악하고 진지를 재배치하며 이를 커다란 도면에 정확히 그려내야 하는 힘든 작업이었다. 새벽 6시까지 일을 한 뒤 다른 병사들이 일어나 아침 구보를 나가거나 청소를 할 때에 잠깐 눈을 붙이는 생활을 계속해야 하는 내가 미리 고시공무를 한다는 것은 애당초 불가능하였다. 가끔은 신경질도 냈다. 그러면 작전장교는

"제대하여 고시공부하려면 그깟 밤샘정도는 거뜬하게 참아야지."

라며 일을 독려하곤 했다.

그렇게 무리를 하던 어느 날 나는 갑자기 눈에 보이는 모든 물체들이 여러 겹으로 겹쳐 보이는 현상을 발견하고 놀랐다. 이를

안 작전장교 역시 놀라는 기색이었다. 당장 BOQ로 데려가 맛있는 장교식사를 제공했다. 인근 시내에 나가서 눈에 좋다는 간유구도 사다 주었다. 내가 일을 하지 못하면 큰일이라고 생각한 작전장교의 회유책이었다. 그러기를 며칠, 역시 젊음은 좋아서 곧 시력이 회복되어 같은 일을 반복할 수 있었다.

***

그렇게 바쁘게 지내는 동안 나는 큰 불효를 저지르고 말았다. 어머니의 회갑이 그 사이에 지나가 버렸기 때문이다. 알고는 있었지만 도저히 집에 갈 수가 없었다.

뒤에 들은 얘기지만 어머니는 이 아들이 없는 회갑을 치르면서 조촐하게 차려진 상 앞에서 눈물을 흘리셨다고 했다. 도대체 군대가 뭐 길래 평생 한 번밖에 없는 어머니의 회갑에도 참석할 수 없었단 말인가. 군대가 죄인가 내가 소홀한 죄인가. 어머니에 관한 한 나는 한없는 죄업만 쌓아가고 있었다.

***

그러는 사이에도 세월은 흘러 그렇게 어렵던 진군-70 작전도 끝이 났다. 그러나 정작 시간이 나자 어렵사리 구한 책 두 권은 이미 없어진 뒤였다. 본부 중대장이 사단장에게 들키면 큰일 난다면서 갖다 버린 것이다.

어느덧 고참이 되어 무료해진 나에게 정훈장교는 동생뻘이라는 여고생을 소개해 주면서 펜팔이나 하라고 했다. 사진 3장도 주었는데 눈이 큰 아이였다. 나는 열심히 편지를 썼다. 답장도 열심히 왔다. 펜팔 내용은 점점 연애편지로 바뀌어 갔고 누구나 연애편지를 쓰면 그렇듯이 시와 소설이 따로 없었다. 모으면 책 한 권은 족히 될 것이다.

이렇게 사귀게 된 여학생은 제대 후 1년여간의 만남도 이루어졌지만 공부에 지장을 초래할지 모른다는 형님의 우려가 있었다. 어머니께서는 아무런 말씀이 없으셨지만 눈빛만 보아도 안다. 나에게 '아가 너는 믿는다. 공부에 전념하여 유종의 미를 거두거라'고 말씀하고 계셨다. 나는 과감히 그녀를 잊기로 결심하였다. 그녀에게는 참으로 미안했다.

좋은 사람 만나 잘 살기만을 빌면서….

/

법주사로 춘계여행을 간

방일영 장학생들과

/

조선일보와의 만남

내가 만 35개월 7일간 복무한 군을 제대하고 학교에 복학한 것은 스물여섯이 되던 1973년의 1학년 2학기였다. 1969년의 대학시위로 인하여 그 해 11월 19일까지 학교를 다녔음에도 겨우 1학기말 시험을 치렀을 뿐이고, 1972년 10월 26일 제대를 했을 때는 2학기에 복학할 수 있는 날짜가 이미 지나버려 근 10개월 가까이를 허송하고 만 결과이다.

이래저래 세월은 덧없이 흘러가고 있었다.

'소년이로 학난성(少年易老學難成)'이라는 주자(朱子)의 시구가 절로 실감났다. '자욕양이 친부대(子欲養而親不待)'라는 공자(孔子)의 경구가 장탄식과 함께 오버랩 되면서….

***

늦은 복학을 하게 된 나는 당장 학비가 걱정이었다. 그렇다고 그나마 늦어버린 고시공부에 매달려야 할 나로서는 아르바이트를 한다는 것도 주저되었다.

이때 가장 먼저 도움을 주신 분은 이수성 지도교수님이었다. 후일 서울대 총장을 역임하시고 국무총리까지 지내신 이 교수님은 우선 나를 '낙산장학생'으로 추천하였고 '정영사' 입사도 추천했다. 낙산장학생이란 등록금 절반을 면제받는 서울법대만의 장학제도였는데, 당장 아쉬운 나는 이 정도도 고마웠다.

그리고 정영사는 육영수 여사께서 설립하신 서울대 기숙사로서, 적어도 B플러스 이상의 학점을 받은 우수학생들을 무료로 기숙시키는 일종의 엘리트 양성소 같은 곳이었다.

다행히 나는 낙산장학생과 정영사 기숙사생으로 선발되는 데에는 충분한 학점을 받고 있었다.

낙산장학생으로 선발됨으로써 절반의 성공을 거둔 나는 결국 학비의 절반을 어머니가 손수 농사지은 쌀을 팔아 해결할 수밖에 없었다. 등록금이 사립대의 몇 분의 일 밖에 안되는 것이 천만다행이었다.

나아가 정영사에 입사한 것도 많은 도움이 되었다. 기숙이 무료

일 뿐더러, 연건동 의대 구내에 있어 대학로 하나를 사이에 두고 있는 동숭동의 법대까지는 걸어서 5분밖에 걸리지 않았다. 덕분에 통학시간은 물론이고 교통비까지 절감할 수 있었다.

그밖에도 정영사 생활은 나에게 많은 것을 가져다주었다. 사생들이 모두 뛰어난 수재들이고 또 언제라도 평균학점이 B플러스 밑으로 떨어지면 퇴사해야 하는 제도 때문에, 원한다면 얼마든지 공부할 수 있는 면학분위기가 형성되어 있었다. 식사도 좋은 편이었다. 특히 개사기념일이 되면 육영수 여사께서 방문하여 위로 겸 격려를 해 주셨는데, 그날은 소고기나 돼지고기가 식탁을 푸짐하게 장식하는 날이었다. 가까이에서 본 육 여사님이야 말로 그렇게 인자하고 우아할 수가 없었다. 나를 포함한 사생들은 얼마 지나지 않아 그런 육 여사님께서 비극적으로 서거하시게 되자 모두들 진심으로 애도하였다.

***

그런데 대학 2학년 말에 이르러 나에게는 일생일대의 큰 행운이 찾아왔다. 복학이 늦어진 것이 오히려 전화위복이 되었다. 조선일보의 방일영 회장께서 동생인 방우영 사장(현 조선일보 명예회장)과 함께 학비 전액과 도서비, 의복비, 하숙비 등을 모두 지급하는 국내 초유의 전액장학금 장학회를 창설하신 것이다. 앞으로 국가와 사회를 위해서 크게 공헌할 수 있는 지도적 인재를 발굴하여 오로지 면학에만 전념케 한다는 취지였다.

원래 방일영 회장의 조부이신 계초 방응모 선생은 일제의 악랄함이 도를 더하고 있던 1928년 '조국의 독립을 앞당기는 가장 빠른 길은 인재를 양성하는 것'이라고 굳게 믿으시고, 사재를 털어 '춘해장학부'를 창설하셨는데, 이 역시 전액장학금이었다.

그런 계초 선생은 1933년 민족신문인 조선일보가 일제의 탄압과 그에 따른 자금난으로 폐간위기에 몰리자 거액의 사재를 털어 조선일보를 중흥시킴으로써 민족혼의 계발과 독립을 동시에 추구해 나갔다.

당시 장학생들에는 김기림(시인), 민관식(국회의장), 방종현(서울대 문리대학장), 윤석중(아동문학가, 새싹회 회장), 이원조(문학평론가, 이육사의 동생), 황종률(재무부 장관), 황학성(국회의원) 등 조국의 독립과 발전에 크게 기여한 인물들이 수두룩하였고, 조만식, 한용운, 홍명희, 이병기, 이병도, 이중화 선생 등이 계초의 지원을 받아 일제하에서 민족지도자로 활동할 수 있었다.

우초 방일영 선생께서는 바로 이런 조부의 유지를 계승, 발전시키고자 6·25동란으로 계초 선생이 납북되면서 명맥이 끊겨버린 장학회를 다시 창설하신 것이다.

***

방일영장학생으로 선발되기만 하면 학비와 생활비 걱정은 끝이었다. 조선일보라는 든든한 빽도 생길 것이 틀림없다. 그러나 방일영장학생에 선발되는 것은 하늘의 별따기로 보였다. 우선 대학 입학성적과 그간의 대학성적이 매우 우수해야 하고, 그런 중에서도 국가장래에 기여할 만한 인재로 인정받아야 하는 면접이 기다리고 있었기 때문이다. 서울법대에서는 단 2명을 뽑는데 성적상위 10%내에 드는 공부벌레 6명이 추천되었다.

나는 추천까지는 되었지만 자신이 없었다. 우선 나이 많은 복학생이고 시골출신이라 다른 경쟁 학생에 비해 장래성이 있다고 보일리가 없다는 생각이 들어서였다. 그렇지만 가정형편이 어렵고 아무런 빽도 없는 나로서는 조선일보 장학생으로 선발되는 것이 너무나 절실했다.

나는 밤새도록 빌었다. 큰 일이 있을 때 어머니께서 늘 그랬던 것처럼 아침 일찍 목욕을 하고 머리를 단정히 한 다음 면접에 임했다. 그랬음에도 면접관이 누구인지 또 무슨 질문을 받았는지 전혀 기억할 수 없을 정도로 긴장했다. 면접을 마친 뒤에는 동급생들보다 대여섯 살이나 많은 복학생 녀석이 침착하지 못하고 망신을 당한 것 아닌가 하는 걱정이 앞섰다.

지성이면 감천인가! 며칠 뒤인 1975년 1월 1일자 조선일보 1면에 실린 장학생 명단에는 내 이름 석자가 있었다. '세상에 조선일보에 내 이름이 실리다니 그것도 1면에!' 꿈인가 생신가 싶었다. 한 마디로 공중에 붕 뜬 기분이었다. 나는 즉시 그 명단을 오려 시골 어머니에게 보내는 편지 속에 넣었다.

***

이렇게 맺게 된 조선일보와의 인연은 내가 일생을 살아가는 데에 얼마나 큰 도움이 되었는지 말로서는 표현하기 어렵다.

무엇보다 먼저 나는 이제 아무런 걱정 없이 공부에 전념할 수가 있게 되었다. 시골에서 고생하시는 어머니가 생각날 때마다 아르바이트 문전을 서성이거나 기웃거릴 필요가 없어졌다. 어머니께서는 애써 농사지은 쌀을 팔아 돈을 부칠 필요도 없어졌다. 아마도 난생 처음으로 어머니를 기쁘게 해 드릴 수 있을 것이라고 믿고 있다.

다음으로 나는 자신감을 얻었다. 대한민국 제일의 조선일보에 선택되었다는 자신감, 조선일보라는 든든한 후원자가 생겼다는 자신감, 나라를 움직이는 큰 언론인들과의 만남, 장차 나라의 주춧돌이 될 훌륭한 인재들과의 인적 네트워크 등은 방일영장학생이 되지 않은 학생들에게는 감히 꿈도 꾸지 못할 특혜였다.

깡 촌놈인 나는 이후 대한민국의 수도 서울의 중심인 태평로를 어깨를 으쓱거리며 활보하는 쾌감을 맛볼 수 있었다.

***

나는 이때의 심정을 1983년 발간된 방일영 선생의 회갑기념문집 『태평로1가』에서 아래와 같이 기술하였다.

'아르바이트를 하면서 고시공부 시간에 쫓기는 불안과 초조는 허탈한 몸부림으로 변하였고 이러한 몸부림은 나의 내면을 공허하게 만들어 자존을 인식하고 관조할 수 있는 기회를 송두리째 앗아갔다. - (중략) - 장학생이 된 나는 맨 먼저 아르바이트를 때려치우고 오랜만에 관악캠퍼스 중앙도서관 구석자리에서 하루 종일 책에 파묻혀 논리의 삼매경을 헤매며 가슴속 깊이 충일된 희열을 만끽할 수 있었다. 오랜 방황 끝에 젊음의 힘찬 두 다리를 진리의 지맥 속에 굳건히 딛고 설 수가 있었다. 골디아스의 매듭(the Gordian knot)도 단숨에 풀어버리고 헤라클레스(Heracles)의 열두 가지 난업(難業)도 한꺼번에 해치워 버릴 수 있는 힘이 솟아나는 것을 느낄 수 있었다. 나는 꽃봉오리처럼 부풀어 오른 그때 그 순간을 오래오래 간직하고 싶을 뿐이다.'

***

방일영장학생이 된 나는 당장의 신분변화를 실감할 수 있었다. 등록금 전액이 액면으로 된 1장짜리 수표는 곧바로 학교에 송부되었다. 조선일보 도서관과 강당은 장학생들에게 무한개방 되어 하시라도 출입할 수 있었다.

특히 강당에서는 매월 1회 정기적으로 장학생들을 대상으로 하는 강의가 개최되었는데, 강사로 초청되는 분은 선우휘, 양호민 등 당대의 내로라는 석학들이거나 이름만 들어도 가슴 설레는 유명 언론인들이었다.

강의 후에는 그달의 보조장학금이 지급되었고 액수는 책값과 옷값, 잡비 등에 충당하고도 남음이 있었다. 게다가 이날은 조선일보에 가까운 '태평정'이라는 불고기집에 가서 고기를 배불리 실컷 먹을 수 있었다. 하숙집에서는 꿈도 꾸지 못하는 호사였다.

어디 그 뿐인가. 봄가을 두 번에 걸쳐 야유회를 갔다. 3학년 봄의 첫 야유회는 조선일보 버스를 타고 멀리 법주사로 가는 것이었다. 버스를 타고 달리면서도 마치 비행기를 탄 듯 들뜬 기분이었다. '세상에 내가 조선일보 버스를 타고 생전 처음 가는 곳으로 이렇게 야유회를 가다니!'

차창에 비치는 춘색은 무릉도원이 따로 없었다. 온통 연두색과 분홍빛으로 물들기 시작한 바깥 경치도 그랬지만, 내 마음의 풍경도 그랬다.

법주사에 도착하여 경내를 구경하는 사이 인근 계곡에서는 거대한 식사가 준비되었다. 흰 쌀밥이며 불고기며 생선국은 물론 갖가지 반찬이 차려졌다. 눈이 휘둥그러지고 입이 찢어질듯이 벌어지는 환상적인 식사였다. 야외라서 특별히 그런 것이 아니었다. 실제 식사내용이 환상 그 자체였다.

가을에 찾은 남이섬 역시 같은 기분과 분위기였다.

***

나는 방일영장학생이 된 것이 나의 젊을 적 인격형성에도 커다란 영향을 받았다.

특히 나를 대하는 우초 선생의 자상하고 인자하신 말씀과 눈길은 평생 잊지 못할 기억이다. 내가 본 선생의 첫 인상은 아무나 쉽게 범접할 수 있는 그런 분이 아니었다. 촌놈인 나로서는 그저 멀리 떨어져서 바라보기만 할 수 있는 귀족적인 풍모로 비춰졌다. 그러나 그 분은 내 생각과는 완전히 달랐다. 큰 어른이지만 아주 가까운 아버지 같은 분이셨다. 장학생들에게는 열심히 공부해서 국가와 사회에 기여할 수 있는 훌륭한 사람이 되기를 바라는 그 이상의 아무것도 요구하지 않았다. 그저 친부모처럼 아가페(Agape)적 사랑을 아끼지 않으셨다.

그런 선생은 항상 장학생들의 이름을 기억하고 이름을 불렀다. 나를 볼 때는 늘 웃으시면서 '많이 먹고 살 좀 쪄야 되겠어'라고 말씀하시곤 하였다.

이런 선생의 말씀은 내가 판사가 되어 매년 세배를 갔을 때에도 계속되었다. 뒤에 건강이 나빠져서 휠체어를 타고 투병 중이실 때에도 마찬가지였다.

마지막 세배를 드린 해에도 비록 휠체어에 앉아 계셨지만 또렷한 정신으로

"여 판사! 살 좀 찌라니까."

라며 내민 손을 잡았을 때 나는 그만 눈물이 핑 돌았다. 잡은 손이 뼈만 앙상하였기 때문이다. 그런데도 나를 보는 선생의 눈길은 여전히 인자하셨고 웃는 모습이었다. 나는

"선생님 부디 빨리 건강을 회복하십시오."

라고 인사드렸다. 이것이 우초 선생과의 마지막 대화였다.

2003년 8월 8일 선생이 돌아가셨을 때 나는 속으로 많이도 울었다. 국민학교 6학년 때 아버지를 여읜 나는 선생을 아버지처럼 존경하였던 것이다. 나에게는 은인이라 할 수 있는 그분이 돌아가시자 한동안 온 세상이 텅 빈 것 같은 충격을 느꼈다.

한편 방상훈 당시 조선일보 상무(현 사장)와 교우할 수 있었던 것도 나에게는 큰 행운이었다.

미국에서 막 공부를 끝내고 돌아온 방 상무는 생일이 나보다 조금 빨랐을 뿐 나이가 같았다. 그러나 솔직히 말해 시골출신이라는 자격지심에 방 상무 같은 사람과는 친해질 수 있을 것 같지 않았다. 그 역시 먼발치서 바라보면서 부러워할 수밖에 없는 대상으로 비춰졌을 뿐이다.

그러나 그에 대한 나의 생각 또한 틀렸음을 아는 데에 그리 많은 시간이 필요치 않았다. 그는 장학생들을 마치 형제나 동생 대하듯 했다. 특히 나에게는 그랬다. 내가 그를 어려워하면서도 가깝게 느낄 수 있었던 것은 순전히 그의 그런 성숙한 태도 덕분이었다.

나는 지금까지도 그를 가장 존경하는 친구이자 어른으로 생각한다.

당시 장학생들을 뒷바라지 한 조선일보 간부 중에서도 영원히 잊지 못할 분이 한 분 있다. 방계성 당시 총무부장(전 부사장)이다. 그는 방종현 서울문리대 학장의 아들이자 서울법대 선배로서 면도날같이 예리한 판단력과 일솜씨를 가진 철두철미한 분이다. 그는 경기고와 서울법대에서 후일 사법고시를 수석합격하여 대법관까지 오른 한 동급생과 1, 2등을 다투었다고 들었다. 우초 선생께서는 그런 그가 마음에 들어 고시공부를 하지 못하게 하고 조선일보에 스카우트하였다고 한다. 당시 장학생들은 그런 그를 형님으로 모시고 존경하는 데에 주저함이 없었다. 그가 장학생들을 위한 뒷바라지라면 그 어떤 일도 마다하지 않았던 것은 우리에게 주어진 덤이었다고 할 수 있을까.

***

이렇게 조선일보와 만나면서 별다른 어려움 없이 학업을 마칠 수 있었던 나는 사회에 진출하면서부터 나 역시 우초 선생의 유지를 받들어 국가와 사회에 봉사할 수 있는 길이 무엇인가를 생각할 수 있는 인간이 되었다고 본다.

방법은 많겠지만 우선은 내가 어떤 일을 하던 최선을 다하는 것이 바로 그 길이라고 생각하기에 이르렀던 것이다. 이후 나는 나에게 맡겨진 일에는 항상 최선을 다하는 습관이 생겼다. 사자가 토끼 한 마리를 잡더라도 있는 힘을 다하는 것처럼 지금에 와서 돌이켜 보면 나의 성공은 이런 방일영 정신으로 무장되었기 때문에 가능한 것이었다고 자신 있게 말 할 수 있다.

/

낮에는 대학 도서관에서 밤에는 정영사에서
고시공부에 열중했지만 정영사 밤공부는
나의 욕심을 채워주지 못했다.
그러다 고시원에 들어간 나는
방문에 '不門而壁'이라 써 놓고
그 안에서 공부할 시간표를 짰다.

/

고시(考試)와
고시(枯屍)사이

내가 본격적으로 고시공부를 시작한 것은 방일영장학생이 된 대학 3학년 초부터였다. 그 전에도 동숭동 법대캠퍼스 도서관에서 책을 볼 수는 있었지만 대학 4학년생들로 채워진 좁은 도서관은 저학년인 내가 마음 편히 앉아서 공부할 수 있는 곳이 못되었다. 저학년 생들은 4학년 선배들이 들어오면 앉은 자리를 양보하지 않을 수가 없었기 때문이다. 더구나 시내의 대학가에는 당시에도 유신반대 시위로 몸살을 앓고 있던 터였다. 여러모로 동숭동 캠퍼스는 공부에 목말라 하는 대학생들의 진정한 상아탑이 될 수가 없었다.

그러던 차에 때마침 서울대가 시내 각지에 흩어져 있던 단과대학들을 관악캠퍼스로 모두 이전시켰다. 그러면서 시위로 얼룩진 대학가에는 자연스럽게 면학분위기가 형성되었다. 대학 측에서는 이를 위해 관악캠퍼스 중앙에 커다란 도서관을 배치하였고, 그 중 조용한 자리들은 예외 없이 법대생들에 의하여 선점 당했다.

나 역시 중앙도서관의 가장 구석진 자리를 잡고, 두꺼운 마분지로 책상의 앞과 양 옆을 가려 나만의 공간을 마련하였다. 반 평도 안되는 좁은 공간이었지만 아늑하고 흡족하였다. 이로써 낮에는 대학 도서관에서 밤에는 정영사에서 고시공부에 열중할 수 있게 되었다.

***

그러나 정영사에서의 밤공부는 나의 욕심을 채워주지 못했다. 가끔씩 낭만을 찾는 옆방 사생들의 통기타 소리와 이웃 서울대병원에서 밤늦도록 일하다가 숙소로 돌아온 인턴들의 음주소란이 방해가 되었다.

하루는 이를 참다못한 정영사 어느 방에서 인턴숙소를 향해 '조용히 해'라고 고함을 친 것이 발단이 되어 밤 12시가 넘은 시간에 선배임을 자처하는 인턴들이 떼로 몰려와 집단 패싸움이 벌어졌다. 고함소리, 욕하는 소리, 몽둥이 휘두르는 소리, 유리창 깨어지는 소리가 한밤의 고요 속에 더욱 더 큰 반향을 일으키고 있었다. 사실 의대에서 6년 공부를 마친 인턴들이 선배인 것은 틀림없고 또 밤늦도록 중환자들의 병마와 씨름하다 돌아온 인턴들의 피로와 고뇌도 이해할 만 했다.

그러나 법대생인 나를 격분하게 만든 것은 이렇게 늦은 시각에 다른 사람의 평온을 해칠 수 있는 주거침입이 거침없이 자행되었다는 점이었다. 더구나 복학생이라 후배랄 것도 없는 나는 명분에서 유리하다고 판단하고 감연히 앞장서서 인턴들의 난입을 저지하였다.

당시 인턴들 중에는 경고 동기인 친구가 한 명 있었다. 그는 경고를 수석졸업한 수재로서 후일 서울의대 교수가 되어 우리나라의 의학발전에 크게 기여한 훌륭한 친구였다. 이 친구는 후에 어머니께서 쓰러져 서울대병원에서 진료를 받을 때에 잊을 수 없는 도움을 주기도 하였다.

정영사에서의 그 친구와의 조우는 지금 생각해도 그렇게 기분이 나쁘지만은 않는 젊은 한 때의 추억으로 가끔씩 회상되곤 한다.

***

그런 와중에도 세월은 흘러 3학년 1학기가 끝나가는 여름방학이 되었다. 애당초 방학 같은 것은 생각할 수도 없었던 나는 오히려 더운 여름을 이용하여 새로운 돌파구를 찾아야겠다는 생각을 하고 있었다. 많은 고시생들이 그러하듯이 조용한 산사도 떠올려 보았지만, 그보다는 방학 후를 염두에 둔 궁극적인 해결책을 찾고자 하였다. 더구나 신림동과 연건동을 오가는 정영사에서의 통학은 고1때처럼 아까운 시간들을 앗아가고 있었다.

그리하여 찾은 곳이 관악캠퍼스 정문 앞에서 수 백 미터밖에 떨어지지 않은 신림동의 한 고시원이었다. 당시만 해도 신림천을 따라 몇 안되는 작고 초라한 집들이 대학촌을 형성하고 있었고 마을 안은 인적도 별로 없이 한적하기만 한데, 고시원은 마을에서부터도 이삼백 미터는 족히 떨어진 야트막한 야산의 8부 능선쯤에 외따로 지어진 2층 건물이었다.

건물내부를 들어가 보니 마감처리도 제대로 하지 않은 뼈대에 조악하게 블록을 쌓아 칸막이를 한 가축우리나 다름없는 곳이었다. 가운데에는 어둡고 비좁은 복도가 있었고 그 양쪽으로 방문들이 줄지어 서 있었다.

얇은 판자로 허술하게 만든 방문을 열고 들여다보니, 우선 방의 폭이 1미터 남짓한 문짝 넓이와 별반 차이가 없는 데에 놀랐다. 문짝 맞은편에는 불투명 유리로 된 조그만 봉창이 하나 있었고, 한쪽 벽에는 책 한권을 겨우 펼칠 수 있는 30센티미터 폭의 선반이 임시로 설치되어 책상용도로 사용할 수 있게 하였다. 그 반대편 벽에는 대못을 두 개 박아 줄로 연결하여 옷을 걸 수 있게 한 것 외에 일체의 장식이나 가구 같은 것은 없었다.

잠시 방안에 들어가 한 번 누워보니 머리맡에 라면박스 두 개 정도를 놓는다면 발끝이 문짝에 겨우 닫지 않을 정도였다. 위를 올려다보니 콘크리트에 이리저리 흰색 페인트를 칠한 천정이 마치 죽어서 관 안에서 쳐다보는 관뚜껑 같은 인상을 주었다.

그러나 나는 이곳을 선택하기로 결심하였다. 기왕에 공부를 하기로 한 이상 그 외의 것은 사치라는 생각이 들었다. 나는 이 방에서 일체의 사회생활을 잊고 오로지 공부에만 매달려 고시에 합격하던지 아니면 방 모양대로 죽어서 정말 관 속으로 들어가 나오던지 라는 결의가 차오르기 시작하였다.

***

나는 그해 8월 초순경 정영사에서 고시원으로 이사를 하였다.

이삿짐이래야 책이 든 라면박스 2개와 허름한 옷가지와 이불이 전부였다.

고시원으로 올라가는 산길의 햇볕은 유난히 따가웠다. 길가에는 이제 막 영글어가기 시작한 옥수수자루의 수염이 바람 없는 한여름의 더위에 축 늘어져있고 생기를 잃은 잎은 그래도 햇빛을 받아 반짝이고 있었다.

방에 짐을 풀어 정리한 나는 문짝 바깥에 매직펜으로 '不門而壁'이라 써 놓고 그 안에서 공부할 시간표를 짰다.

'아침 7시 기상, 밤 12시 취침, 강의시간 외의 외출은 일체 금지'

나는 쇠뿔도 단김에 빼라고 이사한 바로 다음날부터 시간표대로의 공부를 시작하였다. 밤 12시가 되면 외부 야산에 있는 임시 화장실에서 소변을 보고 잠자리에 들었다. 그러다 보니 자연스럽게 경쟁의 우열이 드러나기 시작하였다. 밤 12시에 나와 보면 한쪽에 12개씩 24개가 있는 방 창문에는 불이 꺼지지 않은 곳이 대여섯 개는 되었다. 나는 '누가 오래하나 보자'라는 오기가 생겼다. 이런 오기는 가을에 접어들면서 취침시간을 더욱 늦추어 갔다. 새벽 2시에 나와 보면 모든 창문의 불이 꺼졌고, 나는 그때서야 쾌재를 부르면서 잠자리에 들곤 하였다.

그러기를 석 달여, 찬바람이 불기 시작하자 상황은 더욱 급박해졌고 마음의 여유는 완전 바닥이 났다. 이미 동급생 1명이 2학년 말에 최연소 합격을 한 터였기에 나이든 나로서는 객관적으로 보더라도 여유를 부릴 때가 아니었다. 강의가 없는 날에는 하루 종일 단 한 마디의 말도 하지 않는 때가 허다하였다. 아침 7시부터 시작된 공부는 다음날 새벽 2시까지 식사시간만을 빼고 계속되었다.

그러기를 또 한 달여, 이제는 체력까지 바닥나고 오로지 정신력만으로 버티는 한계상황이 되었다. 갑자기 고독이 엄습해 왔다.

나는 그때처럼 고독이란 것을 뼈저리게 느껴본 적이 없다. 망망대해에서 혼자 일엽편주를 타고 보이지 않는 목적지를 찾아 헤매는 기분, 그것도 주어진 시간 안에 찾지 못하면 좌초할 수밖에 없는 절박한 상황!

숨이 헐떡거렸다. 살려달라고 애원하고 싶으나 주위에는 아무도 없다. 있다 해도 도와줄 수가 없다. 오로지 나 혼자 모든 것을 해결하고 혼자 힘으로만 헤치고 나가야 한다.

가슴이 터져오를 것 같은 답답함을 느꼈다. 고함을 치면서 방문을 박차고 나가기도 하였다. 속으로 외치는 고함소리는 뇌까지 흔들 정도로 더 크게 들렸다. 영혼과 기계적으로 분리된 눈동자에는 멀리서 깜빡거리는 아랫마을의 불빛과 느리게 가는 마을버스의 전조등만이 스쳐 지나가고 있었다.

불과 수백 미터밖에 떨어지지 않았지만 천리도 넘어 보이는 곳, 인간이 살지 못할 곳에서 갈 수 없는 인간세상을 바라보는 느낌….

아 아! 고독이란 이런 것인가.

마치 헤르만 헤세의 끝 모를 「안개속」에 갇힌 느낌이었다.

안개 속을 거니는 고독함이여
산다는 것은 외로운 것
누구나 다른 사람 알지 못하고
모두는 다 혼자다

문득 어머니가 생각났다. 나약한 인간이 끝에 가서 찾는 것은 결국 어머니인가! '살려주세요, 어머니' 뜨거운 눈물이 볼을 타고 흘러 입가로 들어왔다. '아~'하는 탄식과 함께 찝찔한 맛이 혀끝을 스쳤다. 그러나 나는 눈물을 닦지 않았다.

***

한참 어둠을 헤매고 있을 때 어딘가에서 낯 익은 목소리가 들렸다.

"얘야 내가 왔다."

꿈인지 생신지 분간이 안 갔다. 반신반의하면서 방문을 열었을 때 그렇게도 그리워하던 어머니가 서 계셨다. 어머니의 손에는 형님이 마장동 도축장에서 사 왔다는 소머리를 푹 고와 만든 곰국을 가득 담은 들통, 그것도 식지 않도록 수건으로 정성스럽게 싸맨 들통이 들려 있었다.

나는 얼른 뛰어 나가 어머니를 껴안았다. 가슴이 따스해 왔다. 헤세는 '모두는 다 혼자'라고 했지만 나에게는 어머니가 계셨다. 그것도 언제 어디서나 어려울 때에는 특히…. 눈물이 핑 돌았다. 내 얼굴을 만지는 어머니의 눈도 붉어졌다.

"아이고 얘야, 얼마나 고생이 많으냐."

어머니는 들통의 수건을 풀어 아직도 무럭무럭 김이 나는 곰국을 한 대접 가득 퍼주었다. 당시는 겨울이었다. 더구나 종암동에서 신림동이라면 서울의 북쪽 끝에서 남쪽 끝이었다. 그럼에도 진한 모정은 통속에 든 곰국의 따뜻함을 유지시키고 있었던 것이다.

일주일에 한번 나오는 고시원의 고깃국에는 기름 몇 방울만 떠 있을 뿐 고기는 찾아보기 어려웠다. 그런 터에 입이 쩍쩍 붙는 진한 소머리곰국을 한 대접 먹은 나는 오랜만에 포만의 행복감까지 맛볼 수 있었다.

어디 육체적인 포만뿐이겠는가. 어머니께서 바로 곁에 계신다는 것만으로도 마음까지 행복으로 가득 차는 그런 포만감을 느낄 수가 있었던 것이다.

어머니와의 거의 반년 만에 이루어진 꿈같은 재회는 한 시간여를 지나 끝나게 되었다. 공부에 바쁜 나는 그래도 어머니를 버스 정류장까지 바래다 드리려고 고시원 밖으로 나와 산등성이 언덕길을 내려가기 시작하였다.

그런데 한 줄기 세지 않은 바람에 휙 부는가 싶더니 뒤따라오시던 어머니의 비명소리가 들려왔다. 뒤돌아보았을 때에는 이미 어머니께서 바람을 이기지 못하고 언덕 위 비탈길에서 앞으로 넘어지고 있는 순간이었다. 놀라서

"어머니!!"

하고 뛰어 갔을 때에는 어머니는 완전히 넘어져 땅에 부딪친 얼굴과 입에서 피를 흘리고 계셨다.

나를 뒤따라 언덕을 내려오시던 어머니의 가벼운 몸은 별로 세지도 않은 바람을 견디기에도 역부족이었던 것인가! 그만큼 어머니는 늙고 쇠약해져 있었다. 나는 그런 어머니가 너무나 불쌍해 보였다.

얼굴의 긁힌 상처는 별 것 아니었으나 입에서 흐르는 피를 닦고 보니 두 개밖에 남지 않은 앞니 한 개가 부러져 나갔고 남은 한 개

마저도 심하게 흔들거렸다.

나는 그 자리에서 내 머리를 수도 없이 쥐어박았다.

"이런 멍청이, 바람 부는 언덕을 내려오면서 나이 드신 어머니의 손도 잡아줄 줄 몰라? 에잇 바보 같은 자식."

나는 어머니의 다친 얼굴이 붓지 않도록 어루만지면서 어머니를 업고 마을까지 내달아 치과병원을 찾아 들어갔다. 선생님은 어차피 빠질 이였다고 했다. 좋은 이빨이었으나 워낙 가축을 하지 않아 수명이 다했다는 것이다.

나는 어머니에게

"어머니 고시합격하면 제일 먼저 틀니 해드릴 게요. 그때까지는 잇몸으로 사세요."

라고 위로한 뒤 버스를 태워 종암동까지 잘 모실 것을 차장에게 부탁하고는 무거운 발걸음을 고시원으로 옮겼다.

***

이제 나의 첫 응시가 될 제18회 사법시험이 한 달 앞으로 다가왔다. 그동안의 공부 방법은 고3때 대학입시 준비와 비슷하게 진행되었다. 시험과목당 기본서를 정한 다음 이에 관련 교과서와 수험서, 잡지, 주요판례 등의 참고가 될 만한 내용을 모조리 오려붙여 보통 500페이지 전후의 기본서 1권의 두께는 1,000페이지를 넘어 어떤 것은 2,000페이지에 달하고 있었다. 그러나 이해할 내용과 암기할 내용이 거의 정리된 당시의 1회독 기간은 5개월 전 본격적인 공부를 시작할 때 두 달 정도 걸리던 것이 10일 이내로 좁혀져 있었다. 내용을 보지 않고도 책장은 넘어갔고 거짓말을 좀 보태면 책장 넘어가는 바람에 눈썹이 휘날릴 정도였다.

시험을 1주일 남겨놓고는 하루 이틀이면 8과목 전체의 기본서 18권을 독파하였다. 시험 하루 전날은 눈을 감은 채 책을 전혀 보지 않고도 2회독이나 할 수 있었다.

***

드디어 시험당일 아침 일찍 고시원을 출발하는 나의 가슴은 대단히 흥분되어 있었다. 그토록 어렵다는 사법시험을 난생 처음 응시하는 기분, 그것도 나름대로 충분히 준비를 했지만 미지의 세계의 문을 노크하는 심정은 결코 안정될 수가 없었다.

두근거리는 가슴을 진정시키면서 시험 감독관이 두루마리 시험문제를 들고 와 칠판상단에 거는 것을 바라볼 때는 아무 생각도 나지 않았다. 정각 10시가 되자 두루마리를 묶고 있던 노끈이 잘려지면서 두루마리가 아래로 펼쳐지고 두 개의 논문형 시험문제가 두 눈에 클로즈업 되었다. 문제를 천천히 읽으면서 평소 공부했던 기본서의 내용들을 훑어나가자 마치 안개가 걷히듯 머리가 맑아지면서 기본서는 물론이고 거기에 오려붙인 참고문헌들의 내용까지도 또렷이 떠올랐다.

나는 답안의 내용까지 머릿속에 완전히 정리한 두 시험문제의 목차를 한꺼번에 작성한 다음, 목차의 항목별로 그 내용을 상세히 작성해 나갔다. 이미 머릿속에 정리된 논문의 작성에는 거칠 것이 없었다.

이런 만족스런 시험은 마지막 날인 4일차 오전에 치러진 일곱 번째 과목까지 계속되었다. 어떤 문제가 나와도 내가 공부한 범주를 넘어서지 않았고 또 공부한 내용은 기본서나 참고서의 세세한 문장 표현이나 문단 모양까지 떠올라 거침없이 작성할 수가 있었다. 갈수록 자신감이 붙었고, 모두들 그렇게 어렵다고 하는 사법시험이란 것이 고작 이 정도밖에 안되는가 싶을 정도였다.

그런 자신감과 용기는 그만 만용이 되어 마지막 여덟 번째 과목(형사소송법), 그것도 두 번째 문제, 즉 과목당 두 문제씩 총 열여섯 문제를 치르는 중 마지막 열여섯 번째 문제에서 암초를 만나고 말았다.

그 과목 역시 앞서 치룬 일곱 과목들과 마찬가지로 두 문제 모두 목차를 정리한 뒤 첫 번째 문제를 거침없이 작성한 나는 마지막 문제 역시 미리 정리해 둔 목차에 따라 작성해 나갔다.

그런데 논문이 거의 완성되어 최종 여론(餘論)을 작성해 가던 나는 갑자기 쇠망치로 머리를 얻어맞은 듯 눈앞이 캄캄해 졌다. 문제는 '현행법상 피의자보전에 관한 조처를 논하라'라는 것이었는데, '피의자보전'이라는 말은 당시의 교과서에는 물론이고 형사소송법 조항에도 없는 표현이었다. 지금까지 너무나 거침없이 열다섯 문제를 소화해 낸 나는 마지막 이 문제를 대하고서도 별다른 의심 없이 목차를 정리한 뒤 그 내용을 작성해 나갔는데, 이는 '피의자보호'에 관한 것이었다.

시험 종료 15분을 남기고 구속시의 피의자 보호와 관련된 여론을 작성해 나가던 나는 갑자기

"'피의자보전'이라 …, 이는 '보호'와는 다른 것 아닌가? 구속제도에 관해서 써야 되는 것 아닌가?"

라는 의심이 들었던 것이다. 그 의심은 점점 더 많은 의심을 낳으면서 이후 시험이 종료될 때까지 15분 동안 '보호'와 '보전'만을 되뇌어 볼 뿐 아무것도 작성할 수가 없었다. 이러한 당황과 방황은 정작 '피의자보호에 관한 형소법상의 조처'도 제대로 완성하지 못한 채 답안지를 제출하고 마는 것으로 끝났다.

첫 응시의 무경험과 경솔도 문제였지만, 그 전까지의 열다섯 문제를 너무나 쉽게 풀었기 때문에 찾아온 호사다마라고나 할까. 나는 하늘을 우러러 장탄식을 하지 않을 수가 없었다. 그 하늘에는 어김없이 시골에서 고생하시는 어머니의 주름진 얼굴이 떠올라 있었다.

***

그 이후 합격자 발표 때까지 이 문제는 대학가의 화제가 되었다. 나처럼 '보전'을 '보호'로 작성한 수험생과 '구속'으로 작성한 수험생이 각각 절반씩이라는 정보가 있었다. 법전이나 교과서에도 없는 '보전'이라는 표현이 일본의 교과서에는 있다는 소문과 서울의 K대학에서 이(李) 모 교수가 이에 관한 강의를 하였다는 소문도 돌았다. 그래서 정답은 '구속'이지만 '보호'로 작성해도 과락은 주지 않을 것이라는 그럴듯한 말들이 많았다. 이런 말을 들을 때마다 나는 '바보! 보호라도 제대로 끝맺기나 할 것이지'라는 후회가 들었다.

드디어 합격자 발표 날이 되었다. 근 한 달 여간 후회와 자학으로 바깥출입도 하지 못한 채 고시원에 처박혀 있던 나는 발표날 라디오에 귀를 기울였으나 60명의 합격자가 다 발표되도록 역시 내 이름은 들리지 않았다. '그러면 그렇지 고시가 그리 쉬운 일인가'라고 스스로를 위로한 나는 동급생들이 여섯 명이나 합격한 것을 보고는 다시금 놀라지 않을 수 없었다. 그 중에는 평소 모르는 것을 나에게 자주 묻곤 하던 친구들도 있었다. 나는 매우 실망스러웠다. 주변에서 '그런 친구들도 합격했는데 왜 너 같은 친구가 떨어졌냐?'고 위로하는 친구들도 많았다. 그럴수록 실망은 더 커져갔다.

합격자를 발표한지 며칠이 지나자, 원하는 수험생들에게 성적을 가르쳐주기 시작하였다. 나는 성적을 알아보기도 싫었다. 그럼에도 주변에서 친하게 지내는 친구 서너 명이

"너는 아무래도 형사소송법에서 과락을 맞은 것 같다."

며 아랫마을 가게 공중전화로 전화를 걸어 내 점수를 알아보았다.

모두들 전화소리에 귀를 기울이면서 정부 주무부처인 총무처 직원이 알려주는 점수를 받아 적고 있었는데, 시험 친 과목 순서대로 불러주는 점수가 매우 높았다. 특히 민법은 73점을 받아 과목수석이라는 것이다. 일곱 과목의 평균점수가 61점을 넘었다. 그 시험에서 수석합격자가 받은 평균점수가 60.71이었고, 커트라인은 54.95였으므로 모두들 놀라지 않을 수 없었다.

전화를 걸던 친구나 점수를 받아 적는 친구나 모두 눈이 휘둥그러진 채로 마지막 과목인 형사소송법의 점수에 촉각을 곤두세우고 있는데,

"뭐 39.33이요?"

라는 소리가 들렸다.

모두들 맥이 탁 풀렸다. 역시 과락이었다. 그것도 단지 0.67점 모자라는. 다들 내 얼굴을 쳐다보고 있었다. 너무 억울하다는 눈치였다. 얼굴이 벌겋게 달아 오른 나는 말을 잊었다. 과락점수 포함 평균점수가 58점을 넘었으니 합격자 60명 중에서도 5등 이내의 극히 우수한 성적이었다.

***

침묵의 순간이 지나가자 친구들은 나에게

"그 정도로 높은 점수를 얻었으니 다음번엔 틀림없을 거야."

라며 위로주를 사겠다고 했다.

우리는 그날 저녁 청계천 2가 낙지골목의 싸구려 술집에서 만취하도록 마셨다. 나는 제대로 걷지도 못할 형편이 되었다. 외관상 친구들과 어깨동무를 한 것인지 부축을 받는 것인지도 알 수 없는 나는 울부짖는 듯한 소리로 노래를 부르며 길거리에 나뒹구

는 돌멩이를 걷어차고 죄 없는 전봇대도 주먹으로 내려치면서 청계천 2가의 화려한 불빛아래를 좌충우돌하고 있었다.

그러던 중 삼일빌딩 입구계단에 남자 세 명과 여자 한 명이 앉아서 히히거리는 모습이 눈에 들어왔다.

"뭐야 저 씹새끼들은?"

이라는 내 목소리가 주변의 밤공기를 흔들자 그 남자들이 눈을 부릅뜨고 내게로 다가왔다. 만취한 나는 다시 한 번,

"이 새끼들이?"

라며 맨 앞에 선 녀석을 향해 두 발을 힘껏 차 올렸다. 이른바 양발거리였다. 그런데 비명소리는 뒤쪽에서 났다.

공중으로 붕 뜬 나의 양 발이 뒤로 넘어가면서 내 뒤에 서있던 친구 한 명이 채인 것이다. 그것도 급소를 맞은 모양이었다. 급소를 움켜쥔 친구가 끙끙대자, 나를 포함한 다른 친구들은 모두들 깔깔대고 웃었다. 원래 그 친구는 자신의 물건이 크다고 늘 자랑하던 터였다. 한 친구는

"이제 부어서 더 커지겠다."

며 농을 걸었다.

이런 모습들을 본 상대 녀석들은 슬슬 자리를 뜨려 했다. 그러자 내 친구들 중 얼굴이 호상(虎像)인데다 키가 6척이 넘는 친구가

나서서 그들 중 제일 셈직한 녀석을 향해 솥뚜껑만한 손을 치켜들었다.

"이 자식들 죽고 싶어?"

그러자 이를 바라본 녀석의 눈에 급격한 공포가 서리더니 갑자기 털썩 무릎을 꿇었다.

"형님, 살려 주십시오."

이에 기세가 오른 나는

"짜아식 진작 그럴 것이지."

라며 손바닥으로 머리를 툭 치고는

"빨리 꺼져 임마."

라고 소리쳤다. 이 말이 떨어지기가 무섭게 녀석 일행들은 바람처럼 사라져 갔다.

이후 친구들은 오래토록 나를 '오버헤드킥'이라 불렀다.

/

서울대 졸업식장에서

축하하러 온 친척들과 어머니와 함께

/

수석졸업과 멍에

법대 4학년이 되었다. 이미 고시에 합격한 친구들은 사법연수원을 다니면서 가끔씩 대학을 나왔다. 그들의 옷깃에 달린 사법연수원 빼지가 유난히도 돋보였다.

그들을 볼 때마다 마음이 조급해졌다. 그러나 나는 책이 손에 잡히질 않았다. 책을 보는 것은 고사하고 들 수조차 없었다. 수석합격을 할 수 있었던 시험에서 억울하게 과락으로 낙방한 충격은 생각보다 컸다. 억울함과 자책감이 뒤범벅이 되어 도저히 책을 잡을 엄두를 내지 못하고 있었다.

그런 상태에서 밥이 제대로 넘어갈리 없었다. 동네 목욕탕에서

몸무게를 재어보니 54킬로그램, 키 170센티미터인 내가 고등학교를 졸업한 후로는 가장 저체중 이었다. 지난 6개월 동안 죽을 고생을 하면서 있는 힘을 몽땅 쏟아 부은 나는 거의 탈진해 있었던 것이다.

이때에도 구원투수는 역시 어머니였다. 아들이 보고 싶다면서 또 무거운 소머리곰국을 들고 찾아오신 것이다. 이빨이 다 빠져버린 어머니는 더욱 늙어보였다. 그래도 어머니는 오로지 자식걱정이다. 부쩍 야위어진 내 얼굴을 쓰다듬으면서

"얘야 판사 안되어도 좋으니 공부 그만해라."

"하더라도 쉬어가면서 천천히 해라."

고 마치 어린 아이 타이르듯 하였다.

그럴수록 나는 어머니께 죄송했다. 똑바로 쳐다보지도 못하고 '어머니 걱정 말아요. 어머니가 곁에 계시는 한 힘이 난답니다'라고 속으로만 되뇌면서, 어머니의 손을 꼭 잡고 마을까지 내려가 버스를 태워드렸다. 나는 버스가 보이지 않을 때까지 손을 흔들었다.

이렇게 나는 어머니와 떨어져 있어도 홀로 있는 것이 아니었다. 나는 항상 어머니와 시공을 공유하고 있다는 생각이 들었다.

‘내 머리 속에 있는 어머니는 내가 홀로 설 수 있음에 대한 에너지원이다. 어머니라는 존재감은 내가 살아있음에 대한 징표이다. 어머니는 나의 존재의 기쁨이고 행복이다. 내가 무엇을 이룬다면 그것은 어머니의 것이다.’

어머니가 해 오신 곰국을 데워 먹은 나는 비로소 힘을 차릴 수가 있었다. 힘이 나자 정신도 맑아졌다. 시험은 끝났지만 지난 6개월의 정진은 헛수고가 아니었다. 책을 펴면 아직까지도 모든 것이 머릿속에 남아있음을 확인할 수가 있었다.

***

어머니의 헌신적인 사랑으로 겨우 정신을 차린 나는 마지막 공부가 될 대학 4학년을 알차게 보내고 싶었다. 하루는 추가로 수강할 것이 있는지 알아보기 위하여 학생과에 들렀다. 그때 나는 ‘미스 고’라 불리는 여직원으로부터

“3학년말까지 집계된 법대 성적이 1등이에요.”

라는 말을 들었다. 순간적으로 피가 끓어오르는 듯한 흥분을 느꼈다. 뜻밖의 이 말에 얼굴이 상기된 나는

“그래요?”

라고 되물으며 더 이상 말을 잇지 못하고 문을 나서는데, 뒤에서

여직원이 외쳤다.

"이제 1년 남았으니까 더 열심히 해서 법대 수석졸업하세요."

하지만 그 말은 내 귀에 거의 들리지 않았다.

나는 그날 저녁 고락을 같이해 왔던 예의 친구들을 불러 의논을 했다. 고시공부에 진력할 것인지 아니면 학과공부에 치중할 것인지를. 친구들은

"서울법대 수석을 아무나 하나."

라면서 우선 학과공부에 치중하여 성적을 올리는 것이 좋겠다는 권유를 했다. 나 역시 동감이었다. 사실 고시공부와 학과공부가 같으면 얼마나 좋겠는가. 그러나 통상 고시과목은 성적이 잘 나오지 않는 법, 이미 마음을 정한 나는 고시가 한두 해 늦어질 것을 각오하면서까지 성적이 잘 나올 것으로 예상되는 비 고시과목을 추가 수강하였다.

특히 3선 개헌 반대시위로 1969년 11월 3일부터 치러진 1학년 1학기 기말 시험에서 나를 포함하여 6월에 이미 시험을 치른 학생들이 있다는 이유로 경제학개론 과목이 제외되었다. 그런데 내가 군 입대 후에 시험을 치지 못한 학생들의 성화에 따라 다시 리포트로 대체되었고 복무 중이라 리포트를 제출하지 못한 나는 F학

점으로 처리된 것이 못내 아쉬웠다. 나는 이런 억울함을 대학당국에 호소하였고 대학본부 교무처에서도 이를 인정하여 재수강 허락이 떨어졌다.

그러나 이를 문제 삼는 친구가 있었다. 당시 2등을 달리고 있던 동급생이 서울대의 원칙적인 재수강 불허방침을 들어 예외인정에 신중을 기해달라는 요청을 하였던 것이다. 이에 대해 나는 무조건 대학당국의 결정에 따르기로 하고 아무런 반응을 보이지 않았다. 그 결과 학칙 상으로도 예외적인 재수강이 허용될 수 있고 특히 내 경우에는 재수강 허용이 어느 모로 보나 타당하다는 대학당국의 최종결론이 났다. 나는 경제학개론의 재수강에서 A학점을 받았다.

그러나 나는 법대 차석졸업을 한 그 친구에게 매우 미안했다. 그는 내가 특히 아끼는 경고 후배 중 한 명이었다. 나는 그 친구를 위해 기도하기로 결심하였고 이후 실제로 그 친구가 잘 되기를 항상 기도하였다. 그 친구는 그 후 대법관과 함께 법조계의 최고봉인 헌법재판관이 되었다.

***

4학년 2학기까지 모두 끝났을 때 나는 당당히 법대 수석으로 결정되었다. 나아가 운 좋게도 국무총리상까지 받게 되었다. 나는 이 기념비적인 순간을 길이길이 간직하기 위하여 카메라가 있는 친구를 찾았다. 다행히 복학생 선배 중 한 명이 카메라가 있다면서 책임지고 졸업식 사진을 찍어 주겠다고 하였다.

1977년 2월 26일 서울대 관악캠퍼스 운동장에서 졸업식이 거행되었다. 어머니를 비롯한 가족 친지들이 나의 수석졸업을 축하해 주기 위하여 모였다. 고향출신 어느 선배는 양복 한 벌을 선사하기도 했다.

수상의 순간 나는 호명에 따라 흥분된 발걸음을 옮겨 단상으로 올라갔다. 최규하 총리께서 직접 상장을 수여하고 이어 금과 은으로 만든 메달을 목에 걸어주었다. 바탕이 은으로 된 메달의 앞면에는 월계수로 둘러싸인 서울대 배지의 책속에 "상"이라는 금으로 새긴 글씨가 유난히 선명하였고, 뒷면에는 최규하 총리의 친필 싸인이 있었다. 나의 목에 메달을 걸어준 최규하 총리는 웃으면서 나에게 축하의 악수를 청했다. 총리의 손을 잡는 순간은 몹시 흥분되었다. 느낀 것이라곤 총리의 손이 매우 크고 두툼했다는 것뿐이었다.

상을 받는 순간 가장 보고 싶고 머리에 떠오르는 것은 어머니였다. 국무총리로부터 상을 받는 아들의 모습을 바라보고 기뻐하실 어머니의 표정을 보고 싶었던 것이다. 사실 어머니를 기쁘게 해 드리는 것은 내가 공부를 열심히 하는 이유이며, 하나의 목표이기도 했다.

어머니가 기뻐해 하실 것을 상상하면서 총리의 손을 잡은 나의 입가에도 미소가 흘렀다. 상을 받는다는 것 자체도 가슴 벅찬 일이지만 그보다도 그런 나를 보고 기뻐하실 어머니를 상상하는 것이 더 즐거웠기 때문이다.

단상을 내려온 나는 식이 끝나자 맨 먼저 어머니에게 달려가 어머니의 목에 메달을 걸어드리고 학사모를 씌워드린 다음 사진을 찍었다.

"어머니 이 못난 자식을 위해 29년이나 고생하신 어머니께 무슨 보답이 되겠습니까마는 제가 드릴 수 있는 최선의 선물입니다. 기쁜 마음으로 받아주십시오."

그런데 대단히 아쉽게도 이 영광의 순간은 모두 기억 속으로만 남게 되고 말았다. 열심히 사진을 찍은 그 선배가 며칠 후

"카메라에 필름을 넣는다는 것을 깜빡 잊고 사진을 찍었다."

면서 사과를 해 왔기 때문이다. 참으로 어처구니없는 실수였지만 달리 어찔 방법이 없었다.

졸업식 사진이 남지 않게 된 것은 그런 연유에서였다. 며칠 후 그 선배는 나를 위로한답시고 평소 가기 어려운 동부이촌동의 '크레이지 호스'라는 고급 맥주집에서 맥주를 사 주었지만 맛이 있을 리 없었다.

***

어떻든 이후 나는 서울법대 수석졸업자로 널리 알려졌다. 그러나 그것이 평생토록 부담이 되는 멍에가 될 줄은 당시로서는 쉽게 짐작이 가지 않았다.

우선 대학 졸업과 동시에 응시한 사법시험에서 수석졸업의 들뜬 기분과 준비소홀로 또 낙방하고 말았다. 좋은 학점 취득을 위해 어느 정도 예견된 일이기는 했지만 당장은 부끄러웠다. '어떻게 서울법대 수석졸업자가 떨어졌느냐'는 비웃음을 받을까봐 두려워했다. 또 혹시라도 '실력도 없으면서 운 좋게 성적을 잘 받아 수석졸업한 것 아니냐'는 의심을 받을까봐 마음을 졸이기도 하였다.

이런 멍에는 한편으론 자극제가 되었다. 나는 이후 판사와 변호사, 국회의원을 지내는 동안 절대로 동료들에게 뒤져서는 안

되겠다는 강박관념에서 벗어나지 못했지만, 서울법대 수석졸업이 내가 항상 게으르지 않고 올바르게 처신하는 자극제가 되었던 것만은 확실했다.

西紀 1977年 2月 13日 日曜日

젊은이 發言

지금은 떠나야 할때

余尙奎

묵은「나」벗고 새로운「나」指向

安樂위해 物質의 노예 안돼야

○1948년 경남 河東출생 ▲慶南高 졸업 (66년) ▲ 方一美장학회 제1기 장학생 (74년) ▲서울大 法大 수석졸업 (77년도)

「떠남」의 悲哀는 곧 精神跳躍의 자양분

/

1977년 2월 13일자 조선일보

나의 첫 칼럼

/

지금은
떠나야 할 때

내가 대학을 졸업할 즈음 조선일보사로부터 당시 조선일보의 인기칼럼인 「젊은이의 발언」난에 실을 글을 써달라는 요청을 받았다. 나는 한참을 망설인 끝에 수락하였다. 글을 써본 경험이 없는 내가 만인이 읽을 신문에 글을 쓴다는 것은 대단한 용기가 필요하였기 때문이다. 나는 당시 친하게 지내던 대학친구의 조언을 받아가면서 며칠 동안 고생하여 글을 완성하였다. 제목은 '지금은 떠나야 할 때'이다. 젊은 나의 인생철학이 녹아 있는 글이기에 여기에 전재한다.

지금은 떠나야 할 때, 과거와 미래가 점철하는 지금, 나는 또 다른 길을 찾아 떠나야 한다.

생각해 보면, 떠나는 것처럼 우리에게 슬픔을 주며 또 보다 나은 발전의 계기를 마련해 주는 것이 없는 성싶다.

어머니의 젖꼭지를 떠나는 젖먹이의 아픔은 생명의 단절감 바로 그것일 것이다. 그러나 모유로부터의 이탈이야 말로 인간에 있어선 최초의 자립선언이요, 새로운 인생출발의 청신호라는 사실은 쉽게 인정할 수 있을 것이다.

국민학교를 졸업하고 중학교에 입학할 때, 고향을 등지고 떠날 때, 아버지의 임종을 지켜보던 때, 창백한 누나의 마지막 숨결을 대했을 때, 뼛속 깊숙이 스며들던 떠남의 비애는 곧 정신도약의 필요 불가결한 자양분이었음을 부인할 수 없다.

무릇 진보는 헤어짐을 전제로 할 때 가능한 것이고, 자기가 한때나마 안주하던 모든 것을 버리고 떠날 때 용감해야 발전할 수 있다는 논리이고 보면, 나는 정든 대학도 웃으면서 떠나야 한다. 어제보다 찬란한 오늘의 꽃을 피우고 오늘보다 풍성한 내일의 열매를 맺기 위해 묵은 나를 벗어버리고 새로운 나를 지향하여 떠나야 한다. 인간의 피할 수 없는 운명이며, 엄숙한 도의적 의무라는 것을 겸손하게 인정하며 떠나야 한다.

지금은 떠나야 할 때, 묵은 나의 붕락을 경험하고 보다 큰 새로운 나의 창시를 위해 나는 먼저 자신에 대한 자기부정의 길을 떠나야 한다. 참된 젊음이 자기중심적 욕망에서 스스로 떠날 것을 요구하고 있기 때문이다. 그리스도는 인류의 죄를 대신하여 죽음으로써 소생하는 것을 보여주었고, 석가는 일신의 부귀영화를 헌신짝처럼 버림으로써 진여(眞如)를 보는 것을 가르쳤다. 세기의 성자 슈바이처는 몽매한 인간의 고통을 함께 함으로써 진인(眞人)의 갈 길이 무엇인가를 보여 주었다.

나는 내가 이기적 자기중심에서 떠날 때 모든 것을 포용하면서도 그것에 흡수되지 않고, 모든 것을 이해하면서도 그 때문에 흔들리지 않는 인간이 될 수 있으리라고 믿는다.

지금은 황금만능으로부터 떠나야 할 때이다. 광대무변한 우주의 극점에서 영원의 찰나를 스치는 나에게 물질은 얼마만한 가치가 있는가. 모든 것을 포용하고도 차고 넘치는 것이 없는 정신세계를 구가할 수 있는 인간이 조그마한 현실적 안락을 위해 물질의 노예가 된다는 것은 얼마나 수치스러운 일인가.

나는 빈곤을 사랑한다. 가난과 부족함은 삶의 시야를 넓혀주기 때문이다. 나는 또한 부를 사랑한다. 부로써 가난한 이웃을 도울 수 있기 때문이다. 정당하게 이용되지 않는 물질이란 썩어 없어질 가상일 뿐이다.

지금은 방종과 무사안일로부터 떠나야 할 때이다. 영원이란 시간의 부단한 흐름을 말하는 것이 아니고 전 생명이 충일된 현재의 삶을 의미하는 것이 아니겠는가. 보람 있게 보낸 현재의 이 순간이 곧 영원이라고 생각할 때 오늘을 다해 핀 꽃들 앞에서 여명을 애달파하는 풀벌레의 처절한 울음소리는 나를 냉엄한 생명의 촉각 앞에 전율케 한다.

그리하여 흐트러진 자세를 바로잡아 책장을 넘기고 뒤뜰의 버려진 땅을 일구도록 스스로를 유도케 해야 한다.

지금은 인간애와 정의의 구현을 위해 떠나야 할 때이다. 사회의 일부 현상인 암흑은 그 어두움을 응시하고 그 추한 모습에 절망하고 몸부림치며 통곡하는 성의를 제쳐놓고서 그것을 추방할 수는 없다. 주사위를 던지는 제우스의 힘보다 프로메테우스의 고통이 나의 벗이어야 한다. 이웃을 사랑하는 것이라면 시지푸스의 돌덩이도 피하지 말아야 한다. 외곬의 부정은 사멸임과 동시에 외곬의 긍정은 몽유이기 때문이다.

어느 때는 사는 편이 죽는 것보다 더 욕될 수 있다는 자각과 근본적인 긍정의 가치를 위해 때로는 뜨거운 부정의 열기가 필요하다는 진화의 이유를 망각하지 않는다면 정의와 진리의 기치는 더욱 높이 휘날릴 것이다.

젊은 나에게 다가올 미래가 푸른 가을하늘의 새털구름과 같기만을 바랄 수는 없다. 칠흑 같은 밤의 장막을 찢는 천둥과 함께 매몰찬 폭풍우가 쏟아질 때도 있을 것이다. 그때 천년풍우를 거슬러 살아온 한 그루의 노송은 말할 것이다. 젊음의 힘찬 두 다리를 진리의 지맥 속에 굳건히 딛고 서라고.

언젠가는 안온과 평화의 비둘기가 울 때가 올 것이다. 그 때 나의 깊은 심층에서 이상을 소리칠 것이다. 젊음의 목표는 보다 높은 곳에 있다고. 이루어진 이상은 이미 이상이 아니며 또 다른 이상이 나를 기다린다고.

지금은 떠나야 할 때, 현실과 미래를 동시에 직시하는 야누스의 얼굴을 가지고 젊음의 이상을 꽃피우기 위해 나는 지금 떠나야만 하는 것이다.

3

/

결혼식을 마친 후

어머니와

/

또 하나의 인연

대학을 졸업하고 백수가 된 나는 창동의 형님집 근처에 있는 독서실을 전전하게 되었다. 그 중에 작고 초라하지만 비교적 한적한 주택가 골목길에 있는 독서실이 마음에 들어 아예 그곳에 둥지를 틀었다. 친구들과의 연락도 일체 끊어버리고 '김규상'이라는 가명으로 출입등록을 하였다.

그러나 오랜 우정은 이런 얄팍한 속임수로 가려질 수는 없는 것인가! 같이 졸업한 호상의 친구가 내가 갈만한 여러 독서실을 뒤진 끝에 김규상이라는 이름을 발견하고 여상규가 틀림없을 것이라 단정하여 나를 찾아냈다. 한문의 余자 밑에 작대기를 하나 그어 金씨로 둔갑시키고 이름을 뒤집어 놓은 것을 단박에 알아챈 것이다.

진정한 친구란 이렇게 이심전심 통하는 모양이다.

***

여름이 되자 이런 나의 신세가 알려졌는지 서울법대 조교수에서 경희대 법대 부교수로 옮긴 한 은사님께서 '경희대에서 대학원생들의 고시공부를 위한 기숙사를 신축중이니 경희대에 와서 공부하라'는 연락을 해왔다.

난생 처음 경희대에 가본 나는 우선 대학구내가 공원처럼 잘 꾸며져 있는데 놀랐고, 두 번째는 여학생들이 많고 예쁘다는 것에 놀랐다.

기숙사가 신축될 때까지 경희대학병원 9층 특실 2곳에 마련된 공부방에는 이미 서울법대 동기생들이 십여 명이나 와서 공부를 하고 있었다. 모두 반가웠다. 그들도 복학생이었던 나를 형님이라 부르며 잘 따랐다.

그날 이후 나는 경희대 대학원생으로 등록되어 공부에 전념할 수 있게 되었다. 물론 등록금을 내는 것도 아니어서 재정적인 부담은 전혀 없었고, 오히려 숙식을 제공하면서 공부를 시켰기 때문에 책값 외에는 드는 돈이 없었다.

그러나 문제는 분위기였다. 신림동 고시원에서의 생활과는 완전 딴판이었다.

경희대 학부출신 대학원생들과도 어울리면서 인근 맥주집을 드나드는 외출이 잦아졌고, 급기야는 당구에도 손을 대게 되었다. 나는 난생 처음 당구를 쳤지만 두어 달 뒤 애버리지 150을 칠 정도로 당구장 출입이 잦았다.

대화를 해도 화제는 공부에 있는 것이 아니라 맥주집 여종업원이나 심지어는 대학병원 엘리베이터 걸에 관한 얘기뿐이었다. 특히 얼굴이 예쁘고 허리가 가늘었던 엘리베이터 걸의 인기는 단연 최고였다. 우리들 중 한 명은 완전히 그 애에게 빠져 쓸데없이 엘리베이터만 타고 오르내리다가 결국에는 퇴근길의 그녀를 쫓아가 만나기까지 하였다. 그것을 두고 또 화제가 되었고 공부는 완전 뒷전이었다.

후회스러웠다. 결국 뜻에 맞는 친구 두 명과 대학병원을 나와 셋이서 함께 공부도 하고 잠도 잘만한 방 하나를 구했다. 그러나 여의치 않은 것은 마찬가지였다.

그렇게도 고대하고 고대하던 경희대의 기숙사는 제20회 사법시험을 두 달 정도 앞둔 시점에 완공되었다. 비록 늦긴 했지만 기숙사에 들어가면서 다시한번 마음을 다잡았다. 고시원 시절의 독한 마음으로 돌아가 시험날까지 아예 기숙사 밖을 출입하지 않을 작정이었다. 그러나 이미 친해질 대로 친해져

"형 바둑 한수만 두고 공부합시다."

"탁구 딱 한 게임만 치고 공부합시다."

라는 동기생들의 요청을 거절할 수가 없었다. 이래저래 시간은 덧없이 흘러갔다.

***

드디어 제20회 사법시험 날이 왔다. 세 번째로 응시하는 사법시험에서 이제는 그 어떤 흥분이나 초조도 없었다. 비록 만족스런 시험도 아니었지만 그렇다고 큰 실수도 저지르지 않았다.

합격자 발표를 하던 날 평소 나를 형이라고 부르면서 잘 따르던 동기생 한 명과 함께 관악캠퍼스로 갔다. 지난여름 서로 뜻이 맞아 잠깐동안이나마 경희대학병원을 나와서 방을 같이 썼던 바로 그 친구였다.

우리는 정문에서 가까운 캠퍼스 내 잔디밭에 자리를 잡고 앉았다. 합격자 발표시각이 다가오자 처음부터 말이 없었던 우리는 머리를 푹 숙인 채 서로를 쳐다보지도 못했다. 그저 쿵쾅거리는 심

장소리만이 발표시각을 지나가는 초침소리와 함께 텅 빈 가슴속에서 거대한 공명을 일으킬 뿐이었다.

이번이 마지막이라 생각하고 응시했던 나는 깊은 숨을 쉬면서 고개를 들었다. 성냥갑 모양의 볼품없는 강의동 건물들과 이에 대비되는 뾰족뾰족한 관악산 봉우리들이 눈에 들어왔다. 참으로 부조화스러워 보였다. 아마도 젊은 우리 역시 이렇게 생기를 잃은 채 침묵하고 있으니 이 또한 부조화스럽기는 마찬가지일 것이다.

이에 용기를 낸 나는 비로소 고개를 돌려 옆 친구를 쳐다보았다. 긴 침묵 끝에 순간적으로 눈길을 마주친 그는

"형 내가 전화 걸께."

라며 20여 미터 떨어진 캠퍼스 정문 옆 공중전화박스로 걸어갔다. 그 역시 온갖 생각 끝에 그런 용기를 내었을 것임이 틀림없다.

그러나 한참을 통화한 후 내게로 다가오는 그의 발걸음에는 전혀 힘이 없었다. 머리는 푹 숙여져 있었다. 그 짧은 시간에 오만가지 생각이 머리를 스치고 지나갔다. 아무리 생각해도 이번에 또 떨어지면 갈 곳이 없었다. 아니 살아갈 자신이 없었다. 사람들이 왜 자살을 하는지 알 수 있을 것 같았다. 온갖 생각이 소용돌이치는 짧은 순간에도 그 끝은 어머니였다. 그러나 어머니의 온전한 모습을 떠올리기도 전에 그 친구가 2, 3미터 앞으로 다가왔다.

고개를 푹 숙인 채 터덜터덜 걸어오던 그 친구가 바로 코 앞에 서자 나의 얼굴은 파랗게 질려 버렸다. 가까이에서 본 그의 표정은 완전히 굳어있었고, 그런 표정으로 보아 이미 실낱같이 희미해져 버린 합격에 기대도 물거품처럼 사그라지는 것 같았다.

그는 한숨을 푹 쉬더니

"형, 축하해."

라는 말을 던지고는 종종 걸음으로 캠퍼스 정문을 빠져나가고 있었다. 나는 극적 반전에 매우 흥분되었지만 기뻐할 겨를도 숨 쉴 여유도 없었다. 무조건 그 친구를 뒤쫓아 갔다.

"우리 신림동 주막에 가서 막걸리나 한잔 하자. 내가 살께."

라며 위로했다. 그러나

"형, 혼자 있고 싶어."

눈에는 이미 이슬이 맺혀 있었다. 더 이상 그를 잡지 않았다.

그 친구에게는 미안한 얘기지만 당시 나의 머리 속에는 온통 '고시합격의 기쁜 소식을 어머니에게 어떻게 전하느냐'로 가득 차 있었다. 그러나 당시 어머니가 계신 형님 집에는 전화가 없었다. 당장 창동으로 달려가고 싶었지만, 발길은 먼저 친구들 소식을 듣기 위해 법대로 향하고 있었다.

그 자리에는 이미 여러 친구들이 나와 왁자지껄 떠들고 있었다. 인사를 나누던 중에 나를 발견한 호상의 친구가 다가와 축하의 악수를 내밀면서 당장 신림동 선술집으로 가자고 재촉했다. 나는 이를 거절할 수가 없어 어머니에게 소식전하는 것을 잠시 미루고 평소 절친하게 지내는 친구 몇 명과의 술자리에 어울렸다. 이런 저런 무용담을 늘어놓으면서 권주의 집중표적이 된 나는 한 시간도 채 안되어 몸조차 가눌 수 없을 정도로 취했다. 평소 기름기라고는 접하지 못한 나는 이렇게 쉽게 취해 버린 것이다. 그날 밤 호상의 친구 집으로 업혀간 나는 세상모른 채 아침까지 곯아 떨어졌다.

***

내가 창동 형님 집을 찾아 어머니께 소식을 전한 것은 그 다음날 점심때가 다 되어서였다.

어머니를 본 나는 이상할 정도로 아무런 감흥 없이

"어머니 합격했어요."

라고 담담하게 말했을 뿐 더 이상의 말을 하지 않았다. 어머니나 형님 가족들 모두 별 반응이 없었다. 나는 물론 어머니 역시 더 이상 기쁜 마음을 표현할 힘이 없을 정도로 그동안 너무 지쳐 있었던 것이다.

나는 조용히 자리에 누웠다. 어머니께서 나직이

"내 새끼."

라면서 이불을 덮어주는 것을 꿈속에서처럼 들었다.

이후 나는 사흘 밤낮을 내리 잤다. 그러나 자는 도중 시험에 떨어지는 꿈을 몇 번이나 꾸었는지 모른다. 그때마다 나는 소스라쳐 놀라 잠을 깼으나 현실이 아님을 확인하고는 다시금 깊은 잠에 취했다.

***

나의 고시합격 소식은 친인척들과 지인들 사이에 빠르게 퍼져 나갔다. 이런 소식은 곧 30세가 된 나에게 청혼으로 돌아왔다. 여러 군데서 선을 보자는 연락이 왔다. 이에 대하여 어머니는

"네가 알아서 해라."

라는 말 외에 달리 관여하실 생각이 없으신 것 같았다. 어머니께서는 그렇게 나를 믿고 있었고, 그런 만큼 나의 어깨도 무거웠다. 원래 결혼이란 여러 가지를 생각하고 판단해야 하는 것으로 아나, 당시 나로서는 그럴 만한 능력이 없었기 때문이다.

어쨌든 첫 선은 서울문리대를 졸업하고 동 대학원에 재학 중인 처녀였다. 그녀는 고향 악양에서 제일가는 부자 집의 손녀뻘 되는

것으로 소개받았다. 악양에서 천석을 한 유일한 집안이었고 어릴 적 기억으로 기와집이 열두 채도 넘는 그야말로 지역 토호였다. 그러나 대부분의 토호들이 그렇듯 농지개혁 등으로 모든 토지를 잃고 현재는 평범한 집안으로 전락하였으며 그 많던 기와집도 세 채밖에 남지 않았다. 그런 것들과는 상관없이 우리는 고향의 정을 느끼며 맥주까지 마시고 늦게 헤어졌으나 이후 이어지는 소개에 쫓겨 더 이상 그녀를 만날 수가 없었다.

***

그러던 차에 우리 일가인 현직 검사의 어머니께서 경희대 4학년에 재학 중인 좋은 처녀가 있다면서 선 볼 날짜까지 잡아서 연락을 하였다. 장소는 종로에 있는 '고려당'인가 하는 빵집이었다. 나는 일단 경희대라는 말에 묘한 감정을 느꼈다. 어떻든 '경희대' 하면 6개월 정도의 짧은 기간이지만 내가 무료로 공부할 수 있도록 해 준 대학이고 그 대학원 1학년 소속으로 고시에 합격한 좋은 인연이 있다. 다음으로 상대가 아직 대학 재학 중이라는 말에 마음이 설렜다. 우선 젊음이 좋았고 또 경희대에 처음 갔을 때 화려했던 여대생들의 모습을 기억하고 있기 때문이다.

아무튼 약속시간에 맞춰 종로의 빵집으로 나갔는데 그 일가와 서울세관장의 어머니라는 분이 나와서 나를 맞았다. 그런데 정작 보여야 할 처녀는 보이지 않았다. 웃으면서 차를 시켜준 그 분들은 처녀가 필동 집에서 대기하고 있으니 그리 가자는 것이었다. 나는 속으로 불쾌했다. 무언가 부자연스럽고 또 공평하지 않은 것 같았기 때문이다.

그러나 그런 문제를 가지고 왈가왈부하는 것은 대장부가 취할 태도가 아닌 것 같아 아무 말 없이 그분들을 따라 필동 집으로 갔다. 2층 양옥으로 된 집의 마당은 상당히 넓었고 잔디가 곱게 깔려 있는 것이 첫눈에 들어왔다. 사실 나는 지금까지 살아오면서 잔디 깔린 집에서 살아본 적이 없었다. 한복을 곱게 차려입은 처녀의 어머니 되는 분이 현관에서 나를 맞아 응접실로 안내했다. 응접실은 미리 에어컨을 켜두었는지 시원했다. 한 10여 분이 지나자 처녀의 아버지가 도착했다. 사십대 후반의 신사로 키도 크고 외모도 훤칠했다. 처녀의 부모는 먼저 나에게 이런 저런 말을 시키면서 차를 든 다음 마침내 처녀를 호출하였다.

처녀는 2층 방에서 대기하다가 내려왔다. 처음 본 순간 예쁘다는 느낌이 들었다. 체격은 아담했지만 얼굴이 희고 특히 까만 눈이 예뻤다. 처녀가 자리를 잡자 그녀 부모들은

"둘이서 얘기 나누라."

며 밖으로 나갔다. 그러나 처음 한동안은 말이 없었다. 약간의 침묵이 흐른 끝에 멋쩍게 웃으면서 말을 건넨 것은 나였다. 그녀는 나보다 여덟 살이나 아래지만 서로 말이 통했다. 그녀가 성숙한 것이 아니라 늦게까지 공부만 한 내가 세상물정 모르고 아직 학생 티를 벗지 못했기 때문이다. 우리는 서로의 동질성을 확인하기 위해 주로 경희대 캠퍼스와 대학생활에 관하여 많은 얘기를 나눴다. 지금까지 살아온 내력과 고향에 관해서도 자랑삼아 얘기했다. 경북 경산이 원 고향인 그녀는 보기보다 진지하였고 또 생각도 깊은 것처럼 느껴졌다. 나는 속으로 '이 정도면 평생의 반려자로 손색없는 것 아닌가'라는 생각을 하며 매우 흡족해 하였다.

***

이틀 뒤 나는 그녀에게 전화를 걸었다. 첫 데이트 신청이었다. 돈이 없는 나는 그녀와 함께 분식집에서 막국수로 저녁을 먹고 곧바로 헤어지기가 섭섭하여 인근 영화관으로 갔다. 그러나 영화에는 별 관심이 없었고 어두컴컴한 분위기를 이용하여 좀 더 스킨십을 해보자는 데에 목적이 있었다. 극장 안에서 나는 처음으로 그녀의 손을 잡아 보았다. 반응은 좋았다. 전혀 싫은 기색이 없었고 또 나에게 잡힌 손을 빼려고 하지도 않았다. 차츰 발전하여 어깨에 손을 얹기도 하였다. 나는 매우 만족하였을 뿐더러 자신감도 생겼다. 필동 집까지 바래다준다는 핑계로 데이트를 이어갔다. 우리는 서로의 손을 맞잡고 호젓한 마을길을 느리게 걸었다. 말은 별로 필요가 없었다. 드디어 필동 집 대문 앞에 도착하자 나와 그녀는 누가 먼저랄 것도 없이 서로 눈이 마주쳤다. 우리는 조용히 포옹하였다. 말없는 첫 키스의 추억은 긴 여운을 남겼다.

그날 이후 우리는 자주 데이트를 하였다. 비가 와서 데이트를 할 수 없었던 어느 날에는 그녀가 통닭을 사서 아직까지 내가 머물고 있던 경희대 대학원 기숙사를 방문하였다.

나는 그녀를 내 방으로 안내하여 얘기를 나누다가 조용히 침대에 눕혔다. 그리고 나도 같이 침대에 눕는 순간 갑자기 문밖 현관에서 요란한 웃음소리와 함께 '쿵'하고 뛰어내리는 듯한 소리가 들렸다. 황급히 일어나 문을 열어보니 거기에는 개구쟁이 같은 대학원 동료들이 무동을 타고 출입문 위에 나있는 창문을 통하여 안을 들여다보고 있다가 결정적인 순간에 훼방을 놓은 것이다. 나도 그들을 따라 웃고 그녀도 수줍어하면서 같이 웃었다. 어쩔 수 없는 웃음이 아니라 장난기가 어린 유쾌한 추억을 남기는 재미있는 웃음이었다.

***

이로써 나는 당시 선을 보자는 데가 많았지만 모두 거절하거나 뒤로 미루었다. 그녀와 만나는 것이 즐거웠고 또 그녀 하나만으로 충분하였기 때문이다.

우리는 서울을 벗어나 멀리 북한강변으로 가서 스스럼없이 수영복만 입은 채 물놀이를 하면서 고기도 구워먹는 등 행복한 나날을 보냈다. 이를 본 그녀의 부모들은 '한 쌍의 젊은 사슴 같다'고 좋아하면서 내가 그녀와 함께 1박 2일로 청평을 다녀오는 것까지 허락하였다.

우리는 택시를 타고 청평까지 가서 당시 청평호반의 유일한 호텔인 나이아가라 호텔에 들었다. 맛있는 음식도 먹고 야외 수영장에서 수영도 했다. 멀리 보트를 타고 나가 청평호반의 환상적인 풍광에 마음껏 취하였다. 잔잔한 호수의 물결과 짙푸른 호반의 싱그러운 새 잎들은 초여름의 맑은 햇살을 받아 눈이 부시게 반짝거리고 있었다.

젊은 우리는 그런 자연에 잘 어울리는 한 쌍의 연인이 되었다. 우리는 서로 상대의 눈을 보면서 눈으로 말하고 눈으로 웃었다. 젊은 자연은 우리에 취하고 젊은 우리 또한 그런 자연에 흠뻑 취한 시간이었다.

밤이 되자 우리는 호텔 카페에서 흘러나오는 노래에 맞추어 야외 수영장 옥상에서 춤을 추었다. 처음 춰보는 서툰 춤이었지만 둘 뿐이었기 때문에 부끄러워 할 필요도 없었다. 우리 둘은 이미 상대에게 부끄러워하는 정도를 넘어서고 있었던 것이다. 그날 밤 우리는 서로를 평생의 반려자로 확인하는 데에 아무런 이견이 없었다. 우리 둘 다 평생 처음 맛보는 즐거운 밤이었다. 나는 그날 이후 그녀를 '현아'라고 부르기 시작하였다.

***

오늘은 현아를 어머니에게 소개하는 날이다. 현아는 '옷차림이 괜찮느냐' '머리모양이 좋으냐'는 등으로 은근히 걱정하는 눈치였지만, 어머니는 정말 좋은 분이라며 안심을 시켰다. 그러면서도 나 역시 현아가 진심으로 어머니의 마음에 들기를 바랐다. 여자를 잘 모르는 내가 마음대로 정한 며느리 감이 어머니에게 드리는 또 하나의 선물이 되어 어머니를 기쁘게 해드리고 싶었기 때문이다.

나는 형님 집에 도착하자

"어머니 저희 왔어요."

라고 큰 소리로 인사를 하면서 대문을 열고 들어갔다. 그러자 머리를 곱게 빗고 소박한 옷을 단정히 차려입은 어머니가 형수와 함께 기다리고 있다가 미닫이 마루문을 열고

"어서 와."

라며 반갑게 맞이하였다. 마루로 들어선 우리는 동시에 큰 절을 올렸다.

"어머니 인사 받으십시오."

그런 다음 바라본 어머니의 얼굴은 나의 걱정을 한 순간에 날려 버렸다. 만면에 웃음을 띤 어머니는 마치 '내 아들이 정한 일인데 내 마음에 들고말고'라고 말씀하시는 것 같았다. 어머니는 그렇게 나를 철석같이 믿고 계셨던 것이다. 그런 어머니가 고맙기도 하였지만 한편으론 어깨가 무거워져옴을 느꼈다.

어머니는 형수가 깎아 온 과일을 권하다가 현아의 손을 보고 크게 웃으시면서

"아고, 그렇게 작고 예쁜 손으로 밥이나 제대로 할 수 있겠느냐."

며 농담반 진담반으로 말씀을 하시어 좌중의 웃음을 자아냈다. 현아도 내가 걱정한 것 보다는 잘 적응하면서 어머니와의 대화를 이어갔다. 나 역시 그 사이에 있었던 현아와의 일들을 얘기하면서 어머니와 현아 사이에 자연스런 대화가 계속되도록 끼어들었다.

그러나 50년에 가까운 세대 차이는 어쩔 수 없다고 하더라도

그동안 달라도 너무 다른 생활을 해 온 어머니와 현아 사이가 마음과 눈만으로도 통하는 나와 어머니 사이 같을 순 없는 노릇이다. 때로는 아슬아슬함을 느꼈지만 그럼에도 불구하고 어머니와 현아는 그런 세대 차이를 훌륭하게 극복하고 있었다. 특히 현아를 바라보는 어머니의 눈길이 시종일관 기쁨과 행복을 말씀하는 것 같아 고맙기까지 하였다.

이렇게 하여 우리는 약혼을 하고 가을이 절정에 달한 중추의 10월 14일 만인의 축복 속에 결혼식을 올렸다.

***

이쯤에서 결혼식에 대한 이야기는 잠시 접고 내 인생에서 큰 화가 될 수도 있었던 불행이 절묘한 타이밍과 맞아떨어져 크나큰 행복으로 바뀐 두 번의 인간승리가 있었음을 얘기하지 않을 수 없다.

하나는 이미 언급한 방일영장학생이 된 것이다. 재학 중 군대에 가지 않았거나 또 제대 후 1년 가까이 복학이 늦어지지 않았다면 도저히 불가능한 일이었다.

두 번째는 바로 집사람과의 만남이었는데, 내가 대학 3학년 때 거의 수석합격을 할 뻔하면서도 형사소송법 단 한 과목의 과락으로 제18회 사법시험에 낙방하지 않았다면 당시 대학 2학년생인 집사람을 만날 수는 없었을 것이다.

그래서 나는 오히려 마지막에 웃을 수 있는 행운을 잡을 수 있었고, 이러한 행복은 선행(先行)의 불행이 있었기에 더욱 빛날 수 있었다. 더구나 이러한 한 때의 불행은 나로 하여금 겸손을 배우게 하였고 자칫 오만할 수 있음에서 벗어나게 해 주었다.

그러니 세상만사 인간사는 한 때의 불행으로 좌절할 필요가 없고 또 한때의 행운으로 우쭐댈 필요도 없음을 잘 가르쳐 주고 있는 것이다. 무릇 인간이란 참고 기다리면서 때가 되면 화를 복으로 바꾸는 지혜를 발휘할 필요가 있음을 우리는 알아야 한다. 그러기에 회남자(淮南子)의 '인간훈(人間訓)'에서는 인간만사 새옹지마(人間萬事 塞翁之馬)라고 하지 않았던가.

***

결혼과 함께 내가 풀어야 할 과제는 어머니를 모시는 일이었다. 나는 평생 어머니를 편히 모시는 것이 소원이었고 그것은 선택의 문제가 아니라 당위의 과업이었다. 어머니 없는 오늘의 내가 존재할 수 없음은 두말할 필요가 없다.

그러나 결혼을 한 이상 나는 이 문제를 현아와 상의하지 않을 수 없었다. 다행히도 현아는 어머니가 원할 경우 우리가 어머니를 모신다는 데에 동의를 해 주었다. 다만 현아에게는 큰 아들이 있음에도 불구하고 작은 아들이 어머니를 모시게 되면 집안 내에 미묘한 문제가 생길 수 있다는 생각이 있었고, 나 역시 그런 생각을 부정할 수는 없었다. 역시 집안문제와 가정문제는 내가 걸어온 길처럼 외길이 아님을 어렴풋이나마 느끼면서, 어머니께서 우리와 함께 살고 또 현아와도 잘 어울리는 시어머니와 며느리가 되기를 간절히 기도하였다.

그러나 의외였다. 어머니는 큰 아들과 같이 지내겠다고 했다. 이제는 너무 나이가 들어 직접 농사일을 할 수는 없지만 큰 아들과 같이 사는 것이 마음이 편하다는 것이다. 나는 적잖이 실망하였다. 어머니께서 당연히 나를 선택하시기를 바랐었다. 그동안 어머니께서 나에게 쏟은 온갖 정성과 사랑을 생각하면 이는 너무나 당연한 것이었기 때문이다.

나는 또다시 고민에 빠지지 않을 수 없었다. 나에게 무슨 잘못이나 있지 않았는지, 어머니께서 마음이 변하신 것은 아닌지, 이럴 때 내가 어떻게 해야 하는지 등등.

고민의 끝은 역시 어머니라는 위대함을 깨닫는 것이었다. 어머니는 그렇게 헌신적으로 자신이 가진 모든 것을 바쳐가면서 심지어 목숨도 아깝지 않을 정도로 자식을 위하여 일했지만, 그것은 보상을 받기 위한 것이 아니라는 것을! 어머니는 자식을 위한 희생에는 늘 앞장서지만 좋은 일에는 그저 뒤에서 바라볼 뿐이라는 것을!

어머니는 이런 것에 매우 익숙해져 있었고 또 그러는 것이 자신을 더 행복하게 하는 것이라고 생각하셨는지 모른다.

만약 내가 어머니를 모시는 것이 보상이라면 나는 이러한 어머니의 위대함을 욕되게 하는 것이리라! 나는 다시 한 번 하늘을 우러러 어머니의 지고지순한 사랑을 절감하지 않을 수 없었다.

'아아 어머니! 이렇게 어머니의 사랑은 일방적인 것인가요. 이 아들은 어떻게 하면 당신의 십분의 일 백분의 일 아니 천분의 일 만분의 일이라도 갚을 수가 있나요.'

/

모두가 원하던 서울지방법원에 발령을 받고
법관으로서 책임을 다하기 위해
주변을 돌아볼 겨를 없이 일만 했다.

/

판사와 불효

나는 돌이킬 수 없는 어머니의 숭고한 뜻을 확인한 이상 어머니를 잘 모시는 길은 자주 찾아뵙고 문안인사를 드리는 것이라 결론지었다. 그리고 가능하면 어머니를 자주 우리집에 오시게 하는 것이었다. 집사람 역시 이를 기꺼이 받아들였다.

그러는 사이 사법연수원을 수료한 나는 판사임관서열 4위로 모두가 원하는 서울지방법원에 발령을 받고 마치 천하를 얻은 것처럼 들떠 있었다.

형사합의부로 배정을 받은 나는 '하늘이 무너져도 정의는 세우리라'는 거창한 포부로 업무에 임했다. 비록 솔로몬의 지혜처럼 예지적(叡智的) 전능함은 아니더라도 황혼에 나래를 펴는 미네르바(Minerva)의 부엉이처럼 진실을 꿰뚫어 보는 인과적(因果的) 통찰력만큼은 반드시 갖고 싶었다.

그래야만 스스로 목숨을 걸고 스핑크스의 수수께끼를 풀어 오히려 비극의 문을 연 테바이의 현자 오이디푸스(Oedipus)의 콤플렉스(complex)나 패러독스(paradox)는 자초한 위난쯤으로 치부하더라도, 노상강도에게 자신의 생명을 빼앗기면서까지 자연(두루미)에게 선행을 베푼 그리스의 시인 이뷔코스(Ibycus)의 신심(信心)과 순수(純粹)만큼은 철저히 보호할 수 있지 않겠는가!

이것이 당시 내가 갈구하던 최소한의 '절대적 정의'였다.

***

드디어 판사로 첫 출근하는 날이 밝았다. 상기된 얼굴로 판사실 문을 열고 들어서자 40대 중반의 부장판사가,

"어서 오세요."

라며 맞이하였고, 키가 크고 잘 생긴 영국 신사풍의 우배석 판사도 웃으면서

"환영합니다."

라고 인사하였다. 비서가 차를 가져오자, 부장판사는 법관으로서의 자세에서부터 업무처리에 이르기까지 자세한 설명을 해 주었

다. 그리고

"나는 아직도 재판이 있는 날은 아침 일찍 일어나 의관을 정제하고 기도를 올린 뒤 출근한다네." 라면서,

"모름지기 법관이란 성직자와 같은 자세로 재판에 임해야 한다."

고 충고하였다. 이런 며칠간의 경험만으로도 판사라는 직무수행이 결코 쉽지 않을 것임을 예감할 수 있었다.

게다가 나에게 이미 배당되어 있는 사건목록을 검토하기 시작한 나는 실로 놀라움을 감출 수가 없었다. 기소 된지 15년 가까이 된 해묵은 사건을 비롯하여 3년이 넘은 사건만도 무려 34건이나 되었다. 또 그런 기록들은 하나같이 1,000페이지씩 묶은 책으로 1책 이상 되는 복잡한 사건들이었다. 보통 3, 4책은 되었고, 심지어 어떤 것은 15책이나 되어 이 한 건으로 캐비닛 하나를 가득 채우고도 남음이 있을 정도였다.

설상가상으로 새로 취임한 이영섭 대법원장은

"요령이나 피우면서 사건처리를 3년 이상씩 미루는 법관들은 '파렴치한 법관'으로 이미 법관자격이 없다."

는 극단적인 신년사까지 해가면서 사건처리를 독려하고 나섰다.

사실 판사가 자신에게 배당된 사건처리를 미루는 것은 잘못된

일이다. 하물며 사건이 복잡하다고 일부러 미룬다면 이는 직무유기에 가까운 것이라고 하지 않을 수 없다. 그러나 당시까지 법관사회에서는 일부러는 아니더라도 잦은 인사이동 등의 잘못된 제도 탓으로 복잡한 사건들이 처리되지 못하고 미뤄지는 경우가 많았다.

그러나 묘하게도 우배석 판사가 주심으로 된 사건은 3년 이상된 것이 내 주심사건의 3분의 1도 되지 않았다. 이를 안 부장판사는 잘 되었다는 것인지 참 안 되었다는 것인지 얼른 구분가지 않는 묘한 표정으로

"여 판사는 시작부터 일복이 많은 것 같은데…. 원래 일복이 많은 판사는 항상 일이 많은 자리로 가. 여 판사 고생 좀 하겠는 걸."이라고 말씀하셨다.

이 말에 다소 겁이 나고 또 불공평하다는 생각도 들었지만, 나는 이내 마음을 고쳐먹었다.

'일복이 많다고? 오냐 좋다. 오히려 기회가 아닌가? 다른 판사가 처리하지 못한 일을 해내는 것이야말로 내가 바라던 바다'라고.

다른 사람에게 지기 싫어하는 성격은 이미 내 마음의 한가운데에 자리 잡은 지 오래였다.

***

이때부터 나는 이를 악물고 사건기록을 검토하기 시작하였다. 1주일에 10건 안팎의 기록을 검토한 뒤 관련 판례와 학설을 찾아보고 그것도 모자라면 일본 판례나 서적들까지 뒤적였다. 그런 다음 결론 도출을 위한 부장판사와의 합의에 임했고, 결론이 나지 않을 경우 다시 검토하여 합의를 했다.

그러고는 합의내용에 따라 판결문을 작성하는데, 보통 1건당 A4용지 20~30매의 판결문을 작성하니 1주일에 평균 A4용지 200매 이상의 논문을 작성하는 것이나 다름없었다.

따라서 법원에서의 근무만으로는 시간이 턱없이 부족했다. 평일은 물론 휴일까지 기록을 싸들고 집에 가지 않는 날이 없었다. 기록이 워낙 두꺼워 가방에는 들어가지 않기 때문에 항상 보자기에 싸가지고 다녔다. 심지어 두개의 보자기에 나누어 싼 기록들을 양손에 들고 다니는 날이 더 많았다.

집에 가지고 간 기록들은 보통 새벽 두세 시가 넘도록 검토하거나 합의된 내용에 따라 판결문을 작성해야 했다.

한번은 총 9책으로 된 간첩사건 기록을 금요일부터 시작하여 월요일까지 3일 밤을 꼬박 새워가며 밤낮없이 검토한 적도 있었다. 기록이 마치 한 인간의 일대기처럼 작성되어 있어 중간에 그만둘 수가 없었다. 수사기록의 내용은 이러했다.

해안가 어느 시골 마을에서 태어난 40대 후반의 피고인은 인근 고등학교를 졸업하면서부터 서울 연희전문에 다니는 삼촌을 동경하고 있었다. 자신도 삼촌처럼 훌륭하게 자라 늘 삼촌 가까이 있고 싶어 했다. 그러던 어느 날 밤, 꿈에 그리던 삼촌이 나타나 '일본에 유학 가서 공부하고 있는데 같이 가서 공부할 생각이 없느냐?'고 물어 아무런 의심 없이 삼촌을 따라 나섰다. 해안가 한적한 곳에 정박해 있는 조그만 고깃배를 타고 어두운 바다를 항해해 갔는데, 도착한 곳은 일본이 아닌 북한 남포항이었다. 깜짝 놀랐지만 어쩔 수 없이 삼촌이 이끄는 대로 평양에 가서 북한 보위부의 조사와 교육을 받고 고위층도 만났다. 며칠 후 고향으로 돌아와 북한에서 시키는 대로 해안초소의 위치나 군대배치와 관련된 기밀을 제공하고, 이후 두 차례 더 북한을 방문하였다.

그러나 법정에 선 피고인은

"삼촌에 속아 처음 북한을 다녀온 이후로 다시는 북한에 가지 않았고 또 군사기밀을 제공한 적도 없다."

고 완강하게 혐의를 부인했다. 나는 그런 피고인이 왜 수사기관에서는 완전한 자백을 하였는지가 궁금하였다. 이에 대하여 피고인은 중앙정보부에서는 고문을 당해 여러 번 죽었다 깨어났고, 검찰에서는 검사가 주스와 담배를 권하는 등 너무도 친절하게 대해 주어 검사의 신문내용을 부정할 수가 없었다는 것이다.

그러나 피고인의 자백에 대한 인적 보강증거는 충분하였고, 비록 보잘 것은 없다 하더라도 송수신이 가능한 라디오 등 물적 보강증거까지 있었다. 반면 피고인의 변소에 도움이 될 만한 증거는 전혀 없었다.

그럼에도 불구하고 나는 고민하였다. 피고인의 표정과 눈빛이 진실되어 보였기 때문이다. 나는 부장판사와의 첫 합의 시에 피고인의 무죄가능성을 언급하였다가 "북한에 갔다 온 증거가 분명한데 무슨 무죄냐?"
는 핀잔만 들었다.

증거법 상으로는 부장판사의 말이 맞다. 그러나 피고인의 공포가 서린 눈빛은 나의 마음을 심하게 흔들고 있었다.

나는 양형만은 사형을 주장하는 부장판사에 맞서 끝까지 무기징역을 고집하였다. 당시까지의 판례상으로는 북한을 오가며 군사기밀을 빼돌리는 간첩행위에 대해서는 사형으로 일관하고 있었지만, 어쩐지 피고인이 불쌍해 보였고 또 그가 자라온 처지가 이

해되는 측면도 있어 사형만은 면해 주고 싶었다.

나는 3일 동안이나 고집을 부리면서 부장판사와의 합의를 거듭하였다. 심지어 항상 부장판사와 함께 먹는 점심도 같이 먹지 않았다.

그러나 임관한지 1년도 채 안되는 내가 법관경력 15년이 넘는 부장판사의 의견을 꺾을 수는 없었다.

나는 판결선고 후 거의 한 달 동안이나 편한 잠을 잘 수가 없었다. '아 이것이 바로 내가 그토록 세우고자 했던 절대적 정의인가?'라고 자책하지 않을 수 없었다.

나는 그 사건의 상급심 결론을 일부러 알아보지 않았다. 나는 지금까지도 상급심에서 공포어린 눈으로 나를 쳐다보던 그 피고인이 무죄를 받았거나 형이 낮아졌을 것으로 믿고 싶을 뿐이다. 정의란 상대적인 것일 수도 있다고 자위하면서….

***

판사란 이렇게 고단한 직업이었다. 육체적으로는 물론이고 정신적으로도 고뇌의 연속이었다. 그렇다고 누가 알아주는 것도 아니었다. 그렇게도 원하던 판사가 되었지만 속된 표현으로 단 한 번도 폼 잡을 기회는 없었다. 어깨는 축 처지고 눈은 항상 충혈 되어 있었다. 완전히 기록보고 판결문 쓰는 기계로 전락하고 만 것이다.

하루는 같은 층 아파트 옆집에서 잉어 한 마리를 가지고 와서 고와 먹으라고 했다. 밤낚시를 좋아하는 옆집 아저씨가

"밤낚시를 갔다가 새벽 두세 시에 돌아오곤 하는데 그때마다 불을 켜놓고 일하는 것을 보았습니다."

라면서(당시 우리 집은 31평짜리 복도식 아파트였기 때문에 복도를 오가는 사람들은 복도 쪽 작은 방에서 일하는 내 모습을 볼 수가 있었다), 자기는

"판사들이 권세나 부리고 호의호식하며 사는 줄 알았는데 여 판사님을 본 후로 생각을 완전히 바꿨습니다."

라며 칭찬을 겸한 격려를 하였으나, 이 말을 들은 나의 마음은 복잡하였다. 그 이후 옆집 아저씨는 심심하면 '잉어나 붕어를 많이 잡았다'면서 한 마리씩 갖다 주곤 하였다.

그렇게 일한지 1년 반이 되자 34건이나 되던 3년 이상 묵은 사건들이 모두 떨어져 나갔다. 그런 다음 민사합의부로 자리를 옮겼는데 그곳 역시 마찬가지였다. 첫 임관 때 부장판사가 예언한 대로 일복 많은 판사가 되는 것 같아 내 마음의 한 구석에는 은연중에 불평의 씨앗이 자라고 있음을 감지하였으나, 당시로는 이를 경

계하는 정의감이 훨씬 우월하였기 때문에 오로지 일에만 매달릴 수가 있었다.

***

그러는 사이에 4년이란 세월이 쏜살처럼 흘러갔다. 서울 초임 근무를 마치고 지방교류 인사차 2년간을 지방에 있는 법원에 가서 근무해야 할 때가 온 것이다. 나는 그제야 지난 4년간의 판사 생활을 되돌아 볼 기회를 가질 수 있었다.

비록 정의를 바로 세워야 하는 판사로서의 직분에 비교적 충실하려고 노력하면서 독한 일벌레처럼 보낸 4년이 후회되지는 않았다. 그러나 지난 4년 동안 무엇보다 안타까웠던 것은 어머니를 자주 찾아뵙거나 오시게 하자고 굳게 마음먹은 결혼 초의 다짐이 모두 수포로 돌아갔다는 점이다.

일에서 벗어나 정신을 차려보니 가슴이 아려왔다. 아무리 세어봐도 그동안 어머니를 찾아뵌 것이 열 손가락도 채우지 못하는 것 같았다. 어머니 역시 신혼생활과 판사 일에 방해가 된다는 이유로 잘 오시지도 않았고 전화도 하시지 않았다. 지난 4년 동안 나는 어머니를 잊고 있었던 것이다.

'아~ 이것이 바로 자식의 실체인가!' 나는 장탄식과 함께 스스로를 불효자로 낙인찍는 데에 주저할 수가 없었다.

***

특히 지난 4년간의 판사생활에서 저지른 몇 번의 불효가 가슴을 치고 싶도록 선명하게 떠올랐다.

어느 토요일인가 일요일에 법원에서 일을 하다가 저녁때가 되어 마침 외출한 집사람과 애들을 만나 법원 근처의 초동국시집에서 1,000원짜리 국시 한 그릇씩을 먹고 집으로 돌아와 보니 흰 저고리와 치마를 단정하게 차려입은 어머니께서 작은 속옷 보따리를 가슴에 안고 아파트 입구계단에 앉아 있었다. 의당 뛰어가서 반갑게 맞이해야 했다. 그런데도 웬일인지 화부터 났다. 영문 모를 화였지만 아마도 나 자신에 대한 화였을 것이다. 간신이 화난 표정을 감추긴 했으나 그렇다고 반가운 기색은 전혀 없이

"언제 왔어요?"

라고 아주 퉁명스럽게 물었다.

"오전에 왔으나 너희들이 없어서 기다리고 있었다."

는 어머니의 대답에 더욱 노골적으로 화를 내면서

"왜 전화를 하지 않고 와서 하루 종일 기다려요?"

라고 쏘아붙인 뒤

"다음부터는 미리 전화를 하여 내가 있는 것을 확인하고 오세요."

라고 내뱉고는 입구 계단에 서 있는 어머니를 그대로 둔 채 혼자 엘리베이터 앞으로 갔다. 그러나 차마 엘리베이터를 타지는 못하고 뒤돌아서 '왜 안 따라 오느냐'는 투로 어머니를 쳐다보았다. 그런데 어머니는

"미안하다. 전화를 걸고 올 걸. 내가 방해만 되는 구나. 이 담에 올께."

라면서 되돌아가시려고 했다. 이에 나는

"일단 왔으면 들어와야지 왜 그냥 가려고 해."

라는 반말과 함께 더욱 화를 냈다.

나는 그때 나를 쳐다보는 어머니의 눈길을 평생 잊을 수가 없다. 내가 어릴 때 투정을 부리거나 화를 내면 야단치기보다

"아가 내가 잘못했다. 이 에미가 잘못했어."

라며 한없이 부드러운 눈길로 나를 달래던 바로 그 눈길이었다.

그런 어머니의 눈길에 나는 정신을 차리고 '이 불효자식 지금 도대체 무슨 짓을 하고 있는 거야'라는 자책감이 들었다.

어머니의 치맛자락을 잡고 '어머니 제가 잘못했어요. 제발 용서

하시고 들어오세요.'라고 울음을 터뜨리고 싶었다. 그러나 곁에서 지켜보고 있는 가족들 앞에서 차마 그럴 수는 없어 북받쳐 오르는 감정을 삭이고 한 말이 기껏

"어머니 일단 안으로 들어갑시다."

라는 것이었다. 그 목소리는 매우 낮았고 눈길은 엉뚱한 데 가 있었다. 지금 생각해도 대단히 냉정하였다. 4년간 판사를 했다는 자식이 출발 때 그토록 보호하겠다고 다짐한 순수성은 온데간데없이 잃어버리고 기껏 얻은 것이 그런 냉정함이란 말인가. 나도 놀랄 정도였다.

이런 내 말에 돌아온 어머니의 대답은

"아가 오늘은 그만 가는 것이 좋겠다. 이해해라."

였다. 그리고 실제로 아파트단지 입구 버스정류장으로 가셨다. 나는 더 이상 어머니를 말릴 힘도 용기도 없었다.

자식 집에 와서 점심도 거른 채 하루 종일 기다리다가 해가 기울었는데 저녁식사까지 못 하시고 버스에 오르는 어머니를 바라보는 내 마음은 천 갈래 만 갈래 찢어지는 것 같았다.

무릇 공자의 효경(孝經)에는 효를 실천하는 근본의 하나로서 '늘 부드러운 얼굴빛으로 부모를 섬겨 편안하게 해 드려야 한다.'고 되어있다. 일상생활을 하면서 평소에 부모를 잘 모시는 것이 중요

하다는 말씀이다. 그런데 지금 나는 이런 효의 근본조차 모르고 어머니에게 큰 불효를 저지르고 있는 것이다. 도대체 왜 그랬을까? 나의 본 마음은 결코 그런 것이 아닌데, 무엇이 잘못되어 모처럼 찾아오신 어머니에게 알 수 없는 화를 내면서 마음의 큰 상처를 안겨주는 천하의 불효자가 되었을까?

어머니가 타신 버스가 보이지 않자, 나는 더욱 주체할 수 없는 화가 치밀어 올랐다. 우선 나 자신이 너무 미웠다. '버러지만도 못한 놈' 집에 들어서니 눈에 보이는 것이 없었다. 눈은 완전 뒤집혔고 모든 것이 싫어졌다. 먼저 집사람에게 불같은 화를 냈다. 조용히 구석에 처박혀 있는 어린 자식들에게도 마찬가지였다. 모든 것이 짜증 그 자체였다. 이렇게 나의 마음은 점점 황폐화되어 갔다.

***

어쩌다 오신 어머니께서 형님 집으로 돌아가시고 나면 항상 후회가 남았다. 며칠 동안은 가슴 한 구석이 허전했다. '가실 때 용돈이라도 넉넉히 드릴 걸'하는 아쉬움도 들었다. 그러나 생각뿐이었다.

결혼을 하고 애들까지 생기면서 우리 집은 항상 돈이 부족했다. 판사봉급이 직장생활을 하는 또래의 친구들 보다 적은 것은 아니었지만 쓰이는 데는 왜 그리도 많은지. 봉급봉투째 집에 갖다 주고 나면 내 지갑에는 만 원짜리 같은 것은 없는 날이 대부분이었다.

어느 날은 가까운 친척이 결혼을 한다고 해서 퇴근 후 곧장 서울대 입구에 있는 예식장으로 갔다. 그런데 봉투에 축의금을 넣으려 하니 지갑 속에 달랑 3천 원이 있었었다. 당시의 축의금 관례였던 3~5만 원에 비하면 턱없이 부족한 금액이었다. 나는 화끈 달아오르는 얼굴을 자라목처럼 깊숙이 파묻고 차비를 제외한 2천 원을 봉투에 넣어 얼른 전해준 뒤 혼주의 얼굴도 제대로 쳐다보지 못한 채 재빨리 뒤돌아 와야 했다.

어머니께서는 이런 내 호주머니 사정을 아시는지 단 한번도 '용돈을 달라'는 말씀을 하신 적이 없다.

***

그러던 어느 날 우배석 판사가

"여판, 일만 하지 말고 가끔씩 가족들에게 저녁이라도 사 줘."

라면서 봉투를 하나 주었다. 봉투 속에는 10만 원이 들어있었다.

"웬 돈입니까?"

라고 물으니

"실비가 풍족하여 조금 나눠 쓰는 것이니 오해는 하지 마시오."
라고 했다.

당시 판사실에는 '실비'라는 것이 있었다. 재판부별로 좀 다르긴 하지만 주로 경력 있는 우배석 판사가 관리하면서 같은 재판부 판사들의 점심 값이나 차 값, 신문대금, 여비서와 운전기사의 보조금 등으로 사용하는 돈이었다.

처음 판사로 임관한 나는 부장판사와 우배석 판사가 이끄는 대로 따라다니면서 점심을 얻어먹었는데, 그 돈이 어디서 나는지 한동안 궁금해 하고 있었다.

그렇게 몇 달이 지난 후 어떤 변호사가 우배석 판사에게 봉투를 하나 주고 가는 것을 보았다. 처음에는 개인적인 관계려니 하고 생각했는데, 그것이 바로 실비의 원천이었다.

그 후 나는 아무 변호사나 실비를 주는 것도 아니고 또 주는 대로 받는 것도 아니라는 사실을 알았다. 우선 그 재판부에 사건이 있는 변호사는 절대 사절이었다. 또 평판이 지극히 좋은 선배 판사출신 변호사로부터서만 받았다. 말하자면 선배 판사가 개업하여 돈을 좀 벌면 법원에 남아 고생하는 후배 판사들에게 점심 값이나 하라면서 일이십만 원 정도 봉투에 넣어 주는 관행이 있었던 것이다.

처음 이런 실비제도를 안 나는 별로 탐탁해 하지 않았다. 나는 정의를 바로 세우겠다는 포부를 가지고 법관을 지망했고 또 법관으로서의 품의를 지키면서 열심히 일하려 했다. 아무리 명망 있는 선배 판사출신 변호사라 하더라도 정이 쌓이다 보면 흔들릴 수가 있기 때문이다.

그러나 나도 한 인간이고 또 어쩌면 지극히 평범한 인간인지도 모른다. 실비가 없다면 각자 돈을 내어 점심을 해결하고 방에서 쓰는 다른 비용도 갹출해야만 한다. 그런데 나에게 그럴 만한 여유가 있는가? 가족들에게 외식 한번 제대로 시켜주지 못하고(외식했다 하면 집과 법원 사이에 있는 서초동 뒷골목의 국시집에서 천 원짜리 국시 한 그릇을 먹는 것이 고작이었다. 그 집에서는 국시 두 그릇을 시키면 보리밥 한 공기를 공짜로 주었다), 어머니 용돈 하나 드린 적이 없는 무능력자 아닌가? 이것은 지극히 이기적인 자기 합리화 같지만 또 하나의 현실이기도 했다.

그런 나는 '관행적인 실비는 받되 누가 주었는지는 즉시 잊어버리고 또 실비를 준 변호사에게 조금이라도 감사하다는 생각은 일체 갖지 말자'고 속으로 맹세했다. 공자가 제나라 재상인 안영을 '불법(不法)의 예(禮)'로 극찬한 '안자춘추(晏子春秋)'에서도 "옥을 받을 때에는 무릎을 꿇지 않는다(授玉不跪).”고 하지 않았던가!

어떻든 부끄러운 일이었지만 이후 나는 이런 돈 몇 푼이 생기면 어머니에게 용돈을 드릴 수 있었다. 비록 액수로 따지면 월 2, 3만 원을 넘지 않는 얼마 안되는 돈이었지만, 어머니를 기쁘게 해 드릴 수만 있다면 이 정도의 양심은 팔기로 한 것이다.

/

제주지법 판사로 근무하던 시절이
가장 여유롭고 행복했던 시절이었다.
휴일이면 가족들과 함께 어머니를 모시고
제주도 이곳저곳을 다니기도 했다.

/

그래도 행복했던 시절

4년간의 서울지법 근무를 마친 나는 대법원의 경향교류 인사차 제주지법 판사로 전근되었다. 서울에서 고된 초임판사 생활을 한 법관들은 경향교류지로 제주지법을 가장 선호하였다. 당시에도 경쟁이 3대 1이나 되었으나, 나는 두 분의 걸출한 고향선배 법조인을 둔 덕에 쉽게 제주지법으로 발령받을 수 있었다. 그 두 분은 후일 각각 대법관에 이어 국무총리와 검찰총장을 지내신 큰 어른들로 평생 나의 존경과 선망의 대상이었다.

당시 여 판사가 내려온다는 소식이 전해진 제주 법조계는 여자 판사가 내려오는 줄 알고 발칵 뒤집혔다고 한다. 그때만 해도 여자 판사는 사법연수원 한 기에서 한 명 나올까 말까 한 귀한 존재였기 때문에 많은 관심을 끌었던 모양이다.

***

가족들과 함께 제주로 내려온 나는 무엇보다도 업무량이 적은 데에 놀랐다. 사건다운 사건은 아예 찾아보기도 힘들 정도였고, 사건 수 역시 많지 않았다.

그럼에도 서울지법에서 일하던 버릇이 남아 두 달 정도 1주 평균 50여 건씩 판결을 선고하였더니 법원장께서

"여 판사, 사건 씨를 말리려고 작정했느냐?"

며 농을 걸 정도였다. 사실 부임한지 이렇게 몇 달이 지났을 때에는 사건의 씨가 마를 지경이 되었다. 집에 기록을 싸가는 것은 고사하고 사무실에서 서너 시간만 열중하면 그만이었다.

이렇게 일에서 해방되자 인간다운 삶이 찾아왔다.

나는 싼값에 중고 포니자동차를 인수하여 가족들을 데리고 제주 섬의 구석구석을 돌아보기 시작하였다. 신혼여행 차 단 한번 다녀갔을 뿐인 제주 섬의 비경들은 끝이 없었고, 굳이 이름난 관광지를 찾아갈 필요도 없었다. 적당히 차를 몰고 가다가 아무데나 멈춰 자리를 펴면 곧 이국적인 풍경이 펼쳐졌다. 처음 몇 달간은

이런 제주의 정취에 흠뻑 빠져 세상 모든 것을 잊고 살았다.

***

정신이 들었을 때에 어머니 모습이 제일 먼저 떠올랐다. 서울 형님께 연락하여 어머니를 비행기만 태워서 보내라고 했다. 어머니는 이때 난생처음 비행기를 타셨다.

제주공항에 도착하여 마중 나온 나를 본 어머니의 표정은 함박웃음속의 행복 그 자체였다. 어머니를 관사로 모셔온 첫날밤은 온 가족들의 웃음꽃이 활짝 피어나는 정말 행복한 밤이었다. 오매불망 그리워하던 꿈이 이뤄진 것 같았다.

집사람도 훌륭하게 내 기대를 채워주었다. 내가 출근하면 집사람은 어머니를 모시고 제주시내의 이곳저곳을 구경시켜 드렸다. 집에 퇴근하면 어머니와 구경 다니면서 먹던 것이라며 남은 떡과 과자를 내어 놓았다. 이를 먹는 나는 단순한 떡이나 과자가 아니라 그 속에 고마움과 행복이 녹아있는 세상에 둘도 없는 귀한 선물들이었다. 내 목을 넘어가는 그 떡과 과자는 속으로 흘리는 행복의 눈물에 젖어 더욱 부드럽고 감미로웠다.

주말이면 나는 어머니와 가족들을 소형 포니차에 가득 싣고 그

동안 가본 곳 중에 가장 좋은 곳만 골라 다녔다. 이름 없는 한적한 오름(기생화산)에 오를 때에는 출발할 때 시내에서 사온 떡과 과자, 과일 등을 먹고 놀았다. 이제 네 살, 여섯 살 된 정민과 정석은 파란 하늘과 바다가 보이는 잔디밭에서 할머니의 훌륭한 놀이친구가 되어 주었다.

어머니와 내가 낳은 자식들이 함께 어울려 깔깔거리며 뛰노는 모습! 이는 내가 진정 꿈꾸던 그런 풍경이었다.

또 나는 제주의 먹거리가 많은 곳도 찾아다니면서 어머니께서 여태껏 드셔보지 못한 음식들을 사 드렸다. 성산 일출봉에서의 갓 삶아 무럭무럭 김이 나는 문어다리와 내장까지 넣어 푹 끓인 초록 빛깔의 전복죽은 언제 먹어도 일품이었다. 해녀가 연로하신 어머니 드시라고 한 점 뚝 떼서 드린 연한 문어다리는 손자들에게 빼앗기기가 일쑤였다. 성읍민속촌에서의 제주 토속 똥돼지 구이와 토종닭 꼬치구이도 빼놓을 수 없는 제주만의 훌륭한 먹거리였다.

***

고향 시골에도 똥돼지와 토종닭이 있었지만 나는 어머니가 이런 고기들을 드시는 것을 본 적이 없다.

내가 어릴 적 어머니께서는 동네에서 돼지를 잡으면 내장 삶은 국물을 한 대접 얻어 오시곤 했다.

비록 기름 몇 방울만 뜨는 멀건 국물이었지만 어머니는 그것이 그렇게 구수하고 맛있다면서 큼지막한 대접을 들고 마을사람들이 모여 있는 동청으로 가셨다.

그러나 정작 돼지국물을 얻어 오신 뒤에는 당신 보다는 내가 먹어야 된다면서 나에게 다 따라주고 대접 바닥에 깔린 얼마 안 되는 국물을 마시고는 행복한 눈으로 내가 먹는 것을 쳐다보고 계셨다.

집에서 기르는 닭도 마찬가지였다. 어머니께서는 매년 5월이 되면 2월에 깬 올 병아리를 잡아 푹 고운 다음 아버지와 내게만 주고 아예 보리 익는 들판으로 나가 버리시곤 하였다. 이 세상 어머니들만이 가지고 있는 자기희생의 철학 아닌가 싶다.

***

어느 초여름의 일요일, 온 가족들과 함께 어머니를 모시고 한라산 등산을 하기로 하였다. 영실입구까지 차로 간 다음, 집에서 싸온 떡이며 과자, 과일 등 모든 짐을 짊어지고 어머니와 가족들을 앞세워 영실계곡의 서측 언덕을 오르기 시작하였다. 마침 구름 한

점 없이 맑게 갠 초여름의 한라산은 청록의 원색이 함께 어우러져 천하절경을 자랑하고 있었다.

나는 족히 10kg이 넘는 짐을 졌지만 어머니와 어린 자식들이 앞서거니 뒤서거니 서로 손을 잡고 도란도란 얘기하며 오르는 모습에 빈 몸보다 더 가벼운 발걸음을 옮기고 있었다.

얼마나 올랐을까. 맞은 편 언덕에서 오백 나한들이 나타나기 시작하였다. 영실계곡을 지키는 나한들도 우리 가족의 이런 행복한 나들이 모습을 지켜보고 있으리라. 불가에서 말하는 극락이 있다면 바로 이런 모습이 아니고 무엇이겠는가!

가파른 영실계곡 언덕을 오른 우리는 병풍바위 절벽 위에 다다랐다. 오백 나한상과 함께 영실계곡의 절경을 이루는 병풍바위, 높이 백여 미터의 절벽이 수백 미터나 계속되는 난코스다.

나는 집사람에게 애들을 잘 잡으라고 한 뒤 어머니의 손을 잡고 조심스럽게 절벽 위를 통과하였다. 바위틈으로 난 자갈 섞인 왕모래 사암길은 매우 미끄러웠다. 힘없는 어머니께서 등산장비도 갖추지 않은 채 이런 험한 길을 오르는 것 자체가 무리였다. 어려운 곳을 통과할 때마다 진땀을 흘린 나는 몇 번이나 후회를 하였는지 모른다.

그러나 무사히 병풍바위 절벽 길을 통과하고 구상나무 숲으로 들어섰을 때에는 안도감과 함께 어머니에게 다시 보기 어려운 절경을 구경시켜 드린 뿌듯함도 느꼈다.

구상나무 숲길을 지나자 마치 용틀임하듯 장엄하게 휘감아 치솟은 백록담의 기암절벽들이 웅장한 모습을 드러냈고, 이를 배경으로 드넓은 윗세오름 평원이 펼쳐졌다. 해발 1,700미터 안팎의 윗세오름은 여기저기 키 낮은 수풀들이 듬성듬성 흩어져 있지만 비교적 평탄하게 백록담까지 이어지는 넓은 고원지대였다.

평원 위를 스치는 맑고 시원한 바람결은 이제까지 가파른 언덕길을 오르고 키 큰 구상나무 숲길을 통과하느라 답답해진 가슴속을 타악 트이게 하는 청량제였다. 마음의 문이 열리자 때마침 온 평원을 뒤덮은 철쭉꽃들이 눈에 들어왔다. 울긋불긋 눈길 가는 끝까지 평원 전체를 수놓은 철쭉꽃들은 해발 1,700미터의 윗세오름 평원을 천상의 화원처럼 장식하고 있었다.

우리는 웅장한 백록담이 가까이 올려다 보이는 철쭉꽃밭 속에 자리를 폈다. 온 가족들의 얼굴은 철쭉 색으로 붉게 물들어 갔고 탄성에 벌어진 입들은 활짝 핀 철쭉꽃잎처럼 다물 줄을 몰랐다. 이렇게 할머니와 손자들이 마주앉아서 좋아하는 모습은 한 폭의

동화 속 그림을 연상시키고도 남음이 있었다.

아~ 이 얼마나 기다리고 기다리던 풍경인가! 바로 이런 모습을 상상하면서 나는 차디찬 겨울의 경고 자습실에서 또 관 속 같이 어두운 고시원 쪽방에서 극한의 생활을 견디어 냈던 것이다. 조그마한 목표를 이룬 지금 나는 세상의 살아있는 모든 것에 감사드리고 싶다.

***

감사를 드리면 드린 만큼 돌아온다고 했던가. 제주에는 치과의사를 개업하고 있는 종친 한 분이 있었다. 그분은 어머니의 이빨이 거의 다 빠지고 없는 것을 보자 대뜸 틀니를 해 드리겠다고 제의하였다.

사실 나는 어머니께서 소머리곰국을 해 가지고 신림동 산 중턱에 있는 고시원을 찾았다가 바람에 넘어져 이빨 몇 개가 부러질 때부터 어머니에게 틀니를 해 드리겠다는 약속을 마음속 깊이 하고 있었던 터였다. 다만 여유가 없어 미루고 있었을 뿐인데 그런 제의를 받자 얼마나 반갑고 고마웠는지 모른다.

이 소식에 어머니 또한 어린아이처럼 흥분하였다. 겉으로는 싫어하는 척 하기도 했지만 이미 기쁨과 기대가 한꺼번에 얼굴에 나타나 있는 것을 숨기지는 못했다. 틀니를 처음 끼던 날 어머니는 입을 다물 줄 모르고

"아들 덕을 봤다."

면서 좋아라고 했지만, 실은 입안이 많이 아프셨던 모양이다. 모처럼 받은 선물에 아프다는 내색도 하지 못한 채 며칠을 끼더니 점점 얼굴이 어두워져 마침내는 틀니를 빼놓고 식사를 하시기 시작했다. 보니 잇몸과 입안이 많이 헐어 있었다.

치과의사 종친이 다시 손질해 주었지만, 어머니는

"이 없으면 잇몸으로 살지."

라면서 틀니를 잘 끼지 않으셨다.

이번 틀니 사건은 역시 건강이란 좋을 때 잘 지켜야 한다는 교훈을 다시 한 번 일깨워 주었다. 그러면서 나 때문에 잃으신 어머니의 건강을 어떻게 회복시켜 드려야 하는지의 숙제도 던졌다. 나는 과연 이 숙제를 제대로 풀 수 있을까? 아마도 풀지 못할 것이다. 자식은 언제나 부모님께 빚만 지고 사는 존재이니까. 그러다가 부모님이 돌아가신 뒤에 후회하는 것이 이 세상 자식들의 공통점이니까.

***

어떻든 제주지법 근무는 나에게 또 하나의 행운을 안겨 주었다. 내 인생을 통틀어 내면을 살찌울 수 있는 가장 좋은 기회였기 때문이다.

우선 나는 시간과 마음의 여유가 생기자 난초에 눈을 뜨게 되었다. 특히 한란 분포의 북방한계선인 서귀포시 돈내코 일대에서 자생하는 제주한란은 내 마음을 송두리째 앗아가기에 충분했다.

제주한란은 일본이나 중국의 아열대지역에서 자라는 한란에 비하여 잎의 조직이 치밀하기 때문에 햇빛을 받으면 눈이 부실 정도로 윤기가 흐른다.

잎의 자세 또한 우리나라의 선비기질을 그대로 빼어 닮았다. 그렇게 처지지도 그렇다고 뻣뻣하지도 않다. 처지는 듯 하다가 고추서서 죽음도 불사하는 선비의 기상을 보여주는가 하면, 고추 서다가도 끝을 숙여 선비의 넉넉한 품과 아량을 보여준다.

일경다화로 피는 꽃은 찬바람이 부는 늦가을 한천에 홀로 훌쩍 솟아 고고하기가 이를 데 없다.

향은 또 어떠한가. 은은하면서도 가까이 다가서면 느낄 수 없는 귀품이 있다. 특히 아침햇살이 눈부신 동향의 봉창 가에 난분을 놓아두면 온 방안에 은은하고 맑은 향이 퍼진다. 더 부러울 것 없이 넉넉하고 여유롭다. 이 향을 한 모금 가득 마신 날이면 하루 일에 절로 근심걱정이 없다.

나는 제주한란에 완전히 빠지면서 정신적으로 몇 단계 성숙한 느낌이 들었다. 제주한란은 갖가지 현실적인 문제들로 인해 메말랐던 나의 내면의 뜰을 촉촉이 적셔주는 단비와도 같았다. 이제는 화가 나도 참을 수 있고 괴로움이나 고통 따위도 한 걸음 물러서서 바라 볼 수 있게 되었다.

사실 판사를 하면 아무리 사소한 재판이라도 신경이 쓰이게 마련이고 경우에 따라서는 엄청난 부담으로 다가오기도 한다. 특히 일이 많았던 서울지법에서는 인간성까지 메말라 가는 것을 절감하지 않을 수 없었다. 그 바람에 어머니께도 몹쓸 불효를 저지른 적이 몇 번이나 되었던가. 도대체 셀 수가 없다. 그러고 나면 항상 감내하기 어려운 후회가 엄습해 온다.

이러한 때에 난을 알게 된 것은 어쩌면 나에게 내려진 큰 축복이라고 할 수 있다. 머리가 복잡할 때에 물끄러미 난초를 들여다보거나 젖은 휴지로 잎에 묻은 먼지를 닦아주며 난 잎 본래의 색깔과 윤기를 음미하고 있으면 세상만사가 잊혀 진다.

***

이후 어느 정도 난을 알게 된 나는 다양한 동양난으로 눈을 돌렸다. 어느 날 제주한란 한 분을 주고 '송매(宋梅)' 한 분을 구입하였다. '송매'하면 송나라 송(宋)씨 가문의 문외불출(門外不出)의 가보로 여겨지던 명품 난이다. 봄에 꽃이 피는 춘란으로 주·부판 꽃잎이 흡사 매화를 닮았다 하여 붙여진 이름이기도 하다.

자생난의 여러 가지 무늬종을 접하면서부터 생명의 오묘한 이치를 깨달을 수 있었다.

난은 고고한 자태를 뽐내기 위하여 다양한 꽃의 색깔과 향기, 잎의 무늬를 탄생시키지만, 한 가지 공통점은 이 모두가 생존본능의 절제된 수단이라는 것이다.

무늬가 화려하면 할수록 향은 덜하다. 잎에 흰 줄무늬나 노란 줄무늬, 점무늬가 다양한 크기로 있어도 탄소동화작용을 할 수 있는 엽록소 부분을 반드시 가지고 있다. 엽록소가 전혀 없는 무늬종이 없는 것은 아니지만 이는 '유령'이라 하여 그 해를 넘기지 못한다.

난은 그렇게 오만하지도 비굴하지도 않다. 더하지도 덜하지도 않은 것이다. 이렇게 난은 중용(中庸)의 미덕을 실천하고 있다. 인간은 이런 난의 절제된 오묘함을 배워야 한다. 이러한 난의 철학은 어머니의 헌신적 사랑과 함께 내가 판사·변호사로서 성공할 수 있었던 가장 큰 원동력이 되었다.

"最大구속"에 숨가쁜 法院·檢察

"書類보완하겠다 기각 말라" 고도

1·2학년생이 전체의 70% 차지

구치소 교도소 감방마련·소란대책에 非常

수감되는 女大生들

/

1986년 건대사태 관련 기사.

당시 나는 극심한 고독감과 무력감으로

인간한계를 느꼈다.

/

나를 슬프게 하는 기억들

꿈속 같은 2년간의 제주지법 근무는 눈 깜짝할 사이에 지나갔다. 나는 다시 서울지법으로 복귀했다. 서울의 판사생활은 2년 전이나 마찬가지로 숨이 막혔다. 또다시 기록을 싸들고 집으로 가는 것이 일상화되었다. 너무 긴장하다 보니 2년간의 제주지법 시절은 까맣게 잊어버렸다. 단지 앞 베란다에 있는 50여 분의 난이 제주의 추억을 말하고 있을 뿐이다.

***

내가 서울지법 남부지원에서 형사단독판사를 맡고 있던 1986년은 제5공화국의 철권통치와 이에 맞서는 재야세력 간의 투쟁이

극에 달했던 어두운 시기였다.

자유민주주의를 신봉하는 나는 군사정권에 대항하는 재야세력들로부터 은근히 대리만족을 얻고 있었던 것이 당시의 솔직한 심정이었다. 그러나 그렇다고 실정법을 어기는 운동권의 행위에 대하여 단죄를 하지 않을 수도 없는 것이 법관의 고민이었다.

이러한 고민은 이른바 '건대사태'때 더욱 심화되었다. 운동권 학생들이 건국대학에서 열리는 국화전시회를 틈타 대규모 집회 및 시위를 할 것이라는 첩보에 접한 경찰은 시내의 여러 대학 학생들이 건대에 들어가는 것을 기다렸다가 일시에 캠퍼스를 에워싼 후 그 안에 있던 학생들을 모조리 검거하였는데, 그 수는 무려 1,442명에 달했다.

더욱 놀랄만한 일은 경중의 구별 없이 검거된 학생 전원에 대하여 구속영장이 청구되었다는 사실이다. 사법사상 초유의 대규모 영장사건이었다.

당시 영장담당판사의 한 사람으로서 기록을 접한 나는 상식적으로 도저히 납득할 수가 없었다. 정상적인 그 어떤 국가에서도 이럴 수는 없는 것이다. 우선 나에게 배당된 86명의 기록을 일별한 나는 다시 한건 한건씩 살펴가면서 경중에 따라 A, B, C 3개

군으로 분류해 나갔다. A군은 각목이나 돌 등 무기를 든 적극가담자, B군은 집회시위가 있다는 사실을 알고 참가한 단순가담자, C군은 오로지 국화전시를 보기 위하여 건대에 갔다가 젊음의 군중심리에 휩쓸린 학생들이었다.

밤 9시부터 기록검토에 들어가 이 분류가 끝났을 때는 다음날 새벽 4시쯤이었다. 나는 우선 A군에 속하는 학생들에 대하여 영장을 발부하였다. 그리고는 또다시 깊은 고민에 빠졌다. B, C군에 속한 학생들을 어찌할 것인가. 먼저 B군의 기록들을 다시 한 번 토씨 하나 안 놓치고 샅샅이 검토해 보았다. 그리고 가담의 정도가 조금 크다고 판단되는 학생들에 대한 영장을 또 발부하였다.

어느덧 시침은 새벽 6시를 가리키고 있었다. 나는 목구멍 깊숙이서 타는 듯한 냄새를 느끼면서 긴 한숨을 토했다. 그리곤 다시 남은 B군과 C군의 기록검토에 들어갔다. 생각 같아서는 전부 영장을 기각해 버리고 싶었다. 그러나 문제는 5공들어 당시까지 시국사건에 대한 영장청구가 한 건도 기각된 적이 없다는 사실이었다. 그런 터에 시국사건의 대규모 영장기각이 몰고 올 파장도 걱정되었다.

시간이 지나자 흥분도 되고 겁도 났다. 가족들의 얼굴이 떠오르고 특히 어머니의 근심어린 표정이 떠올랐다. 직원들이 출근하기 시작한 오전 8시가 되자 나는 거의 자포자기에 가까운 심정이 되었다. 극심한 고독감과 무력감으로 인간한계를 느낀 것이다. C군에 속한 여학생 몇 명에 대해서만 영장을 기각하고 나머지는 순식간에 발부해 버렸다. 그 학생들에게는 대단히 미안했다.

판사 임관당시 그렇게도 다짐했던 절대적 정의는 이렇게 상대성을 넘어 점점 퇴색해 가는 것을 역력히 느낄 수가 있었다. 법관이라는 직업에 대한 회의도 들었다. 아 나도 별 수 없는 인간이구나! 타협이라는 명분하에 현실에 안주하는 비겁자가 되어 가는구나!

진정 정의가 강물처럼 흐르는 세상은 없는 것일까. 정의를 실현하고는 있으나 그러고자 하는 인식이 있어서가 아니라 저절로 그렇게 되는 세상!

아~ 무위무불위(無爲無不爲)라!

노자(老子)가 아니어도 함곡관(函谷關)을 찾고 싶다. 조용히 건너편 피안으로 숨어들어 세상을 등지고 바람과 구름을 벗 삼아 인식에서 자유로운 존재가 되고 싶다. 아니 의식 없는 의식, 존재마저 부정되는 초 존재, 그래서 삶과 죽음에서도 초월한 자연이고 싶다.

그날 남들은 출근하는 시간에 집으로 돌아와 1시간가량 눈을 붙인 나는 아침도 먹지 않고 10시경 법원에 출근하여 뉴스를 들었다. 정말 놀랍게도 일부나마 영장이 기각된 법원은 내가 속한 남부지원이 유일하였다. 이는 당시의 시국사정을 극명하게 보여주는 사건으로서 우리 사법사에 대단히 부끄러운 기록으로 남고 말았다.

***

나는 그날 저녁 퇴근하여 곧장 난이 있는 베란다로 갔다. 한참 동안 물끄러미 난을 바라보고만 있었다. 그 순간 제주에서 있었던 어머니와의 단란했던 추억의 파편들이 떠올랐다. 나는 이렇게 오늘의 내가 있게 해 준 어머니를 차츰 잊어가고 있었던 것이다. 어머니마저도 이런 나의 사정을 아시는지 모르시는지 일체 연락을 하시지 않았다.

그러다가 모처럼 연결된 통화에서 며칠 전 나를 보러 왔다가 저녁때까지 기다렸으나 아무도 오지 않자 그냥 돌아갔다는 사실을 알게 되었다.

나는 또 심한 자책감에 빠졌다. 사정없이 머리를 쥐어박고 뜯었다. 옆에 있는 가족들에게 닥치는 대로 물건을 집어던지면서 욕을 해댔다. 어머니에게도 화를 내고 어머니를 모시고 사는 형님께도 화를 냈다. 나는 완전히 미쳐 있었다.

그런 결과의 종착역은 으레 허탈이었다. 혀 밑에 쓴 물이 고이는 것을 느꼈다. 나는 그 쓴 물을 삼킬 수도 뱉을 수도 없었다.

아 아! 이래서 사는 것을 고(苦)라고 했던가. 정말 쓰디쓰구나!

나는 점차 말이 없어져 갔다. 집사람에게는 재미없는 남편, 애들에게는 자상하지 못한 아빠, 어머니에게는 무심한 아들, 실제로 어머니는 내가 무심하다는 말씀을 몇 번이나 하신 적도 있었다.

아~ 이것이 내 인생의 한계인가! 나도 재미있게 살고 싶었다. 어머니에게 효도하고 집사람과 애들에게도 잘 해주고 싶었다. 제주에서처럼….

***

이렇게 무기력해져만 가던 나에게 정신이 번쩍 드는 사건이 일어났다. 눈이 하얗게 쌓인 겨울저녁 서초동 어느 식당에서 법원장과 함께 식사를 한 후 귀가해 보니 밤 11시가 넘었는데도 당연히 있어야 할 가족들이 아무도 없었다. 의아해 하고 있는데 밤 12시가 다 되어 기다리던 전화벨이 울리고 전화를 받자마자 자지러지는 집사람의 목소리가 들렸다.

"무슨 일이야?"

라고 큰 소리로 묻자, 울먹이면서 당장 집으로 달려가서 얘기하겠다는 것이었다. 집사람의 이야기는 이러했다

집에서 저녁을 먹고 있는데 9시쯤 목소리가 굵직하면서도 다급해 하는 전화가 왔다. '덤프트럭 운전사인데 눈 쌓인 강변도로에서 차를 몰던 중 그만 마주오던 승용차를 들이받는 사고를 냈다. 그 승용차는 크게 부서졌고 의식을 잃은 운전자의 신분증을 꺼내어 확인해 보니 여상규 판사였다. 급하게 인근 병원으로 옮겼으나 의식불명으로 치료가 불가능하다 하여 명동 백병원 중환자실에 와 있다'는 내용이었다.

아닌 밤중에 날벼락 같은 전화를 받은 집사람은 완전히 넋이 나갔다. 울며불며 택시를 잡아타고 급히 백병원으로 향했으나 눈이 너무 많이 쌓여 시간만 자꾸 가고 마음은 더욱 급해 졌다. 급기야는 엉엉 소리까지 내어 울면서 사정하자 택시기사는 '젊은 나이에 참 안됐다'면서 눈길 위험을 무릅쓰고 급하게 달려주어 10시 반 경 백병원에 도착하였다. 한 걸음에 중환자실로 달려가 보았으나 남편이 없었다. 간호사와 의사에게 물어보아도 '그런 환자를 보지 못했다'는 답변뿐이었다. 집사람은 '트럭 운전사가 여기서도 다

죽어가는 남편을 태우고 어딘가로 떠난 것이 분명하다'고 보고 병원 구내를 이리 뛰고 저리 뛰면서 만나는 사람마다 수소문하느라 많은 시간을 보냈다.

달리 방법이 없자 그때까지도 그치지 않은 울음 섞인 목소리로 집으로 전화를 걸어 보았는데, 천만 뜻밖으로 내가 전화를 받더라는 것이다.

나는 그 전화가 무슨 목적으로 누구에게서 온 것인지는 알 수가 없다. 판결에 불만을 품은 사람의 소행으로 의심되지만, 그 수법으로 보아 일반인은 아닐 것이다. 아마도 정보력이 있는 권부(權府) 아니면 조직적인 운동권 둘 중의 하나일 것으로 추측된다. 내 이름과 직책은 물론이고 심지어 통근도로까지도 알고 있으니 말이다. 당시는 이렇게 판사하기도 어려운 시절이었다.

***

이런 소용돌이 속에서 나는 다시금 여유를 잃고 인간미 없는 판결 쓰는 기계로 전락해 갔다. 기계라도 완전한 기계였으면 좋으련만 가끔씩 가슴을 쥐어뜯는 후회를 하는 지극히 불완전한 기계였다. 그런 후회는 나의 내면을 더욱 황폐화 시켰다. 이제는 '어서 커서 어머니의 방앗간 짐을 덜어드리자'거나 '출세하면 오직 나를 위해 고생하셨던 어머니를 잘 모시자'는 등의 정감 있던 여상규는 더 이상 존재하지 않게 되었다. 감동을 줄 줄도 또 감동을 느낄 줄도 모르는 인간 같지 않은 인간이 되고 만 것이다.

/

망망대해에 혼자 일엽편주를 타고

보이지 않는 목적지를 찾아 헤매는 기분.

어머니 품을 떠난 후부터는 늘

방황과 외로움의 연속이었다.

/

어머니의 병환과 방황

이런 몰 인간적인 삶은 법관경력이 쌓이면서 더욱 심화되어 갔다. 아마도 지방법원보다 일이 더 많은 서울고등법원 판사시절에 그 절정을 이루었다고 보는 것이 맞을 것이다.

그렇게 어머니와는 단절 아닌 단절의 세월만 덧없이 흘려보내고 있던 어느 날,

"갑자기 어머님이 쓰러지셨다."

는 형님의 전화를 받았다.

천만뜻밖의 이 전화 한 마디는 그동안의 무지몽매에서 헤매던 나를 순식간에 깨어나게 만들었다. 정신이 번쩍 돌아오자 역설적

으로 나는 정신을 잃을 것처럼 눈앞이 캄캄해 졌다. 가까스로 정신을 추스르고

"빨리 서울대학병원으로 모시십시오."

라고 다급하게 형님을 채근한 후 즉시 연건동 서울대학병원으로 달려갔다.

먼저 도착하여 휠체어에 앉아있는 어머니를 발견하고 큰 소리로

"어머니~!"

하고 부르면서 뛰어갔다. 그러나 어머니는 말씀이 없으셨다. 머리를 푹 숙인채로 반응이 없었고 나를 쳐다보지도 않았다. 나는 우선 어머니를 눕혀야겠다고 생각하고 주위를 둘러보았다. 그러나 침상하나 구하기 위해 열 명 넘게 줄을 서 있을 정도로 응급실은 만원이었다.

나는 마침 서울의대 교수이자 서울대학병원 내과의사로 근무하고 있는 경고 동창 친구가 떠올랐다. 정영사 시절 인턴들과 한판 붙을 때 본 이후 서로 가는 길이 달라 별 연락이 없었지만, 그는 경고를 수석졸업한 내가 평소 존경하는 친구였다. 연락을 받은 그는 즉시 와 주었다. 그는 어렵사리 침상을 하나 마련하여 어머니를 눕히고 진찰에 들어갔다. 그런 후 스탭들에게 두부 MRI촬영

등을 지시했다. 참으로 고마웠다. 눈물이 날 정도로 고마움을 느꼈다.

친구의 도움으로 나는 제정신을 찾을 수 있었다. 별 반응을 보이지 않는 어머니의 손을 꼬옥 잡고

"어머니 걱정 마세요. 대한민국 제일가는 의사가 봐주고 있어요. 반드시 회복되실 거예요."

라고 속삭였다.

***

기대 반 걱정 반 속에 MRI촬영을 할 때에 나는 어머니 곁에 꼭 붙어 서 있었다. 촬영을 위하여 침대에 몸을 묶고 머리를 고정시킨 뒤 침대와 함께 서서히 원통형 기계 속으로 들어가자, 초점이 없던 어머니의 눈동자에 일말의 불안감이 감도는가 싶더니 비로소 나와 눈을 맞추었다. 나는 그런 어머니의 눈길이 반갑기 이를 데 없었지만 어머니께서 무언가를 걱정하고 계시는 것 같아 웃음 띤 얼굴로 어머니의 손을 잡고 고개를 끄덕여 안심시켰다. 그러나 '우웅'하는 기계음 소리가 나고 몸이 더욱 깊숙이 원통 속으로 들어가자, 어머니는 갑자기 눈을 크게 뜨고 비명에 가까운 소리를 지르면서 일어나려 했다.

나는 순간 어머니께서 옛날 '죽어 화장하는 사람은 얼마나 뜨거울까'라고 말씀하시는 것을 들은 기억이 떠올랐다. 마음이 매우 약하셨던 어머니는 그렇게 무서움을 잘 느꼈고 또 잘 참지도 못 하셨다. 그래서 그 말을 들은 나는 만약 어머니가 돌아가시더라도 절대로 화장은 하지 않아야겠다는 마음을 먹은 적이 있었다.

이런 기억을 떠올린 나는 지금 어머니께서 자신을 화장하는 것으로 잘못 안 나머지 크게 놀라고 있다는 점을 간파하였다. 얼른 어머니를 다독거리면서

"어머니 괜찮아요. 내가 이렇게 곁에 있잖아요."

라고 안심시키면서 손을 꼭 잡고 눈을 똑바로 맞추었다. 나의 눈을 본 어머니는 그제 서야 안심한 듯 가만히 누워서 MRI촬영을 무사히 끝낼 수 있었다.

***

최종 진찰결과 혈관에는 이상이 없고 뇌세포가 많이 상해있어 상태가 좋지 않을 때에는 기억이나 판단을 잘 하지 못할 수도 있다는 것이었다. 그 일로 열흘간 입원하여 치료를 받은 어머니는 그런대로 회복하여 퇴원하였다.

그러나 예전에 비하여 기력이 현저히 떨어지고 또 잘 걷지도 못하는 것은 어쩔 수 없었다. 음식도 예전처럼 드시지 못했다. 특히 의사의 권유에 따라 강제로 담배를 끊게 된 어머니의 금단현상은 주위를 매우 안타깝게 했다. 나는 모형담배를 사다 드렸으나 미친 듯이 몇 모금을 빤 어머니는 이내 알아차리고 던져버렸다. 한 개비만 달라고 내 손을 잡고 애원하는 어머니의 모습에 눈시울이 뜨거워질 정도였다. 그 이후 어머니는 식사도 잘 안하시고 정신 나간 사람처럼 멍하니 지내시는 날이 많아졌다.

내가 그런 어머니를 위하여 해 드릴 수 있는 일이 무엇일까. 시간도 돈도 없는 나는 할 수 있는 일이 별로 없었다. 마음만이라도 항상 어머니 곁에 있고 싶었지만 마음조차도 그럴 수 있는 여유가 없다는 점이 못내 아쉬웠다. 무력감이 엄습해 왔다.

결국 나는 아무리 바쁘더라도 주말이면 어머니를 찾아뵙자고 마음먹었다. 처음 몇 달간은 그랬다. 그러나 일이 밀리자 그것도 뜻대로 되지 않았다. 나는 경쟁에서 뒤쳐진다든지 일을 잘 하지 못한다는 말은 죽기보다 듣기 싫어했다. 지금까지의 삶이 나를 그렇게 만들어 놓았다.

***

시간이 지나자 자연히 어머니를 찾는 횟수가 적어져 갔다. 마음이 복잡하였다. 죄책감을 덜 느끼는 방법으로 나는 어머니를 기쁘게 할 무언가를 사다 드려야겠다는 생각이 들었다. 어머니를 뵈러 가던 어느 날 나는 식사도 잘 못하시는데 맛있는 것이 없을까하고 망설이다가 노량진 수산시장을 들렀다. 시장을 한 바퀴 둘러본 나는 지갑을 털어 병어 몇 마리를 사고 한 무더기에 만원 하는 조기 새끼들을 사 들고 갔다. 그리고 형수에게 식사 때마다 한두 마리씩 쪄서 드리라고 했다.

이후 내가 어머니를 찾을 때에는 항상 노량진 수산시장을 들러 일이만 원의 적은 돈으로 생선을 고르는 것이 일상처럼 되었다. 내가 시골 중학교에 다니면서 어머니와 단 둘이 살 때에 어머니께서 그랬던 기억이 있기 때문이다.

어머니는 식사 때면 부엌에서 시래기를 깔고 그 위에 작은 조기 새끼 두 마리를 얹어 찐 냄비를 들고 들어오시곤 하였다. 그리고 내 옆에 앉아서 내가 맛있게 먹는 모습을 물끄러미 바라보고 계셨다. 그저 바라보기만 하셨다. 나는 너무 맛있어 어머니가 보고 있는 줄도 모르고 다 먹어치웠다. 내가 먹는 모습만 보아도 흐뭇하고 배가 불렀던 어머니는 부엌으로 돌아가 남은 밥을 찬물에 말아

생된장과 같이 드셨지만, 당시에는 이를 알지 못했다.

***

나는 가끔씩 어머니에게 운동도 시켜 드리고 또 기분전환도 시켜 드릴 겸 어머니를 공기가 좋은 '광릉'숲으로 모시고 갔다. 대학 1학년 미팅 때 유난히 맑은 햇살과 싱그러운 공기에 탄성을 질렀던 바로 그 숲이다. 숲길에 내린 나는 어머니를 부축하고 천천히 아주 천천히 걸었다. 그리고는 어머니 혼자 걸어보게 하였다. 조심조심 걷던 어머니가 나를 보고 싱긋 웃었다. 나도 흐뭇한 표정으로 어머니에게 계속 걸으라고 했다. 그러자 어머니는 발을 종종 굴리면서 뛰는 시늉을 했다. 비록 한 걸음이 일이십 센티밖에 안 되었지만. 그러고는 큰 소리로 웃으셨다. 나도 큰 소리로 따라 웃었다. 너무 기뻐 눈물이 날 지경이었다. '하느님 하느님이 계신다면 하루라도 빨리 우리 어머님이 잘 걸을 수 있게 해 주십시오. 그 어떤 대가라도 치르겠습니다.'

그런 어머니의 모습에 작은 행복을 느낀 나는 아주 드물게 큰 맘 먹고 광릉 인근의 고기 집에 들어가 어머니에게 소갈비를 사 드렸다. 이가 없어 잘 드시지 못하는 어머니에게 나는 가위를 빌려 고기를 잘게 잘라 드렸다. 그래도 어머니는 힘이 드시는지 얼마 드시지 못했다. 참으로 후회스럽다. '이 바보야 어머니가 건강

하실 때 진작 그랬어야지!'

***

후회는 또 시작된다. 광릉에서 창동 형님 집으로 돌아올 때면 으레 교통체증으로 도로가 막히곤 했다. 나는 빨리 집으로 가서 못다 본 기록을 읽고 판결문을 써야 한다는 강박관념에 초조해 하면서 차를 몰았다.

한참을 가던 중 뒷좌석에 타고 계시던 어머니께서

"얘야 잠깐 내려줘. 다리가 많이 저리다."

라고 말씀하셨다. 그러나 조금이라도 빨리 가야겠다는 생각으로 가득 찬 나는 차를 세우지 않았다. 차를 옆으로 뺐다가는 몇 십 분이 더 늦어질지 모른다는 걱정 때문이었다. 사정을 하던 어머니가 조용해져서 뒤돌아보니 다리 저림을 참지 못하고 그만 잠이 드시고 말았다.

'얼마나 고통스러웠으면…, 이 못난 자식을 원망하시지는 않았을까.' 비록 사소할지 모르지만 이 일은 후일 나를 매우 후회스럽고 고통스럽게 만들었다. '뭐가 그리 급하고 중요하다고, 그런 조그만 소원도 못 들어 줘. 그리고 후회를 해? 한 치 앞도 못 보는 바보 자식'

***

나는 잘 씹지 못하는 어머니에게 연한 개고기를 사드리려고 말씀드린 적이 있다. 젊어서 절에 다니셨던 어머니는 정신이 맑지 않은 상태에서도 안된다고 하셨다. 그러면서도

"공부하는 네가 힘들게다. 약이라고 생각하고 먹으면 괜찮으니 사 먹어라."

는 말씀은 꼭 빼놓지 않으셨다. 정작 몸이 불편하고 쇠약해진 쪽은 어머니 당신인데도 건강한 자식 걱정만 한다. 내가 그 십분의 일만 생각했어도 어머니를 잘 모셨을 것임에 틀림없다.

나는 어머니가 약간은 회복되시어 어느 정도 걸을 수 있게 되자 집 사람과 상의하여 어머니에게 한강 유람선을 한 번 태워 드리기로 하였다. 어머니에게 우리 집에서 주무시게 한 다음 아침 일찍 어머니를 모시고 뚝섬 선착장으로 갔다. 집사람이 어머니를 부축하고 배에 올라 한강과 강남의 아파트 단지, 옥수동 언덕 위의 정자, 남산 등을 구경시켜 드렸다. 어머니도 좋아하셨다.

그런데 저녁을 잘못 사 드린 것일까. 아니면 몸이 쇠약하신 어머니께서 무리를 하신 탓일까. 그날 밤 어머니는 거의 잠을 주무시지 못하고 계속해서 나를 불렀다. 나는 새벽 2시가 넘도록 어머

니 방을 들락거렸다. 내일 출근하여 두꺼운 기록을 보아야 하는 나는 그만 짜증이 난 나머지 어머니에게

"자꾸 왜 그래요?"

라면서 야단을 치고 거칠게 어머니를 눕혔다. 놀란 어머니께서 눈을 동그랗게 뜨시고 나를 쳐다보았다. 나는 그런 어머니의 눈동자에 속으로 죄책감을 느꼈으나, 그 뒤에는 어머니가 불러도 가지 않고 자버렸다.

다음날 아침 어머니 방으로 가 본 나는 깜짝 놀랐다. 말없이 누워 계신 어머니 곁에는 여기 저기 변이 흩어져 있었고 어머니 옷에도 묻어 있었다.

안방으로 돌아온 나는 또 큰 후회를 하였다. 편찮으신 어머니에게 한강 유람선 구경은 무리였다. 그것도 모른 채 어머니를 힘들게 한 것이다.

그 일로 집사람에게도 미안하였다. 집사람은 아무런 불평 없이 방을 깨끗이 치웠다. 어머니 옷도 깨끗이 빨아서 갈아 입혀 드렸다. 집사람이 고마웠다.

***

나는 차라리 어머니께서 직접 '어떻게 해 달라'고 말씀하시면

얼마나 좋을까 하는 생각도 했다. 내가 모자란 탓이다. 자식이란 원래 이렇게 어리석은가 보다. 왜 자식의 마음을 읽어 시래기 조기찜도 해 주시고 소머리 곰국도 해 오시는 어머니처럼 내가 알아서 해 드리지 못하는 것일까? 세상에 자식들 중 나 혼자만 이렇게 잘못하는 것은 아닐까?

看病費대려 法服벗었는데
어머니 幽明달리하시다니…

余尙奎변호사의 애끊는 思母曲

판사봉급으로 치료비 벅차

장래촉망 法官의길 辭表-보름뒤

/

어머니의 치료를 위해 법복을 벗어야 했던

사연을 보도했던 당시 기사

/

개업이라는 탈출구

그러는 사이 어머니는 점점 더 쇠약해져 갔다. 힘이 없어 마루에서 넘어지셨다면서 온 얼굴과 팔에는 멍이 들어 있었다. 언제 그랬는지 팔목의 피부가 찢어져 아직도 피가 흐르고 있었다. 그제서야 가까이서 상처를 본 나는 어머니의 피부가 비닐처럼 얇고 투명하고 몹시 건조한 것에 놀랐다. 그러니 찢어진 피부가 쉽게 붙을 리 있겠는가.

"어머니께서 눈에 띄게 수척해 지신 것 같다."

고 걱정하자, 형님은

"식사를 잘 못 하시니…."

라면서 말을 잇지 못하고 한숨만 쉬었다.

나는 '어머니가 드실 수 있는 연한 음식이 없을까'하고 제과점을 찾았다. 우선 슈크림 빵이 눈에 들어왔다. 매우 부드러워 보였다. 크기도 밤톨만하여 드시기에 좋을 것 같았다. 슈크림 빵 한 봉지를 달라고 하여 어머니에게로 달려갔다.

앉기도 힘들어하는 어머니를 일으켜 앉히고

"어머니, 부드러운 빵을 사 왔어요. 들어 보세요."

라며 슈크림 빵 하나를 입에 넣어주었다. 다행히도 어머니는 몇 개를 받아 드시면서

"맛있다."

고 했다. 그러나 그렇게 작고 부드러운 슈크림 빵조차 잘 씹지 못하셨다. 그저 입에서 우물거리다가 꿀꺽하는 소리와 함께 삼키셨다. 그마저도 빵이 목을 통과하는 시간은 길었다. 아주 천천히 목을 넘어가고 있는 것이 보였다. 이제 어머니는 부드러운 음식을 삼키는 것조차 저렇게 힘이 드시는가.

과연 어머니를 회복시킬 방법은 없는 것인가. 너무 늦은 것은 아닐까 하는 불안감이 엄습해 왔지만 이내 떨쳐버리고, 기력을 회복시킬 방도에 대해 고심했다.

무엇보다 중요한 것은 어머니께서 식사를 하실 수 있도록 항상 곁에서 도와줄 사람이 필요했다. 형수님과 집사람이 할 수 있었지

만 각각 허리가 불편하거나 집안 살림과 애들 교육 때문에 여의치 않은 상황이었다. 결국 전문 간병인이 필요하다는 결론에 이르렀다.

나는 전문 간병인을 수소문해 보았다. 일하는 시간에 따라 보수가 천차만별이었으나, 어머니에게는 아침 일찍부터 저녁 늦게까지 곁에서 식사는 물론 거동하시는 모든 상황을 수발해 줄 사람이 필요하였다. 월 180만 원을 요구했다. 판사봉급에 조금 못 미치는 액수였다. 나로서는 조달할 방법이 없었다. 이미 퇴직하여 특별한 일자리 없이 쉬고 계시는 형님에게 별다른 방법이 있을 리 만무하였다.

***

나는 처음으로 변호사 개업을 생각했다. 사실 시골에서 어렵사리 출향하여 서울법대를 수석으로 졸업하고 고시에 합격하여 판사가 된 나는 변호사를 해서 돈을 벌어보겠다는 생각은 하지 않고 있었다. 적어도 법원에서 나가라고 할 때까지는….

그러나 사람에게는 다 때가 있는가 보다. 때를 놓치면 후회할 것이다. 지금이 바로 그 때가 아닌가?

나는 당시 법원행정처장직을 맡고 계셨던 경고 선배 대법관님께 가장 먼저 말씀을 드렸다. 대법관님은

"꼭 그 방법밖에 없느냐. 다른 방법을 찾아보라."

고 하셨다. 나는

"많이 생각해 보았습니다. 이미 결심 했습니다."

라고 말씀드렸다. 돌아온 대답은

"며칠 더 숙고해 보라."

는 것이었다.

이어 법원장님께도 말씀드렸다. 5공 말의 어두웠던 시절 서울남부지원장을 하시면서 형사단독판사인 나에게 유난히 관심을 표하셨던 법원장님은 더 펄쩍 뛰었다.

"자네 같은 사람이 법원을 떠나면 안된다."

고 아예 못을 박았다. 그러면서

"어머니께서 과연 판사아들을 원하시는지 변호사아들을 원하시는지 신중하게 생각해 보라."

고까지 했다. 긴 여운을 남기는 말씀이었다.

그러나 이미 먹은 마음을 돌이킬 수는 없었다. 드디어 사표를 제출하였다. 허전했다.

어머니와 생이별을 하면서까지, 정든 고향을 떠나면서 품었던 청운의 꿈은 여기서 끝나는가!

유난히도 추웠던 경고 자습실에서 밤을 새우던 일, 어려운 작전 계획을 짜면서도 공부를 하지 못해 노심초사하던 군복무시절, 어둡고 우울했던 고시원에서 마지막 남은 기름 한 방울까지 다 태우던 열정의 시간, 서울법대 수석졸업의 영광과 그림자, 너무도 담담했던 고시합격의 순간 등등 지나간 20여 년의 세월이 주마등처럼 스치고 지나갔다.

그날 나는 어머니를 찾았다. 조용히 어머니의 손을 잡았다. 뼈밖에 없는 상처투성이의 손이었다. 상처에 솟아나 있던 진물이 손가락 사이에서 느껴졌다. 아무것도 모르는 어머니의 초점 흐린 눈을 응시하면서 나는 '사표를 잘 제출하였다. 정말로 참 잘 제출하였다'고 수없이 되뇌었다.

***

사표는 일주일정도 끌다가 수리되었다. 때는 1993년 1월 27일.

나에게는 한 역사가 마감되는 순간이었다. 스스로 제출한 사표였지만 막상 수리되자 세상을 다 잃은 것 같은 허전함이 온 몸을 엄습해왔다.

주요일간지들이 나의 판사 사직과 변호사 개업 소식을 크게 취급하였다. 주요내용은 '서울법대를 수석졸업하고 서울지법에 초임발령을 받아 줄곧 서울에서만 근무해 왔던 유능한 판사가 법원을 떠나 안타깝다'는 것이었다.

이 기사는 장래 대법관 감으로 꼽히던 서울고법의 유명 부장판사 개업소식 등과 같이 취급되면서 향후 법원의 능력 있는 경력법관 부족을 우려하고 있었다.

그 유명 고법부장판사는 문민정부 초기 YS의 인기가 절정일 때 나와 함께 성씨의 이니셜을 따 '법조계의 YS'로 불렸던 서 모 고법부장판사였다. 당시 그는 나를 만나면 항상 웃으면서 '선후배로 치면 SY가 되어야 하는데, 후배보다 이니셜이 뒤라서 불만'이라고 농을 던지곤 했다. 그는 다음 대선(大選)때 경기고 선배 편에 줄을 섰다가 큰 곤욕을 치르고 역사의 뒤안길로 사라졌다. 참으로 아까운 인물이었다.

***

어떻든 이제 주사위는 던져졌다. 비록 조직에서 나온 허전함과 아무것도 의지할 곳 없는 황야에 내팽개쳐진 고독감, 그런 느낌이었지만 주사위의 패만 열심히 좇아가는 길이 있을 뿐이다. 나는 이미 대학입시와 고시준비를 하면서 이런 류의 고독에 익숙해져 있지 않은가!

선배 법조인들의 자문을 받아가면서 사무실을 구하고, 사무장과 여직원, 운전기사까지 총 3명의 직원으로 진용을 꾸렸다.

아직까지 전관예우라는 관행이 남아있어 그런지 심심찮게 사건 의뢰인들이 찾아왔다. 상담결과 나는 판사 때의 잣대로 보아 도저히 실현 불가능한 결론을 요구하는 의뢰인들의 경우 잘 타일러서 돌려보냈다.

첫 수임사건은 이제 겨우 30세가 지난 젊은 회사원의 공금횡령 사건이었다. 횡령액수가 제법 커서 구속되어 있었다. 나를 찾아온 가족은 그 부인이었다. 울면서 풀어달라고 하소연하였다. 그녀의 등에는 코가 길게 흘러 입술에까지 닿아있는 두세 살짜리 어린애가 업혀 있었다.

참 불쌍하다는 생각이 들었다.

"횡령한 돈을 갚을 수 있겠습니까?"

라고 물었다.

"저축한 돈이 조금 있기는 하나 전부 갚기는 어렵습니다."

라고 했다. 다시 물었다.

"횡령한 돈을 어디에 썼는지 아십니까?"

"남편은 처음 제 수술비를 마련하기 위하여 회사 돈을 갖다 쓰기 시작하였고 그 후 죄가 커지기 시작했는데, 일부 생활비에 보탠 외의 나머지는 모릅니다."

라고 했다. 비록 동정은 갔지만 난감했다. 합의가 되지 않으면 석방이 어려울 것으로 예상되었기 때문이다.

수임결정을 망설이고 있는데, 부인이 내 손을 잡고

"제발 남편을 살려 주십시오."

라며 울먹이기 시작하였다. 그러자 등에 업힌 아기도 따라 울었다. 아기의 울음을 보자 도와주고 싶은 생각이 치솟았다. 아니 결론이 어떻게 되든지 도와주지 않을 수가 없었다.

"어려울지 모르나 한 번 해 봅시다."

내가 말하자, 부인은 금세 환한 웃음을 띠면서 눈물을 닦고

"얼마를 드리면 됩니까?"

라고 물었다. 나는 얼마라는 말이 차마 입에서 떨어지지 않았다. 같은 경력의 변호사들이 일반적으로 천만 원 안팎의 수임료를 받는 것으로 알고 있었다. 그러나 내입에서 대뜸 나온 말은

"알아서 하십시오."

였다. 부인은 잠시 생각에 잠겼다가 조심스레 말했다.

"한 오백만 원이면 되겠습니까?"

나는

"형편에 너무 많은 것 아닙니까?"

라고 되물었다. 부인은

"마음 같아서는 더 드리고 싶습니다만…."

이라고 했다.

나는 회사에 연락을 해서 사장을 좀 뵙고 싶다고 했다. 그러나 상대해 주지 않았다. 나는 회사를 찾아갔다. 사장실 앞에서 한참을 기다린 끝에 사장을 만날 수가 있었다. 나는 사장께

"그래도 회사를 위해 일한 직원인데 온정을 베푸십시오. 어차피 다 갚을 능력이 없는 사람을 징역 살려서 뭐합니까? 모자라는 것은 벌어서 갚을 기회를 주는 것이 나을 것입니다."

라고 설득을 거듭한 끝에 드디어 합의서를 받아냈다. 그 친구는 즉시 석방되었다.

***

나는 처음 손에 쥔 수임료 500만 원 중 200만 원을 형님께 드리면서 하루빨리 간병인을 구해보자고 하였다. 마침 형님도 이미 간병인을 물색하여 한 달에 180만 원을 지급하기로 했다고 했다.

며칠 후 나는 형님으로부터

"간병인이 집으로 출근하여 어머니를 보살피고 있다."

는 말을 들었다. 나는 안도감과 함께 '비로소 자식노릇을 하는구나' 싶은 뿌듯함을 느꼈다.

그러면서 밀려드는 사건의뢰 때문에 4, 5일째 어머니를 찾아뵙지 못하고 있었다. 아침 일찍 출근하여 밤 11시가 넘어서야 퇴근하였다. 궁금했지만 전화할 시간도 없었다. 그저 '이제 간병인을 두었으니 잘 계시겠지…'라며 자위하고 있었다.

그러는 마음 한 구석에는 항상 불안감이 도사리고 있었다. '이래도 되는 것인가. 지금 어머니 곁에 있어야 하는 것 아닌가. 이러다가 크게 후회할 일이나 생기지나 않을까'라고 수없이 반문해 보았다.

그렇지만 당장 발등에 떨어진 수임사건 해결이 우선이었다. 이는 평생 내가 저지른 판단 중 가장 큰 실수였다. 당시에는 내가 그렇게 큰 실수를 하고 있는지 전혀 알아채지 못했다. 나에게 있어서 병석에 계신 어머니에 비하면 일이나 돈이란 것은 아주 작은 것에 불과하였다. 그러나 이때에는 '아무리 작은 일이라도 나에게 주어진 것이면 혼신의 힘을 다해야 한다'는 그동안의 몸에 밴 인생철학이 오히려 나에게 큰 화를 불러일으키고 있었던 것이다.

4

부모님은
기다려주지 않는다

이러한 나의 착각이 현실화되는 시간은 길지 않았다. 아니 너무도 짧은 순간이었다. 그렇게도 두려워하면서 항상 마음 한 구석을 메우고 있던 걱정이 현실로 나타나는 데에는 판사를 사직한지 불과 6일째 되는 날이었다.

알량한 일 따위를 핑계로 나는 어머니께서 눈을 감으시는 순간을 같이 하지 못했다. '도대체 일이 뭔데, 돈이 뭔데, 철학이 뭔데…' 평생 후회할 일을 저지르고 만 것이다.

사실 형님에게 간병비를 전달하면서 어머니를 마지막 뵙던 날 어머니께서는 이미 모든 기력을 잃으신 모습이었다. 힘없이 고개를 떨구고 계셨다. 시선도 멍하니 아래로만 향하고 있었다. 숟가락 드실 힘도 없으셨던지 식사도 거의 하시지 못했다. 분명 곧 큰 일이 일어날지도 모른다는 불안감을 느끼기에 충분하였다. 그러나 이 멍청한 자식은 그런 어머니를 뒤로 하고 사무실로 돌아왔다. 그 알량한 일을 핑계로, 간병비 몇 푼 주었다고 자위하면서….

어머니는 인사를 드리고 떠나는 나를 향해 손짓을 하면서

"얘야 가지 마 가지 마."

라고 힘없이 외쳤다. 그것이 어머니로부터 보고 들은 마지막 모습이었고 음성이었다.

아 아! 어머니, 마지막 생의 불꽃이 다해가시던 그 순간까지도 당신께서는 이 아들을 향하여 들리지 않는 팔을 들고 온 힘으로 손짓을 하며 불렀으리라. 낼 수 없는 목소리로 있는 힘껏 외쳤으리라. 그러나 이 자식은 이미 눈이 멀고 귀가 먹어 보지도 듣지도 못하는 천치가 되어 있었으니 얼마나 답답하셨을까.

'다시 못 볼 아들이 저렇게 떠나가는구나! 애고 애고.'

***

아~ 당시 왜 눈을 좀 더 크게 뜨지 못했을까! 귀를 좀 더 크게

열지 못했을까! 어머니를 향한 마음을 더 넓게 활짝 보이지 못했을까!

나는 어머니의 시신을 부여잡고 통곡했다. 땅을 치며 통곡했다. '아 아! 어머니 요 며칠사이 얼마나 저를 찾으셨어요? 평생을 이 못난 자식만을 위해 사신 어머니께서 저를 보지 못하고 눈을 감으시는 그 순간 얼마나 서운하셨나요?'

후회에 몸부림치면서 한참을 통곡하던 나는 정신이 약간 드는가 싶더니 이내 다시는 어머니를 볼 수 없다는 사실에 생각이 미치자 또다시 절망하지 않을 수 없었다. 갑자기 어머니가 보고 싶어졌다. 그것도 미치도록 보고 싶었다.

'아! 어머니 지금 어디에 계신가요. 제발 그때 그 손짓 한 번만 더 보여주세요. 제발 그 때 그 목소리 한 번만 더 들려주세요. 무작정 달려갈게요.'

실제로 어머니에게 달려가고 싶었다. 그곳이 이승이든 저승이든 어머니가 계신 곳이라면 어디든지 달려가고 싶었다. 그런 나에게 이승과 저승의 경계 같은 것은 없었다. 저승이라 하여 두렵지도 않았다. 비록 나에게 오르페우스(Orpheus)의 수금(竪琴)이 없더라도 저승의 신 하데스(Hades)를 감복시키고 어머니를 다시 모셔올 용기는 충분하였다.

그러나 이 모든 것이 부질없는 짓이다. 비참한 생각이 들었다. 판사직까지 던져버린 뒤끝이 고작 '수욕정이풍부지 자욕양이친부대(樹欲靜而風不止 子欲養而親不待)'나 읊조려야 하는 것인가.

하늘을 우러러 주체할 수 없는 눈물을 쏟아내다 갑자기 뜨거운 분노가 치밀어 오르는 것을 느꼈다. '어머니와 이렇게 헤어질 수는 없어. 평생 되풀이 된 짧은 만남 긴 이별의 한을 남긴 채….'

이글거리는 나의 눈빛은 비록 허공을 향하고 있었지만 이 감당하기 어려운 슬픔과 분노에 대한 희생양을 필요로 하고 있었다. '어머니는 세상을 착하게 사신 분이니 틀림없이 더 좋은 세상으로 가셨을 거야'라며 아무리 자위해 보려고 애써도 허사였다. 이 분노는 나 자신에 대한 경멸과 함께 신에 대한 원망으로 나타났다.

'이별의 신 크로노스(Cronos)여! 그대 진정 존재하는가? 존재한다면 대답하라. 하필이면 지금, 지금이 나와 어머니가 사별할 때인가? 왜 진작 어머니와의 짧은 만남 긴 이별이 되풀이될 때에 영원한 이별의 순간이 다가오고 있음을 말하지 않았는가? 왜 뒤늦게나마 그 잘못을 깨달은 이 불효자에게 단 1년만이라도 효도한 번 할 기회를 주지 않고 송두리째 앗아 가는가? 신은 원래 그렇게 잔인한가? 아! 크로노스 그대에게서 시간의 끝을 지배하는 권능을 빼앗고 싶구나.'

***

내가 어머니의 간병비를 마련하기 위하여 판사직을 그만둔 사실은 동료 판사들을 통하여 널리 퍼져 나갔다. 나를 아는 판사들은 모두들 애석해 했다. 끝까지 사직을 만류하셨던 법원장께서는

"거 봐, 어머니는 끝까지 판사아들을 원했지 변호사아들을 원하지 않으셨어. 어머니를 위해서 다시 판사로 돌아와야 해."

라며 나에게 복직할 것을 강력히 권유하였다.

그러나 어머니를 잃은 지금 나에게 무슨 의미가 있을까! 세상을 다 잃은 것 같이 허무했다. 아무것도 위안이 되지 않았다. 나는 오직 어머니만을 찾고 있었을 뿐 다른 것은 보이지도 들리지 않았다.

도하 각 신문과 방송은 일제히 나를 취재하였다. 카메라를 들고 빈소를 찾았고 텅 빈 사무실을 찾았다. 그러나 나는 취재에 일체 응하지 않았다. 아니 몸과 마음이 이미 어머니에게로 가 있어서 아무런 말과 행동을 할 수가 없었다. 도대체 이 크나큰 죄인이 무슨 할 말이 있겠는가!

그러자 언론은 평소 나와 가까이 지낸 동료 선후배 판사들을 취재했다. 그렇게 해서 '어느 판사의 사모곡'은 완성되어 갔다.

모친 치료비위해 法服벗은 余尙奎판사
열흘만에 喪당하고 망연자실

…기 위해 지난해 2월 사표 …내고 변호사로 개업한 余尙… 서울형사지법판사(45)가 …을 벗은 보람도 없이 모친… 당해 주위사람들을 안타…

余尙奎씨

…하고 있다.
…달에 2백만원에 이르는 …비를 판사월급으로는 감당 …려워 일생동안 입고 싶었 …복을 벗었건만 이렇게 어… 가시다니 허망할 따름…

余변호사는 3일 빈소인 서울 한일병원 영안실을 찾은 동료 법관들앞에서 모친의 사진만 바라보며 망연자실한 표정으로 말을 잇지 못했다.

형님댁에서 모시던 余변호사의 어머니 鄭守京씨(84)가 뇌졸중으로 쓰러진 것은 91년 1월.

余변호사는 병상에 누운 어머니를 위해 유명하다는 한방 전문의를 찾아다니고 갖가지 보약을 지어드리는등 2백만원 남짓한 자신의 월급을 모두 털…

…머니의 병세가 호전되지 … 간병인을 두고 직접 곁에서 … 머니의 여생을 지켜드리기… 해 소득이 높다는 변호사로 … 업했던 것이다.

울먹이는 余판사를 지켜보… 문상객들은 「樹欲靜而風不… 子欲養而親不待」(나무는 고… 하려해도 바람이 그치지 않… 자식이 효도를 하려해도 부… 님이 기다려 주지 않는다)라는 … 말만 연거푸 건네며 余판사… 안타까운 효심결을 떠날줄 … 랐다. 〈朴成…기…

/

어머니가 돌아가신 후

뒤늦은 후회와 그리움으로

한동안 아무것도 할 수가 없었다.

/

어머니를 위한 마지막 효도

한 톨 한 톨마다 어머니의 손길이 닿지 않은 흙이 없는 고향땅 덤머리 밭에 어머니를 묻고 서울로 올라왔다. 막막했다. 무변광대한 우주에 홀로 남겨진 느낌이었다. 천애고아가 바로 이런 것인가! 공간은 텅 비었고 시간은 멈췄다. 이제 다시는 어머니를 볼 수 없다는 사실에 눈물만 하염없이 흘렀다.

더욱 비참한 것은 어머니 살아 계실 때에 잘 해 드리지 못한 기억들만 떠올랐다.

바람 부는 신림동 언덕길에서 넘어지도록 홀로 내버려두어 몇 개 남지 않은 이빨을 마저 부러지게 한 일, 아들이 보고 싶어 찾아온 어머니를 하루 종일 기다리게 한 일, 그런 어머니에게 화를 내어 그냥 돌아가시게 한 일, 광릉 갔다 돌아오는 길에 다리가 저리다면서 잠시 내려달라고 애원하시던 일, 그러다가 어쩔 수 없이 잠이 드신 모습 등등,

미칠 지경이었다. '바보 같은 자식, 죽어라 죽어' 있는 힘껏 주먹으로 머리를 쳤다. 땅에 짓이겨도 봤다. 땅을 치며 통곡하였다.

눈을 뜨고 있어도 감고 있어도 어머니의 얼굴이 떠올랐다. 집사람이 밥상을 차려와도 거들떠보지도 않았다. 며칠을 굶자 집사람이 '그러다가 산 사람도 죽겠다'면서 식사를 재촉하였다. 밥상을 쳐다보자 힘이 없어 밥을 제대로 삼키지 못하시던 어머니 모습이 다시 떠올랐다. 가슴속에서 무언가 울컥 하고 치밀어 올랐다. 엉엉 소리 내어 울면서 거실로 뛰쳐나왔다. 그러기를 며칠이 지났을까. 세상 모든 것이 귀찮았다. 아무리 굶어도 배가 고프지 않았다. 이제 서서히 죽어가는구나.

***

아직 채 문도 안 연 변호사 사무실에서 '신문과 방송을 보고 사건 의뢰인들이 아침마다 줄을 선다.'는 연락이 왔다. 그러나 나는 출근하지 않았다. 어머니의 간병비를 마련하고 돈을 벌어 편히 한

번 모셔보려던 꿈이 무산된 이상 나에게 돈을 번다는 것은 무의미하였다. 돈을 벌 목적을 상실한 것이다.

노계(蘆溪) 박인로(朴仁老)가 한음(漢陰) 이덕형(李德馨)이 내어놓는 홍시를 보고 돌아가신 어머니를 생각하며

> '유자가 아니라도 품음직 하다마는 품어가 반길 이 없을 새 글로 설워하노라.'

고 읊조린 애끊는 사모곡이 텅 비어버린 나의 머릿속을 심하게 때리면서 거대한 공명을 일으키고 있었다.

공황상태에 빠져버린 나는 도저히 잠을 이룰 수가 없었다. 잠을 청하면 청할수록 더 또렷이 어머니의 얼굴이 떠올랐다. 하염없이 흐르는 눈물이 베개를 적셨다. 가슴이 답답하여 벌떡 일어나 앉았다. 그렇게 누웠다 앉았다를 몇 번이나 반복하였을까. 새벽 서너시가 되어 잠깐 잠이 드는가 싶다가 생전의 어머니 모습에 소스라쳐 놀라 깨어보면 눈을 감은지 채 십분도 되지 않았다.

이러기를 1주일여, 잠의 신 휘프노스(Hypnos)도 헤르메스(Hermes)의 지팡이도 어머니를 떠나보낸 이 불효자의 회한을 잠재울 수는 없었다.

잠을 거의 자지 못하는 나는 완전히 폐인처럼 되어갔다. 얼굴은 창백할 대로 창백해 졌고, 한 번도 감지 않은 머리는 새둥지처럼 되었다. 이러다가 진짜 죽는 것 아닌가 하는 생각도 들었다. 그러면 혹시 어머니 곁으로 갈 수 있지 않을까 하는 위안도 되었다.

그러던 어느 날 새벽 잠깐 잠이 들었는데, 어머니의 모습이 나타났다. 표정이 아주 어두웠다. 근심어린 표정으로 무슨 말씀을 하고 계셨다. 잘 알아들을 수는 없었지만, 분명 나에게 꾸지람을 하고 계신 것만은 확실히 알 수 있었다. 나는 꿈속에서도

"어머니 왜 그러세요. 제가 무슨 잘못을 했어요. 저는 어떻게 해야 합니까?"

라고 울면서 어머니의 치마 자락을 잡으려 애썼다. 잠에서 깬 나는 정신이 혼미하였다. 생시인지 꿈인지도 잘 구별되지 않았다. 진짜 죽음이 멀리 있지 않다는 생각마저 들었다. 그러나 도저히 잠을 잘 수가 없다는 것이 문제였다.

***

이튿날 아침 나는 정신을 차리고 곰곰이 생각해 보았다. 내가 이렇게 폐인이 되어가는 것이 돌아가신 어머니를 잘 모시는 길인가? 지금 어머니가 나를 보고 계신다면 이런 나의 모습을 어떻게

생각하실까? 이것이 자식 된 도리일까? 돌아가신 어머니조차도 편히 해드리지 못하는 것은 또 다른 불효를 하는 것은 아닐까?

별의 별 생각을 다 해 본 나는 결론을 내렸다.

'나는 분명 형편없는 불효자식이다. 고생을 해도 싸다. 죽도록 자학을 해야 한다. 다만 방법을 달리 하자. 지금 나를 기다리는 많은 사람들이 있다. 그 사람들을 위하여 죽을 정도로 일을 해 보자. 일하다 지쳐 죽어도 좋다. 아니 일하다가 죽어라. 죽음은 오히려 내가 원하는 바다.'

아침을 드는 둥 마는 둥 하고 사무실을 나갔다. 이미 언론에 보도된 대로 사무실 안에는 많은 사건 의뢰인들이 기다리고 있었다. 내가 나왔다는 소식을 들었는지 금방 사무실 밖 복도까지 꽉 들이찼다. 나는 한 분 한 분 상담을 해 나갔다. 밤 열두시가 다 되어서야 겨우 상담을 끝낼 수 있었다.

이어 상담자료와 참고자료를 싸들고 집으로 온 나는 다음날 새벽 여섯시까지 읽고 또 읽고 검토하기를 반복했다. 그러다가 쓸어졌다. 1시간 정도 잠을 잔 것이다. 어머니를 떠나보낸 뒤 1주일여 만에 처음 들어본 잠이다.

검토한 사건 중에 의뢰인을 만족시킬 수 있는 것만을 골라 변론을 시작하였다. 변론을 마치고 오후 서너 시경 사무실에 들어오면 항상 수많은 새 의뢰인들이 기다리고 있었다. 잠을 잊은 상담과 검토가 반복되었다. 그러면서 역으로 잠이 드는 시간도 늘어나기 시작하였다. 그러기를 한 달 정도 계속하자 하루에 서너 시간은 잘 수 있었다.

돈을 벌기 위하여 일을 시작한 것이 아니었기 때문에 수임료는 사무장에게 완전히 일임하였다. 얼마를 받든 전혀 신경 쓰지 않았다. 다만 사무장에게

"가진 사람들로부터 더 받아 어려운 사람들을 도와줍시다."

라고만 말해 두었다. 그러나 워낙 많은 사건을 처리하다보니 제법 돈이 들어오기 시작하였다.

잠도 완전치는 않았지만 하루 서너 시간으로 고착되고 돈도 들어오기 시작하자 또 다시 어머니 생각이 나기 시작하였다. 멈췄던 눈물이 다시금 하염없이 솟아나기 시작하였다.

'참 복도 없는 어머니, 조금만 더 계셨으면 얼마나 좋았을까. 애고 불쌍한 우리 어머니!'

***

내가 방황하는 것을 보다 못한 집사람이 어머니의 천도를 위해 사십구재를 드리기로 하였다.

원래 집사람은 강남시내 포교당인 능인선원에 나가 불교공부를 하였다. 해직기자 출신으로 이름이 널리 알려진 '지광'스님이 설법을 너무 잘 하신다면서 나도 몇 번 데려갔지만 나는 별다른 흥미를 느끼지 못했다. 집사람은 바로 그 능인선원에 어머니를 모시고 사십구재를 올린 것이다.

유명한 '지광'스님이 직접 의식을 거행한다고 해서 그 행사에는 빠짐없이 참여하였다. 스님의 법어와 목탁소리가 나에게 또 다른 안정을 가져다주었다. 그리고 정말로 어머니를 좋은 세상으로 인도할 것 같은 느낌을 받았다. 그 느낌은 점차 확신으로 변해갔다. 스님의 천도의식이 진행되는 동안 뜨거운 눈물이 볼을 타고 흘러내렸다. 어머니께서 밝고 꽃피는 극락세상으로 올라가시는 모습도 보였다. 감동과 감사의 눈물이 그칠 줄을 몰랐다.

'어머니, 어머니는 내가 어렸을 적에 항상 새벽 일찍 일어나 정화수 한 그릇 떠 놓고 이 아들 잘 되라고 두 손을 싹싹 비비시던 모습을 기억합니다. 이제는 이 아들이 어머니를 위해 이렇게 빌고

또 비오니 부디 극락으로 가시어 이 세상에서 누리지 못한 행복을 마음껏 누리시기 바랍니다.'

***

이제 어머니는 좋은 세상으로 가셨다. 그런 확신이 들자 나는 이쯤에서 어머니를 놓아 드리고 싶어졌다. 그러는 것이 어머니를 더 편하게 해 드릴 것 같았다.

그러나 나는 이 자식을 위해 온 몸을 던지면서 희생하신 어머니의 뜻을 기리고 싶었다. 그런 어머니의 숭고한 뜻이 없었다면 오늘의 나는 없었을 것이다. 그런 어머니께서는 저세상에 가서도 가정 형편이 어려워서 공부를 제대로 하지 못하는 학생들을 돕고 싶어 하실 것이 틀림없다.

이에 생각이 미친 나는 어머니 장례식 조의금으로 들어온 돈 3,000만 원을 전액 출연하여 어머니의 이름을 딴 '정수경장학회(鄭守京奬學會)'를 설립하였다. 비록 얼마 안되는 돈이지만 고향 악양의 초등학교와 중학교 학생들에게 조금이나마 도움을 줄 수 있을 것이다.

그 해 이후 지금까지 나는 매년 악양초등학교 졸업생 전원에게 영한사전 한 권씩과 악양중학교 학생 5명(1학년 신입생과 2, 3학년

각 1명씩, 졸업생 2명 등)에게 각각 30만 원씩의 장학금을 어머니의 이름으로 주고 있다. 그러면서 어머니를 생각하고 그 숭고한 뜻을 기린다.

26년이란 짧지 않은 세월이 흐른 지금 정수경장학금을 받은 학생들은 어언 몇 백 명이 넘을 것이다. 나는 이 학생들에게 꼭 들려주고 싶은 얘기가 있다. 송강(松江) 정철(鄭澈)의 훈민가(訓民歌) 중 자효(子孝) 훈이다.

어버이 살아신 제 섬길 일란 다하여라.
지나간 후면 애닯아 엇지하리.
평생에 고쳐 못 할 일이 이뿐인가 하노라.

적어도 이 학생들은 나처럼 후회하지 않기를 바라는 마음에서다.

/

법조 일을 접고 국회로 왔지만,

늘 그래왔듯 최선을 다하고 있다.

언제나 주어진 여건 속에서 최선을 다하시고

또 거기에 자족하셨던

어머니에게 배운대로 말이다.

/

아직 못다 푼 숙제

어머니가 돌아가신 지도 여러 해가 지났다. 서양속담에 '눈에서 멀어지면 마음에서도 멀어 진다'던가. 어머니에 대한 슬픔도 그리움도 날이 갈수록 퇴색되어 그저 아련한 추억의 파편들만이 가끔씩 뇌리를 스칠 뿐이다. 이제 나에게 어머니는 크리슈나무르티(Jiddu Krishnamurti)의 '하나의 전설처럼' 조용히 눈을 감고 명상에 잠길 때에만 떠오르는 전설이 되어간 것이다.

그래서 그런지 어머니를 되돌아볼 시간도 갖지 못했다. 그만큼 법조인으로 열심히 살아왔다는 방증이라고나 할까. 사실 나의 변호사 생활은 판사 때나 마찬가지로 바빴다. 처음 어머니를 잊기 위하여 어쩔 수 없이 밤을 새워 일하던 것이 습관처럼 되어 버렸다.

문민정부 시절 현직 대통령의 아들을 변론할 때에는 2개월여의 주말과 일요일 밤을 꼬박 새워가면서 323페이지에 달하는 변론요지서를 작성하기도 하였고, 국민의정부 때 있었던 세칭 언론사탈세사건을 변론하면서는 무려 일만 오천 페이지에 달하는 기록을 검토하며 셀 수조차 없는 밤을 새우기도 하였다. 이런 사건들을 변론할 수 있었던 힘의 원천도 결국은 어머니로부터 나온 것이다.

***

돌이켜 보면, 내 삶은 미노스의 미궁(Minoan labyrinth)보다 더 복잡한 미로를 헤쳐 온 느낌이다. 이제는 꿈처럼 아련하지만 한 치 앞도 보이지 않는 그러면서 그 끝도 알 수 없는 절망의 어두운 터널을 헤맬 때도 있었고, 세상의 모든 것을 얻은 것처럼 기쁨에 들뜰 때도 있었다. 지금까지 걸어온 길은 더 많이 생각날수록 더 멀고 구불거렸다.

내가 이런 길을 무사히 헤쳐 올 수 있었던 것은 오로지 어머니 덕분에 가능했다. 내 기억속의 어머니는 항상 이마에 땀이 맺히도록 열심히 일하셨다. 그러면서도 한 마디 불평이나 누구를 원망하는 말씀을 하시지 않았다. 언제나 주어진 여건 속에서 최선을 다하셨고 또 거기에 자족하셨다. 그런 어머니에게는 어려움을 희망으로 승화시키는 특별한 능력이 있는 것처럼 보였다.

나는 이런 어머니의 모습이 이 아들에 대한 사랑 때문에 가능하리라고 생각하곤 하였고, 나는 그런 생각으로 이 세상을 살아왔다. 나에게 그 어떤 어려움이 닥치더라도 어머니 생각만 하면 이를 풀어갈 수가 있었다. 어릴 적 어머니께서 내 뇌리에 깊이 박아준 성실함과 사랑은 바로 내가 이를 붙잡고 세상을 헤쳐 갈 수 있게 한 최고의 선물이었던 것이다. 나는 마치 아리아드네의 실타래(Ariadne's thread)를 붙잡고 죽음의 미궁을 빠져나오는 테세우스(Theseus)처럼 어머니가 선물한 실타래에서 풀리는 실을 따라 이 복잡한 세상을 올바르게 살아왔다고 자부할 수 있다.

'어머니 감사합니다.'

***

법조 일을 접고 국회로 온 나는 의정활동이 톱니바퀴처럼 돌아가던 법조인의 업무와는 사뭇 다름을 알게 되었다. 법안과 정부예산을 검토하면서 또 회의를 계속하면서 밤을 새울 때도 있었지만 시간이 남을 때도 있었다.

시간이 나자 어머니에 대한 생각도 다시금 새로워졌다. 불현듯 어머니가 보고 싶어지기도 했다. 어머니의 빈자리라는 것이 그렇게 많은 세월이 흘렀어도 이처럼 크게 느껴지는 것인가 보다. 결국은 더 이상 참지 못하고 어머니가 생각나거나 보고 싶을 때마다 떠오르는 어머니의 모습을 메모하기 시작하였다.

'그리운 어머니, 그 어디에서도 저와 함께 계시는 어머니, 당신의 사진을 책상머리에 놓아두고 이 글을 씁니다. 사진을 바라볼 때마다 어머니가 돌아가셔서 다시는 이 세상에서 만나 뵐 수 없다는 것이 도저히 믿어지지 않습니다. 언제라도 찾아오실 것만 같고, 형님의 집 작은 방에 앉아서 반가이 저를 맞아주실 것만 같습니다. 어머니 살아생전에 떨어져 있으면 그리움으로 가득 차 어머니를 보고 싶다가도 막상 찾아뵈면 제대로 표현도 못하는 못난 아들이었습니다. 그래서 어머니는 저를 보고 항상 무심하다고 하셨지요. 이제는 안 그럴게요. 지금 뵈면 달려가서 덥석 안아드리고 싶어요. 볼에 뽀뽀도 해드리고 싶고요. 과연 그럴 거냐고요? 한 번 와 보세요. 단 한 번만이라도 모습을 보여주세요. 이 아들의 진심을 확인해 보고 싶지 않으세요? 네 어머니!'

이 글을 쓰면서 어머니를 회고하는 마음은 시간이 지난다고 퇴색되는 것이 아님을 절감했다. 이제 내 나이 칠십이 되었지만 아마 팔십을 넘어도 마찬가지 일 것이다. 그래서 이 세상을 하직하면 이런 마음을 안고 어머니를 다시 찾을 것이다. 기꺼이 그것도 아주 기꺼이 말이다. 어머니와 나 사이에는 이 세상에서 못다 한 숙제가 있지 않은가! 나는 죽어서도 이 숙제를 풀어야만 하겠다.

그때까지 안녕 어머니!

어느 판사의 사모곡

1판 1쇄 발행_ 2019년 9월 1일

지은이_ 여상규
펴낸이_ 안병훈

펴낸곳_ 도서출판 기파랑
등록_ 2004. 12. 27 | 제 300-2004-204호
주소_ 서울시 종로구 대학로8가길 56(동숭동 1-49 동숭빌딩) 301호
전화_ 02-763-8996(편집부) 02-3288-0077(영업마케팅부)
팩스_ 02-763-8936
이메일_ info@guiparang.com
홈페이지_ www.guiparang.com

ISBN_ 978-89-6523-620-7 03800